太阳雨
SUN RAIN

肖睿 著

重庆出版集团 重庆出版社

图书在版编目(CIP)数据

太阳雨 / 肖睿著. —重庆: 重庆出版社, 2023.11
ISBN 978-7-229-17720-1

①太… Ⅱ.①肖… Ⅲ.①长篇小说—中国—当代 Ⅳ.①I247.5

中国国家版本馆CIP数据核字(2023)第121102号

太阳雨
TAIYANG YU

肖睿 著

责任编辑:陶志宏 阚天阔
特约编辑:「ONE 一个」编辑部
责任校对:郑 葱
装帧设计:好谢翔

重庆出版集团 出版
重庆出版社

重庆市南岸区南滨路162号1幢 邮政编码:400061 http://www.cqph.com
重庆出版社艺术设计有限公司制版
重庆市国丰印务有限责任公司印刷
重庆出版集团图书发行有限公司发行
E-MAIL:fxchu@cqph.com 邮购电话:023-61520646
全国新华书店经销

开本:880mm×1230mm 1/32 印张:9.75 字数:200千
2023年11月第1版 2023年11月第1次印刷
ISBN 978-7-229-17720-1
定价:59.00元

如有印装质量问题,请向本集团图书发行有限公司调换:023-61520678

版权所有 侵权必究

目录

第一章	1
第二章	30
第三章	41
第四章	58
第五章	68
第六章	85
第七章	91
第八章	105
第九章	160
第十章	176
第十一章	192
第十二章	250
第十三章	260
第十四章	270
第十五章	285

第一章

1.

北部高原有座叫金市的小城,离太阳近,日照充足,水果特别香甜,乃当地一绝。每到夏天时,金市阳光猛烈,人会变得很暴躁,犯罪率明显高于其他季节。

今年夏天有点奇怪,太阳雨特别多,也许是2012年"世界末日"就要到来的缘故吧。经常明明是大晴天,阳光暴晒,天空却突然落下一阵雨点。这太阳雨短暂,像课堂上的浅梦。有时头发还没被打湿,雨就停了。豆子般大小的雨点砸破了金市到处都有的野樱桃,汁水从绽裂的果肉中滴下来流淌一地,空气里飘浮着淡淡的甜腥味。雨滴无论饱满还是干瘪,都闪着一层淡淡的金光。

2012年6月13日,在这样一阵小雨里,有两个男人在金市湮灭为粉尘,亲人和朋友在尘世间再也找不到他们的踪迹。

李峰,四十岁,金市人,三十岁前一直在金市城郊做牧民。

2008年的北京奥运会之前，全国都在大兴土木，重新建设，金市也一样。这里常住人口不到四十万，但还是要建一个可以容纳两百万人口工作生活的高科技新城区。他的草地被征收，变成了一座汽车生产基地中的两处流水线车间。李峰也因此在明珠街上有了一栋临街的六层楼房，变成了不折不扣靠收租生活的拆迁户。打那时起，李峰日子过得非常滋润。每天一瓶剑南春，一过节还给自己整瓶五粮液。2012年6月13日中午，老婆忙活了一上午，给他和孩子们做了羊肉火锅。席间他因为大儿子考了全班第二十一名，成绩有了显著进步，喝了大约二两白酒。吃完饭，老婆看窗外雨不小，劝他睡一觉再去小六楼的底商收租。李峰撇撇嘴说，这雨，云过就停。今日事今日毕。说罢，他头也不回冲进了那场雨中。

李峰这么做，是为自己的儿子。发财后，李峰踹了他原配，和一直跟自己勾勾搭搭的美发店老板结婚了，那老板名叫于佳丽。于佳丽还有一个二十岁的女儿，在北师大上学。李峰一直很郁闷，继女这么有出息，可自己的儿子却四六不懂，天天打架。看到继女满口流利英语，李峰心中羡慕，决不允许儿子再回去放羊，所以趁着孩子这次考好了有心劲儿，他要证明给儿子看，虽然老子被别人称为暴发户，但还是在努力生活，给孩子打个样。他没有想到，这一走，样没有打成，反倒成了人们茶余饭后的谈资。

于佳丽后来告诉人们，根据监控显示，李峰从电玩商店收租出来后，雨还没有停。他冒雨前行，走到实达商城的十字路口，并没有向北走，穿过金市象棋广场和婚庆公园，回到他们位于鑫牛小区的家。

李峰在那个决定他命运走向的十字路口选择背道而驰，向南行走。他走过电力局时雨停了，李峰跟电力局门口卖瓜子的老人聊了几句，此时一辆公共汽车驶来，他冲上了车。那辆公共汽车继续向南，到了终点站，李峰下车。他又向前步行了十几分钟，走进一片废墟。那废墟由几排烂尾楼组成，被围栏和高压电网围成了一座孤岛。废墟上只有两个出入口。因为之前这里发生过聚众吸毒的案件，所以两个出入口都装了监控。它虽然大，但却是一座不折不扣的密室。

李峰走进这座废墟之后，再也没有出来。

后来警察在监控中找到了李峰最后的影像，背影很轻松，不像是怀揣心事。他奔向废墟的步履轻快，甚至还显得有些急迫。像是一个孩子在赶往游乐场。

李峰失联十八个小时后，于佳丽笃定出事了。她第一反应是他和别的女人跑了，查遍了李峰的亲友，都没找到李峰可能再搞婚外恋的证据。正在于佳丽纳闷之际，李峰那爱看法制节目的母亲在李峰前妻的陪伴下打上了门，怀疑是于佳丽下了毒手。于佳丽拿出李峰之前留下的遗嘱。失踪的男人在遗嘱中写道，如果自己能活到七十岁，于佳丽也为自己养老送终，尽了妻子之道，则将小楼的顶上三层赠与于佳丽作为报酬。如果自己因为恶疾或意外在人生中途遭遇不测，于佳丽不能白得房子，她只能分割夫妻婚后共同财产。李峰的房产将全部留给儿子上大学娶媳妇，和于佳丽无关。这份遗嘱为她证明了清白，世上再没有比于佳丽更期盼李峰平平安安活到老死的人。

爱打听闲事的好事之徒也议论过李峰最后去收租的房客，是不是和李峰发生了口角，在废墟里杀了他。但就我搜集到的资料来看，这猜测不太成立。那家是开电玩商店的，很讲究卫生，不像餐馆或者洗车行般毁房子，给的房租还高，让李峰心里很踏实。他甚至还和几个炒股的朋友说，一定要买网络公司和电玩公司的股票，未来是他们的。

三天后，于佳丽去了公安局。面对警察，她不由得想起往日和李峰相处时的点点滴滴，即使那些龌龊的争吵，现在也变得温暖而苦涩。她小声哭泣，可警察们没有安慰她，反而一个个鼓着腮帮子，像是有什么难言之隐。顺着他们的视线，于佳丽看到了屋外长椅上坐着另一个女人，就像是在学习自己的不幸，也在小声地哭泣。有人告诉于佳丽，眼前这女人的男朋友和李峰一样，也失踪在那片废墟里，也消失在6月13号那天下午的太阳雨里。于佳丽发出一声惊叫，她看着那女人，像是一个从没有见过自己的人第一次看到了河水中的倒影。

这个女人叫田青青,她失踪的男朋友叫张桥。张桥今年三十三岁,和李峰一样,也是土生土长的金市人。他去年和前妻离婚,俩人的孩子刚满两岁。他在金市文化局是个普通的科员,日常工作就是在类似于全市健身操比赛这样的市民活动中打打杂。张桥的同事们都说,对于张桥而言,这实在是大材小用。因为张桥是毕业于某985大学的中文系博士。人们还说,他的命运这么憋屈,全是因为得罪了领导。有一次局里开会,领导希望大家献计献策,怎么把金市人民的文化活动办得更好。傻子都知道,这种会基本就是走个过场,大家夸夸领导,会就散了。人们没想到,当张桥发言的时候,他热情洋溢地足足讲了半个小时,把局里目前存在的问题谈了个清清楚楚。第二天,张桥就从戏剧研究室调到了市民活动小组,领导说待在研究室里高谈阔论总是容易的,博士也要接触一线工作,接触火热生活。这一接触,就是五年。五年里张桥幸亏得到了田青青的爱慕,否则他的收获只有谢顶、驼背和结巴。在金市方言里,坏的差的事物被形容为"瞎"。按照我们这儿的眼光,他是个没车没房没存款的瞎书呆子。田青青以为张桥这辈子就这样瞎着了,她并不感到惋惜,甚至会觉得有些庆幸。她迷恋张桥的才华,只有他瞎在众人之中,她才觉得自己可以独占这才华。她没想到在13号那天张桥会从这个世界上消失。那个监控在拍摄到李峰走进废墟后的第三十七分钟,拍到了张桥走进废墟的画面。

  警察在南郊那片废墟里展开了不眠不休的搜索,还派出了五条警犬,却连李峰和张桥的毛都没搜着一根。两个大男人光天化日消失了,这事在街上引起了人们广泛的讨论,大家开玩笑地说,咱金市也出百慕大了。这起失踪案也因此变得更令警方头疼。

  2.

  我对小琪姐说,其实李峰和张桥是来自另一个星系的外星间谍,潜伏于地球金市。长久以来和女人的相处,令他们感受到了"爱"这种地球人独有的情感。他们并不是失踪,而是驾驶藏匿于废墟之中的隐形飞船,回到了母星舰船,准备为了保护爱人保护地球,和邪恶的母星大部队同归于尽。

  说这话的时候,是七月初。我已经跟了于佳丽和田青青二十多天,能问的问题我都问过了,该挖的细节我也都挖到了。这件事迟迟没有线索,我的耐心已被它消磨殆尽。小琪姐看着我唾沫横飞地发疯,面色平静如水,嘴角绽开一丝微笑,犹如陪伴顽童去游乐场的母亲。等我说完之后,她甚至还递给我一张面巾纸,示意我擦擦额头的汗。我说你觉得这个故事怎么样?小琪姐说前面挺好,有人物有细节,证明调研没白做,我钱没白花。我说操，当然了，哥们儿专业的。她说后面就扯淡了。两个毫无关联的男人在日常生活中莫名消失在一片烂尾楼里，这里有多少生活辛酸，有多少人生秘密？这部电影是现实主义的，怎么变科幻片了？你应该继续跟踪采访这个事件的当事人，贴近生活，让故事有皮肤的温度。不能这样草率，想一出是一出。我说生活辛酸和人生秘密也可以用科幻的形式表达啊。我最不喜欢现实主义了，太矫情。

这句话深深伤了小琪姐的心，她本是日本NHK频道的中方高级记者，就是觉得故乡作为中国现实的一个鲜活样本，大有故事可挖掘，才毅然辞掉高薪工作，从北京回到金市开影视公司。我说现实主义矫情，等于否定了她的人生。为了故事的走向，我俩足足争执一个下午，最后小琪姐说科幻片在咱们这儿就没有市场，我们就没有科学精神，难道你不知道吗？你非要把这件事整成科幻片，咱就停。你可以去找其他公司合作。一听说要停，我立刻投降。一个年轻人，要想做导演或者其他正事时只能这样，受尽万般委屈，但在电影开机那一刻，吞进去的苦果都闪闪发光，如孙悟空终于离开了五指山。

那天晚上，小琪姐请我吃生鱼片，我俩喝了足足四瓶清酒，说了很多关于电影和理想的疯话傻话，恨不得当着寿司师傅拜把子。从日料店一出来，冷风一吹，我俩冷静了不少。她回公司，去和海南那边的投资人就一部讲金市历史传奇的三十集电视剧进行电话会议。我拦了一辆出租车,师傅问我去哪儿,我想了想,说去南郊。师傅一听就乐了,说那两人还没找到?我没说话,打开车窗,点燃一根烟。夜色温柔,电台里一个女人在轻轻哼唱,"你的生活现在好吗?你的脸上还有微笑吗?"酒劲翻涌,我睡了过去。

师傅把我叫醒的时候,正是夜最深沉的时候。那片吞噬男人的废墟拉起警戒线,里面白炽灯密布,光亮强如白昼。我看到于佳丽和田青青手拉着手,像一对姐妹,站在警戒线外。她们的头发被露水打湿,黏在额头上,两人都穿着连衣裙,裙摆随风飘摇。远远望去,她们如同两只飘浮的水母。我叹口气,回到了她们身边,回到了黑暗之中,就像我答应小琪姐做这个项目之后的每一天里我做的那样。我站在这明与暗的交界线上,感知不到过去,也感知不到未来。活在当下吗?当下却存在于别人的生活中,自己像踩在云彩上一样不实在,谈不上活着。远方的城市灯火如海市蜃楼,眼前的烂楼残佛更没有人间实在。我站在雾霭中,雾里有微微的金色磷火闪烁,如同那两个悲伤女人的双眸。

三年前,我二十岁,是个大二学生,在东北一家三流的艺术学校读动画专业,浑浑噩噩地跟舍友们打了两年牌,已经到了早上起来不喝口白酒,右半边脸都麻木僵硬的地步。那时的我一定做梦都想不到我会回到金市和一起失踪案较劲。

我还记得大二那年平安夜，我和同学去果戈理大街上玩，遇到两个十四五岁的男孩站在圣索薇娅教堂的金顶下唱圣歌。其中一个男孩看了我一眼，我的心就像被子弹打了一样，内心涌起一股强烈的冲动，似乎生命中的时时刻刻平行铺开于我眼前，无比清晰，无比感伤。我似乎看到我和李陆星在草原上奔跑，他是我高中时代最好的朋友。他的故事和我的青春在那一刻于我的记忆中闪闪发光，像世界是用金子打成的。我似乎还看到两颗金色的雨滴从星空中向地球坠落而来，像我失去的灵魂一样砸在额头上。

回到宿舍，我再没摸过牌，没碰过酒杯。整整两年时间，围绕这两颗幻觉里的雨滴，我利用学校的设备拍了几十万张照片，做了这部叫《两颗雨滴》的十五分钟逐格动画短片。它在欧洲一个国际A级电影节拿了最佳短片奖。获奖评语是"一部以童话口吻描绘现代东亚人类生存图景的纯真动画，像是宫崎骏与奉俊昊的结合体。期待张军这位导演的首部长片"。

这是在电影行业内很重要的奖项，从那时起，我跟着它去了很多国家，很多影展。在每个影展上都会有观众问我为什么要拍这部电影，我说我要能解释清楚，就不拍了。人们会发出善意的哄笑，他们认为我是一个刚从大学毕业的年轻人，笨嘴拙舌是自然的。他们不知道，这正好能掩饰我的惊惶。

2011年的10月份，《两颗雨滴》在台湾参加影展的时候，我认识了小琪姐。那是在台北一家很有名的牛肉面馆,夜里三点,我孤身一人慕名而来,正狼吞虎咽一碗牛腩面。一个身材像河马般肥硕的女人坐到了我面前,把一瓶家乡特产"闷倒驴"酒放在桌上。我看着她,女人递给我一张名片,表明她在一家注册地址在金市的电影公司任职总经理。这引起了我的好奇,她用金市方言对我说,张导演你好,我很喜欢你的《两颗雨滴》,我也是金市人,我们聊聊?不知是因为相同的口音,还是因为60度的"闷倒驴",总之在这个无聊至极的夜晚遇到她让我觉得很亲切,我点了点头。

那晚我们就着卤牛蹄和"闷倒驴",聊到面馆打烊。我喝醉了,觉得从台北街头的酒杯里飘出的"闷倒驴"香味像是一片草原,从我的舌头与皮肤上生长蔓延,到处是青草的香味。我们坐在台北街头,一直聊到早上九点多,上班族们像阵雨前的蚁群般在街头涌动。她说了很多,当天中午我醒来时差不多就都忘光了。但能记住两点,其一是她可以在金市为我投资一个工作室,专门用来开发《两颗雨滴》的长片版。其二是我俩分手的时候,我问她为什么不问我这片子的思想内涵,别人都问。小琪姐说看你的片子,我能想起咱们那儿的太阳雨,好像毛毛雨打在我脸上,我鼻尖发酸,这就足够了。

冲她这两句话,我跟她回到了金市。一年来我写了无数剧本,她都不满意,说不商业,不安全。她爱打乒乓球,说这减肥。我正好高中时参加过校队,技术非常好。每天晚上不管多晚,我都会到她家楼下的乒乓球馆陪她练两个小时,就是为了我的电影在她眼里能商业一点,安全一点。

2012年6月20日的深夜,我俩刚打完一局乒乓球。她递给我一瓶脉动,对我说金市最近发生了两件有意思的事。你挑一件,把它开发成剧本,咱给它拍了,作为你的长篇处女作。我看着小琪姐,大脑内还在分泌旺盛的多巴胺,暂时组织不出来语言。小琪姐说,第一件奇事,是有个水泥罐车司机这天正开车去工地运水泥,却看到路边自己老婆的车停着,还不停晃动。这司机凑到车窗一看,气得七窍生烟,他老婆正和一个陌生男人在后座上偷情。司机回到自己的水泥罐车上,开着车过去,把三吨水泥卸到了他老婆车上,把他们活埋了。我喝了一口脉动,说第二件呢?小琪姐又讲了6月13日男人失踪事件。我说,咱不是说好了,把《两颗雨滴》发展成长片吗?怎么你突然就改主意了?这一年乒乓球白陪你打啦?

小琪姐说,经过我和几个股东慎重考虑,作为一家新公司,投拍的首部作品是纯情动画长片实在过于冒险。现在纯情的电影太多了,人家那还是真人,有大明星,有床戏,并且可以堕胎。你的动画片没有市场竞争力。反而是现实题材的强情节片,比如喜剧,比如悬疑,最近有几部票房很好,我都看了,挺一般的。证明这事有钱赚。富贵险中求,这也是为你好。青年导演,第一部一定要赚钱,你才有未来。

我跟小琪姐说,你让我想几天,再给你答复。从乒乓球馆出来,虽然是酷暑炎夏,可我却感到自己似乎身处冰窟,内心痛到近乎麻木。为什么生活总是事与愿违?是因为我年轻吗?走在大街上,我觉得自己就像一颗乒乓球,被人狠狠来回抽打。

我不知道自己是怎么回的工作室,怎么打开的电视。醒来时我闻到了自己身上浓郁的酒气,头疼欲裂。电视上还在放《两颗雨滴》,我干脆盘起腿来,继续看这部我已经看过千百遍的动画片。

小琪姐怎么能一句话就抹杀掉我们的努力呢?我想了三天三夜,然后我约小琪姐见面。在一家咖啡馆的包厢里,我对她说,为了筹措这部短片的拍摄资金,我卖过血,在火车站扛过大包。还得了心率不齐和肾结石。今天我二十三岁,这是我为这件事付出的代价。我还说它是我的命。你现在换方向,让我像个狗仔队一样每天去调查两个男人究竟为什么失踪,我真的特别为难。小琪姐什么都不说,只是看着我,目光坚硬。在最绝望的时刻,我干脆坐到了她身边,用我的左手握住她的右手,手指在她的掌心里轻轻挠动。我的另一只手伸向她的耳垂,嘴唇向她的嘴唇凑去。我想我把她睡了,是不是就能把她说服了?这是我现在唯一能为电影做的事情。小琪姐从我的手掌中抽出手,轻轻地把我推开。她打量了我一下,嘴角带着狡诈的笑意。她说张军,你想多了。

我狼狈地喘气,脸上发烫,恨不得一头撞死在墙上。小琪姐说,你真想保护你的作品,你就要把这两个男人失踪的事拍成一部赚钱的电影。我点点头,当她推开我的那一刻,我就知道我没有选择的权利。我说这属于雇佣创作,是另一个项目了。调研期间,我所有的差旅食宿费,你要负责。还有采访的费用。另外你每个月要付我一万块钱的工资。剧本成型后的开发费另算。小琪姐点头,从钱夹里取出两张卡,说金色的那张是你的工资卡,每个月20号发你工资。绿色的那张卡里有八万块钱。我把两张卡揣进口袋,说我先花着,不够了再管你要。她拍拍我的肩膀,说我信任你,不是因为你会打乒乓球,而且你长得其实挺砢碜,刚才那一出有点猥琐了。我说没啥事,我就先走了。她说你眼里有股劲儿,好像在找什么东西,并且你一定要找到它。电影就是你寻找的途径。这是你和别人不一样的地方,大多数人都不知道自己想要啥,包括我自己。

我走出咖啡馆,那时太阳高悬,云层正在落雨。我在找什么呢?几个路人在街上奔跑,身影在绵密的雨丝中看不清面貌,仿佛雪白的魂灵。

科幻方向的改编思路被小琪姐否掉后的半个月里,我又递交了几版故事,都没过。快到八月了,正是金市最热的时候。所有人都排除了李峰和张桥不在人世的可能，否则警犬灵敏的鼻子早就会闻到藏匿于废墟中的尸体臭味。两人也不太可能被人绑架，因为同时让两个大男人束手就擒，这事难度太大。金市人有种特质，想不明白的事就不再去想。渐渐地，这起失踪案不再是金市大多数人最关心的事情。八月十八日，是金市国际车展，到时这里又会挤满了各种面貌的外国人。大概会有三百多家国内外媒体挤到金市，我们这里很多人商量着到时去大街上静坐，都是去年在民间借贷崩盘中血本无归的受害者。警察不再搜索南郊的废墟，他们有更重要的事情做。于佳丽和田青青起初还找我哭诉，后来终于明白导演不是记者，没法帮她们找到丈夫，对我也就冷淡了。终于有一天，她俩谁也不再接我的电话。

我去了张桥家。他家在金市三中家属楼里，那栋楼很破旧，从我上初中时它就矗立在这里，十年的时间让楼体外墙从天蓝变成灰暗。田青青不在，是一个七十多岁的瘦老太太为我开的门。我一看她的眉眼，就知道这是张桥的母亲。他们两人的五官间有着同样的冷漠。

张桥家是个六十平米的两居室，没一件家具的年龄会比我小。没有电视机，老雪花冰箱发出哮喘一样的轰鸣。虽然靠窗的地方摆满鲜花，可我还是能闻到一股酸萝卜味。老太太指着那些花说，这都是张桥失踪后，我以前的学生们慰问我送的。我点点头，墙上挂满了张桥母亲做老师时和历届学生们的毕业照。我带了几册绘本,想送给张桥的孩子。老太太说这些天太乱,孩子送到他妈妈家了。我说那青青呢,咋没见着她。张桥母亲说夫妻本是同林鸟,大难临头各自飞。

在采访中,关于张桥失踪后她作为母亲的生活和心态变化,老太太说得不多,主要是我在说。其实我也不是在和她说,而是运用我的想象以她为原型描绘一个受难者母亲的形象。到最后她完全不说话了,只是一个劲儿地冷笑,时不时看看窗边的花束。就在我打算告辞的时候,她说其实你来,根本不是为了帮我。我知道你,田青青和我说了。我说她是怎么介绍我的。老太太说你是个坏人,你只想从我儿子失踪这件事里找到你们所谓的素材,然后胡编乱造,把它拍成电影。普通人看热闹,还有点同情心。可你是吃人不吐骨头,事情越糟你的电影就越好看,你巴不得我的儿子死。我说那您为什么还让我进门,和我聊了这么多。她说我想看看这样一个坏人,究竟长什么样。

我面红耳赤,无法反驳,因为她把我和这件事的关系说到了根子上。我突然羞愧难当,觉得自己在这个老人面前像一只光屁股的猴子。从十八岁决定做电影那一刻起,我就没如此狼狈和难受过。我说,虽然我的目的是卑鄙的,但有一部电影是在讲张桥的故事,终归也是件好事。老太太瞥我一眼,怎么说?我说,他作为一个人,不会有一天被这个世界彻底忘掉。

老太太看了我一眼,叹口气,语气缓和了不少。她说,我观察了你好久,觉得好像以前见过你。我说我以前也是三中的学生,初中高中都是。她问我是哪一年高中毕业,我说奥运会,大地震。老太太说,08年,难怪,那时我还没退休,给初一教语文,咱俩肯定见过。我挠挠头,说真没印象了。她说麦丽芬就住在前面那栋一号楼,就是被人杀了的女人。你记得她吗?我摇摇头,不再说话。我感觉老太太在好奇地打量我,空气里的冰霜在渐渐融化。她说你怎么会做一个导演呢?我把我从遇到小琪姐之后这一路古怪的遭遇讲给她听。等我讲完,太阳已经落山了。我像是面对神父做了一次忏悔般通体舒畅。老太太想看小琪姐的照片,我从手机里找出来一张我俩的合影,老太太看完后说,你当时真挠她手心了?我说你为张桥平安能做出来的事,我为了拍这部电影都可以做。老太太说为啥?我突然哑火了。是啊,为啥?

见我不说话,老太太指指张桥房间,说你进去翻吧。我不动,老太太又说你说得对,那是我儿子啊,他不该白来这世上一遭。我走进那小屋,里面有股浓郁的烟味。再一想到酝酿这烟雾的生命如今未必还在人世,我心中觉得万分恍惚。打开张桥房间的门,只有一股积灰的味道扑面而来,没有人味。房间里面靠墙摆着一张单人床,对面是电脑桌,桌上有一台看着年龄比我都大的电脑。桌边立着两个小书柜,里面塞满了书。这个房间的窗帘是灰色的,电脑桌、书柜、单人床以及床单也是灰色的,连书柜里那些书的封皮都以灰色为主。我倒吸一口凉气,可以想象这个男人的生活有多么乏味。接下来的搜索也证明了我的判断,除了书籍和旧衣服,这个屋子再没剩下什么。当我打开他的电脑后,却发现桌面上有一个网络游戏的图标,这让我感到好奇。他是一个带着两岁幼童,和寡母蜗居的中年离异男人,也是一个拥有博士学位的高级知识分子,怎么有心情去玩这种无聊的网游呢?他的电脑自动储存用户名和密码,我登录游戏,发现他的网名叫"老道",只有一个伙伴,名字叫"都市猎人"。两人都是0级,却经常对话。对话内容很简单,都是两人约着去东城区一处名叫"桃花岛"的地方。去完之后两人回到网上会简单交流自己有多么地快乐,然后约好下次一起去,互道保重后告别。

"桃花岛"在哪里,他们没说。他们在"桃花岛"做了什么,我也不知道。我看了一眼聊天日期,最近的一次是6月13日的上午,几个小时后张桥和李峰就消失在了废墟中。我又看了几个日期,心开始狂跳,我很熟悉这些日子,都是李峰去小六楼收房租的日期。"都市猎人"就是李峰,他与张桥并不像人们议论的那样毫无瓜葛,而是一对经常结伴出行的老友。

我问张桥母亲,张桥说没说过"桃花岛"。她摇头,说搞清楚这件事,会对你的电影有帮助吗?我说也许帮助很大。她点点头,说那无论张桥怎么样,好歹他为这个世界做了点贡献。她谈论儿子的口吻让我微微感到诧异。我来不及多想,还得去李峰家打探"桃花岛"的消息,我和老太太告别,离开了她家。那时已是晚上九点,走过一号楼的时候,我的心突然涌起一股感伤,因为我刚才对那老太太撒了谎。我记得麦丽芬老师,还有她的外号"麦当娜",想到她的结局,我十分难过。我还想起了李陆星。我的步伐慢了下来。李陆星早就失踪了,他还会像我一样记得我们之间的那些秘密吗?

3.

去李峰家的路上,我经过电力局。在大门口,我突然回忆起李峰6月13日临上车前看到的那道彩虹。我抬头望向夜空,曾经出现彩虹的地方如今一团团星群在头顶闪烁,此时晚风悠长,我突然悲凉地意识到,不仅是那两个男人失踪了。在我生命中,有些人可能再也不会见面,比如李陆星。我们脚下的星球不会因为任何人的悲伤与消失停止转动。

站在电力局门口卖瓜子的大爷是李峰生前最后接触过的人。几天前,我来找过他,给他一百块钱,问他李峰上公交车之前,究竟和他聊了点啥。大爷说就彩虹。那时刚下完雨,天上出现彩虹,我俩都觉得挺好看。他看起来心情挺好,一点都不像马上要出事的样子。

我记得那道彩虹,金市新闻那天播过。确实漂亮。是罕见的双层彩虹,金市在它映照下像天国般宁静。我不晓得当李峰欣赏这道彩虹时是否知道自己和彩虹一样，正在从这世上慢慢消失。张桥呢？那个时刻他是否也看到了彩虹？他们究竟是喜悦，还是悲伤？

李峰家的门铃音乐是《欢乐颂》，当于佳丽打开门，我发现气氛并不怎么欢乐。李峰的母亲与前妻正在屋子里抄家，客厅里满地都是碎裂的玻璃渣与瓷片，电视机已经被砸烂了，在于佳丽的尖叫声中，李峰的前妻抄起椅子，砸碎了落地窗的玻璃。于佳丽咬牙切齿地说我要报警。李峰的母亲说我砸自己的家，野女人给我滚出去。此时卫生间的门打开了，一个二十岁左右的女孩走到了李峰母亲的面前。女孩应该刚洗完澡，穿着宽松的睡衣，头发还湿漉漉的。她手里拎着一把大扳手，指着李峰的母亲说，你说你要保护你的家，这我理解。可于佳丽是我妈妈，她理一颗头只能赚五块钱，她就这样五块钱五块钱地供我读到了大学。你再骂她是野女人，我撕烂你的嘴。

在场的人都愣住了。我眯起眼睛端详这姑娘，她极力地掩饰着慌张，可颤抖的身体还是出卖了她。她的胳膊还没有扳手粗，这让她的威胁显得有些可笑。我发现她挺经看。虽然她家到处都是玻璃碎片，可因为她裸露在T恤外面的锁骨上白皙的光泽，因为她身上水蜜桃洗发水的香味，眼前不堪的家庭场景就像钻石般令人赏心悦目。李峰的母亲说好啊，老婊子和小婊子合伙欺负人。那姑娘抄起扳手就要砸老太太，被于佳丽拦住。几个女人像一群母狮般相互撕扯着，扳手从姑娘手中落下，砸在我的脚上。我"嗷"了一声，却没人理睬。我咬着牙说你们知道"桃花岛"吗，没人回答我，我被李峰的母亲推出了门。

我站在茫茫夜色中，万籁俱寂，此时我不知自己还能去哪儿。这时我听到后面响起一声清脆的"喂"，我回头，是于佳丽的女儿，她来到了我身边。此时她换了一件桃红色的T恤和紧紧裹住腿和屁股的牛仔裤，还戴了顶蓝色的棒球帽，仍然愤怒未平，胸膛起伏，脸蛋红得像苹果一样，浑身的荷尔蒙按捺不住地向夜空中四溢，仿佛一只捕猎失败的母豹。我说干吗？她说刚才不好意思啊。我笑笑。她说有烟吗？我掏出烟盒，递给她一根，自己也点了一根。她抽了两口烟，问我说你刚才说啥岛，我说桃花岛。

我把在张桥家的发现告诉了这个女孩。她摇摇头，说我没听李峰说过什么桃花岛。我说你不应该叫李峰爸爸吗？她愤怒地说关你屁事，桃花岛关你屁事，这一切都关你屁事。我掐灭烟头，说我该回去了。她说我知道你，你就是那个导演，拍电影好玩吗？我说不好玩，天天被你这样莫名其妙的人辱骂，身心都是负能量。女孩笑了，说我饿了，你陪我去吃点东西吧。我不动，她似乎看出了我心中的犹豫，对我说你不是天天缠着他们做采访吗？你也采访采访我。

出了小区，她带我去了一家肯德基，点了一堆中不中洋不洋的小吃，我买单。我俩一边吃一边聊。女孩的名字叫白巧，五年前跟着于佳丽来到李家。李峰虽然经常嘀咕她花钱，但在交学费这事上从没含糊过，也没有像韩剧日剧里那些变态一样偷窥继女洗澡，总之是个合格的后爸。除此之外，她对李峰的了解并没有比我深多少。我说，你的胃口真好，李峰失踪你好像一点都不伤心。白巧瞥我一眼，说我在北师大读中文，最喜欢的中国诗人是翟永明，最喜欢的外国诗人是金斯堡。我点点头，说我看到我这一代最优秀的头脑在疯狂毁灭。她说你还可以。我说我就知道这么一句。她说足够了。那你应该明白我为什么不伤心。我说真不明白，好歹是家人。她说生命之所以美，是因为它很虚幻。可这件事太真实了。我说咱能说人话吗？她说我觉得李峰是傻逼，我妈是傻逼，那两个女人也是傻逼。我说那你觉得我呢？

　　白巧笑了，刚要说话，我摆手示意她别说。我说我有点后悔请你吃这么多好吃的了，咱要聊不下去，就散。白巧说再等等，估计那两人还在折腾。聊聊你拍过的电影吧，讲的什么故事？

　　我说电影的名字叫《两颗雨滴》，讲的是一场大雪之后，水分蒸发到了天上，斗转星移，又不知过了多久，凝结成两颗雨滴。它们一样圆润，一样晶莹。它们都来自咱们金市，自然身上有着一层美丽的金光。两颗雨滴看着对方，就像在看另一个自己。它们从没见过大海，远方的浪涛声让它们向往。两颗雨滴约定，等下一次落雨时，它们就去大海。

终于到了夏天，这两颗雨滴挣脱云彩，向海面飞来。在坠落中，烈日灼烤着它们稚嫩的身体，其中一颗雨滴意识到很有可能还没到达大海，它们就会被阳光蒸发掉。它只有两种选择，要么死，要么吞掉同伴的身体，吸收它的水分，延长自己的生命。炎热让它难以忍受，它飞向自己的同伴，那颗长得和自己一模一样的雨滴。同伴先是错愕，但接下来一秒钟就明白了它要做什么。在同伴的注视下，这颗雨滴吞掉了同伴的身体，自己变得像一颗水晶球般巨大。

这颗幸存的金色雨滴掉入大海时，它的灵魂瞬间占据了整片大海。它化成这片海，巨浪向星球的每一个角落奔涌，像是它为同伴发出的哀鸣。后来的亿万年里，这片海将自己一点一点蒸发殆尽，重新回到天上。它变成无数金色的雨滴，却再没有同伴，也再没有自己。

我讲完这个故事，白巧吐吐舌头，说这故事挺"飞"的。正常人编不出来。我们走出肯德基之后，白巧不愿我送她回家。她说我现在满脑子都是你这电影，我想看。我说，我工作室的电脑上有。

到了工作室，我们没看动画片，反而滚到了床上。事后，白巧突然淘气地笑了。她说你片子应该拍得不错。我说为啥。她说到床上我才发现，你是看着愣。但其实，还挺心灵手巧。

一切平静了，我从冰箱拿出两罐啤酒，拽着白巧到阳台上有一搭没一搭地聊天。我只穿着我的短裤，白巧套上我的T恤，光着两条腿。她看着天上的星星，说想起了她爸。她爸如今已经到了天上，变成了一颗星星。我说，你爸怎么去世的？白巧说心脏的问题。中午吃饭还加了一次饭，午睡的时候突然说胸闷，然后脸发白。几分钟，人就没了。我经常怀疑，我的心脏也遗传了他的毛病，总害怕自己突然就倒下了。我说，你不会的。白巧说，为啥。我说，好人不长命，祸害活千年。你长这么好看，肯定是祸害。白巧不屑地笑了，握住我的手。她的手很冰凉。白巧说，我眼睁睁地看着我爸离开，现在还忘不了那种恐惧。我经常做梦，梦到我妈，或者身边的人突然倒下。我问她，你以后会梦到我吗？白巧刮了下我鼻子，没说话。她身上的香味飘进我的鼻翼，令我迷狂。

　　第二天，我醒来时已是上午十点多，白巧早就走了。桌上给我留了张纸条，是她的手机号码。我给她发了个短信，问她昨天晚上是怎么定义的。过了一会儿，她回了"再联系"三个字。我蒙了五六分钟，还是猜不透这个女孩。

　　李峰和张桥每次去"桃花岛"，都是上午约，下午去，晚上回。所以我推测这地方在市区里，最远也不会出金市近郊。我找出了金市所有的"桃花岛"，有网吧，有KTV，有洗浴城，有私人影院，我一家家地去塞红包，疏通关系，但都没有找到李峰和张桥的身影。钱倒是花得很快，因为有时不但得搞定保安，还得搞定保安的头儿，甚至是经理。小琪姐后来又给我打了三万。我也不知道她哪儿来这么多钱供我白造，应该也不是她的。

有天我正在德亿大厦旁边的"桃花岛"韩国洗浴城里汗蒸，突然接到一个短信，是白巧发来的，问我在哪儿。那时已经距我们做爱过去了半个月，我打电话过去，问她找我干吗。她说我怀孕了。我腿一下就软了，白巧在那边"咯吱咯吱"笑，我说你大爷，这种事别开玩笑。她说我想你了，你在哪儿。当我说我在洗浴城的时候，她有些不悦，说泡澡染上性病艾滋怎么办，但还是和我约好半小时后大门口见。

我要出去的时候，安保总监问我不再蒸会儿，晚上还有新请的二人转演员，节目很逗乐。他的语气愧疚得近乎于鬼祟，可能是因为他收了我两千块钱红包。我拍拍他肩膀，不蒸了。我说，那边男人经常来吗？我指指那个泡在浴池里的中年男人，他有着一个通红的大鼻子，像只龙虾般趴在他脸上。身体又黑又壮，仿佛一头棕熊。这大鼻子男人和我一起进了洗浴城，从我俩脱光衣服那一刻，就不时地瞥我一眼。安保总监摇摇头，说第一次见。我点点头，去穿衣服了。我认识这个大鼻子男人，第一次和他说话，还是上高中时。我本以为这辈子都不会再见到他了，可谁让我绕地球走了一圈，到最后又回到金市了呢？小城就是这样，多么不堪的过去都堵在你眼前，无法闪躲。此时此刻，大鼻子男人看着我，就像在看一块香喷喷的羊腿肉。

我刚走出洗浴城的门，一辆商务车停下。几个男人扑过来把我踹倒，痛殴我一顿。当他们停止的时候，我半坐在地，通过肿胀的眼眶看到李峰的前妻从面包车副驾驶座上下来，走到我面前。她对我说，别再打听我们家的事。我说，白巧呢？她看我一眼，说花十万能要你命，信吗？

他们走了，我站起来，走到喷泉边俯身洗鼻血，剧痛像云雾一样在我的身体里扩散。那个大鼻子男人走到我身边，说他们下手挺有技术，你骨头应该都没断，也不会有脑震荡。我看看他，继续洗自己脸上的血。我一边擦脸，一边说陈诺警官，听说你现在是金市刑警队的队长了？

陈诺笑着说，我真没想到，就你小子高中那操性，还能拍电影。你那个朋友叫什么来着？哦，李陆星吧。他去哪里了？

我对陈诺的微笑感到愤怒，说你看到他们打我，就不管？陈诺说，你该打，你不应该去碰人家的女儿。我瞟他一眼。陈诺说，李峰失踪了，可他留下了几千万的房产。前妻和于佳丽正争得不可开交，你和白巧睡觉，不打你打谁？我说，你好像什么都知道。陈诺说，你以为就你聪明，能查到"桃花岛"？我早就盯上你了。我说盯我干啥，李峰和张桥不在我这儿。陈诺说，放弃吧。你绝对能做个好导演，但这个故事到了尾声，可以到此为止。我说，你查你的，我查我的，咱俩事不一样，互不干扰。陈诺说,但你可能会坏我的事。陈诺的语气里有股威胁的意味。我不知道哪里来了一股勇气,就是想激怒他。我说你能有什么事?五年了,你还是没抓到杀麦丽芬的人。陈诺没生气,他眼神冰凉,像两颗即将干涸的雨点。他拍拍我的肩膀,转身走了。

我在床上躺了半个月,养伤的时候,白巧给我打过几次电话,我都简单应付,拒绝见面。因为我心中暗下决心,失踪案也好,白巧也好,都就此结束。目前我掌握的素材已很充足,足够我完成一部电影了。伤好之后,我整整一个礼拜没出屋,写了一个公路喜剧题材的剧本,讲两个男人少年时喜欢同一个女人,如今那女人要和一个混蛋结婚,两人假装失踪离家出走,去远方希望挽回爱人的故事。我把剧本发给小琪姐的当天晚上,她就给我发来了一封长长的短信,盛赞这剧本是她读过最好看最接近老百姓生活的故事,并且写出了咱金市人的精气神。我说那可以筹备拍摄了吗?她回话随时可以,看你时间。

我复制了这条短信,给我爸和我妈发了过去。我们家从没出过和艺术沾边的人,自从我发誓要拍电影之后,他们就担心我有一天会穷困潦倒地暴死街头。现在这事终于要成了,我第一反应就是把这个好消息汇报给他们,让他们安心。之所以分开发短信,是因为两人分居好几年了,一直在闹离婚。几分钟后,我爸先回复我,有志者,事竟成。趁着年轻,勇敢追逐自己的梦想。我给他回,好的。又过了几分钟,我妈给我打电话,约我过两天去她家吃饭,她也约了张建国。张建国就是我爸,我妈的声音听起来很平静,毕竟是见过大风大浪的人。

去年金市的金融崩盘,一直在玩钱生钱的我妈倒了大霉,欠了八位数的外债。为了不让债主们找到自己,我妈住在市郊的一套毛坯房里。到了吃饭的日子,我提前半个小时出发,可我爸还是比我先到。我进屋的时候,估计他俩已经聊了一阵。气氛有些凝重,老样子,我都习惯了。这里没有煤气,我爸在餐桌前擀饺子皮,我妈蹲在电磁炉边上,锅里的水开始"咕嘟咕嘟"冒泡。我说同志们好。我妈瞥我一眼,继续蹲守那锅开水。我爸嘴上叼着香烟,一乐,烟灰洒在面团上。他冲我挤挤眼睛,示意我别声张。他揉了那面团几把,烟灰消失不见。

我突然有些感动,想起小时候我爸给我讲笑话,还没讲完,自己先笑着从沙发滚到地上。我妈看到会抱怨,说他像个小孩,一点正形没有。衣服弄脏了还得她洗。无论我妈多么暴躁,他都眯着眼睛笑。这么多年,他一直都没变过,尽量笑,不去看变成烟灰的往昔。

吃饭的时候,我跟他们说起张桥和李峰失踪的事情,两人啧啧称奇。我妈说,小军还记得吗?那片废墟是太阳城。我说啥太阳城?我爸说,太阳城啊,林生虎,就是你们班林倩倩他爸。林倩倩你总记得吧?和你打过架。人家还是校花,你小子不怜香惜玉。我点点头,好像有点印象了。我爸说,他在你们上高中时候建的。他们花了八千万，在小区广场上建了尊大佛像，专门用来保佑业主。我说，这么一说，印象更深了。我妈说你肯定有印象，2008年，那是金市最火的楼盘。我说，佛像还在，就是残了，半边身子塌了。

今天的饺子是用羊肉做馅包的，没冷冻过，很鲜。为庆祝我的剧本得到制片人的青睐，我们喝了几杯白酒。我妈不知是因为酒精作祟，还是因为太阳城勾起了她的回忆，话明显多了。她一个劲儿地回忆2008年是多么地美好，北京欢迎你，全金市在建设，GDP超过香港，大街上都是名车，美国《时代》周刊管我们叫东亚迪拜。我妈说这些的时候，兴奋得眼睛发亮，手舞足蹈，一点都不像一个身上背了几千万债务的老赖。

吃完晚饭，我送我爸回家。快到地方的时候，一路无语的他突然说，她吃亏就吃亏在心气太高。我没说话。出租车到楼下，他问我回不回家睡一觉，我想想，算了。我爸也没留我。等我回到工作室时，十一点多。我把写剧本时喝剩的半瓶威士忌喝到见了瓶底，发现白巧给我发过短信，想你。我没回，倒头就睡。被手机声吵醒时我看了看墙上的钟，差三分钟到早上五点。我拿起手机，我妈在两点多的时候给我发来条短信。儿子有出息了，妈妈很高兴。你要拼搏拼搏再拼搏，努力努力再努力。

从3点17分开始，到我醒来前，一共27个未接电话，都是小琪姐打的。我拉开窗帘，看到两辆警车闪着灯，向南疾驰而去。小琪姐又打来电话，我接起，她说，咱俩真是大傻逼。我说，怎么了。她说什么公路喜剧。今晚金市都传遍了，他俩没离家出走。我感到一股巨大的沮丧感袭来，心想这电影又得延期了。我急忙点燃一根烟，希望自己镇定下来。小琪姐在电话那头嚷嚷，警方发现了他们的血迹和脑浆，他俩被人杀了。

第二章

张桥的母亲叫林殊兰,可能是做了几十年老师的缘故,干什么事,都讲究个道理。在调查中,我听到过一个段子,说林殊兰有年气不过自己的奖金被扣,天天去找校长理论。校长有次被林殊兰堵在办公室,无路可逃。校长为了躲清净,想从卫生间的窗户翻出去,结果掉下了楼。幸亏是三楼,只摔断了腿。从那天起,学校的教职工给林殊兰起了个外号,叫"野驴"。

有一天林殊兰来工作室找我,求我帮忙。事情很简单,张桥失踪前在一家名字叫"宝宝乐"的早教中心为他儿子张多多办了会员,每周的二四和周末上午张多多都可以去早教中心上课。张桥失踪之后,"宝宝乐"的负责人突然通知林殊兰,张多多必须退课。我说,那交的钱呢?林殊兰说,一共两万块钱,对方愿意全退回来。我说,那挺好啊。上那么多课,等于免费上。这事划算。林殊兰说,凡事都得有个理。他们不能平白无故让我们退课。我低头不语。张多多在她身边突然哇哇乱叫,然后放声大哭。我说,多多是饿了吗?林殊兰摇头,说他是希望你帮忙。多多很喜欢音乐课和手工课。我实在找不出拒绝的理由,只好答应试试。

当失踪案变成杀人案之后，公路喜剧的方向被废掉了，项目只能重打鼓另开张。我给白巧发过短信，想打探消息。白巧说家里很乱，最近别联系。再打电话，她就不接了。我一时慌了手脚，不知道这个故事还能从哪里下嘴。小琪姐那段时间很担心我的状态，天天给我送书，有贾樟柯的故乡三部曲，还有马尔克斯的访谈集，莫言的回忆录。她说，你好好看看，这都是讲伟大的艺术家怎么从故乡汲取养分的。我说，你是怕我撂挑子不干吧？小琪姐不说话，干笑。我说，你放心吧，就是世界毁灭，只要有拍电影的可能性，哪怕只剩一口气，我也会坚持下去。

警方确认张桥死后没多久，张桥的前妻把张多多扔给林殊兰，说这是老张家的种，自己总带着，现任丈夫意见很大。林殊兰没多少积蓄，请不起保姆，只能自己独立照顾张多多。一个快七十岁的老人带着一个两岁的幼童，日子很是狼狈。白巧不理我了，我就天天去张桥家陪他们，希望林殊兰能为我提供有价值的线索。这老太太丧子后变得恍恍惚惚，有时会跪拜她挂在墙上的十字架，喃喃自语些拯救和道路之类的疯话。也有时状态比较清醒，会跟我聊聊天。她告诉我，警方之所以能确认张桥和李峰被人谋杀，是因为三中的两群初中生打架，有人用工兵铲砍伤了人。刑警调查这事的时候，从工兵铲上验出了李峰和张桥的人体组织痕迹。伤人那小子被吓坏了，交代这工兵铲是前不久和同伴们去那片烂尾楼里放野火玩时捡的。警方费尽周折，还是没找到凶手的任何消息。他和张桥是什么关系？究竟有什么仇恨？他是怎么神不知鬼不觉进入太阳城的？他是怎么杀人后又躲开监控把尸体运出来的？林殊兰想这些问题想得头都白了。

每当下起太阳雨的时候，林殊兰就会发疯。那时她会咬人，打人，砸家里东西。还有一次把我赶到门外，骂我什么狗屁电影梦，就是想出名的蛆虫，秃鹫。总之，我在她眼里就是食腐生物。

有天，林殊兰带着张多多去游乐园玩，两人一起走进充气城堡，张多多爱溜滑梯，上上下下很多遍，尖叫大笑。可林殊兰进去半小时，没个动静。守在栅栏边的我心说不妙，穿着鞋就冲了进去。在城堡的最里面，我找到了林殊兰。她正蹲在角落里无声地痛哭。我走过去轻轻抱住她，她使劲地搂住我，我没有想到一个老人会有这么大的力量。

她小声地说，今天田青青去云南了，再也不会回来。我本以为他们会结婚的啊。我不知道该说什么，只能默默地陪在她身边。

那天在游乐场，我陪张多多玩了所有他想玩的项目。第二天起，我每天都会陪张多多来游乐场玩两个小时，在张家吃一顿饭。看到孙子的脸上有笑容，林殊兰状态也好了一些。她告诉了我很多她儿子的事，连张桥的满月照都给我看了，但没有对我有用的信息。我看得出来,其实林殊兰并不了解儿子。张桥本就性格古板,自从失意之后,就将自己封闭起来,林殊兰都无法走进他的内心。帮不上我的忙,林殊兰总是躲闪我的眼神。有一次在她家楼顶,我帮她晒被褥时她突然说,小张,难为你了。我有些吃惊,不知她啥意思。林殊兰轻声地说,这么好的太阳,你该去谈恋爱,不该为我儿子耽误时间。我一时只能傻笑。她不明白,其实我更愧疚,是我用感情逼使着这个孤独的老人拽住张桥的幽灵不放。有时我想,电影真不是人干的事情。这也是我答应帮林殊兰忙的原因,我是真想为这对祖孙做些什么。

"宝宝乐"早教中心在光明街那个交叉路口的永利超市楼上,一进去,我就明白张多多为什么喜欢这里了。它明亮而宽敞,铺着原木地板。墙壁,台阶和所有的尖锐处都使用了无味环保材料的软包。新风系统输送的氧气令人精神抖擞。站在这里,我都觉得像是被母亲结实的臂膀环抱着,更何况张多多呢。

早教中心的负责人叫刘娟,不到三十岁,个子很高,骨架大,显得魁梧,声音也粗犷,有点烟酒嗓,总之是那种在我看来去开公交车更合理些的女人。我找到她的时候,她正在给孩子们表演儿童剧。她的后背上装着一对毛茸茸的白色翅膀,在阳光下真有点天使到人间的意思。正是夏季,虽然开着空调,但室内还是很闷。其他老师或者T恤短裤,或者连衣裙,刘娟却是衬衣长裤,这让我感到奇怪。这个不怕热的天使和我说话时眼神一直在飘闪,不愿和我对视。我表明来意后,刘娟说,不是我们不收多多,是其他宝宝的家长容不下他。多多爸爸的事情传得满城风雨,家长们怕仇家来找多多的麻烦,殃及自己的孩子。多多待在这里,对他的成长也没好处。

刘娟说得合情合理,我哑口无言。张多多看着眼前的积木、童书和小朋友们,似乎意识到自己很有可能失去这一切,伸手去拽刘娟的胳膊。令我没想到的一幕发生了:刘娟像是被火烫了一样,下意识地推张多多,想躲开他,结果两个人一起摔在了地上。就在那一瞬间,我察觉到刘娟的双眼像冰面破裂后的黑洞,恐惧从中喷涌出来,瞬间蔓延到这温暖的教室里的每一个角落。我想把刘娟扶起来,发现她竟然在战栗。

两个老师跑过来,一边向我道歉,一边把大哭的张多多抱到办公室去安抚。我再看刘娟,她正告诉同事红花油放在哪里,刚才的失态像是我的错觉。

我说,你害怕他?刘娟说,对不起,我总会想到多多爸爸被人杀害了。我说,他是多多,又不是多多爸爸。刘娟说,我是个女人。我说,你首先是个老师。刘娟说,咱就到这儿吧。今天的事情真的很对不起,你可以索赔。我说,你刚才在发抖,没有大人看到孩子会发抖。

刘娟突然面对我,直视我的眼睛。那一刻我很不舒服,之前觉得她逃避我，是要逼走张多多，她心中感到愧疚。此刻我发现，她不看我，只因为我是一个她特别不愿见到的人。但我俩之前明明没见过。刘娟莫名其妙的反应让我愤怒。这种感觉就像你走在大街上，突然被人误认成小偷痛打了一顿。

刘娟说，还没有请教你，和多多是什么关系。怎么他奶奶没来？我告诉她我是谁，为什么今天是我来。刘娟点头，说哦，你做了导演。我愣了，不知道她是什么意思。那一刻，我突然觉得刘娟有些面熟，在生命中的某个重要时刻，我和她发生过交集。

刘娟说，做导演不容易，你该拍自己的故事。我说，我挺无趣的，没故事。刘娟说，每个人都有故事，我看你这人就挺有趣。她说这话的时候，我愈发感觉此人面熟，就是想不起究竟在哪里见过。我说，刘老师，咱之前有过交道？刘娟说，我们做教育的，接触人太多，我没印象。我说，我觉得有。要不你怎么会觉得我有趣。刘娟说，你觉得有，也许就真有。但这是你的问题，我不关心。你再好好想想。这时下课了，几十个两三岁的孩子瞬间不知道都从哪儿钻了出来，涌到她身边大叫和哭喊。刘娟俯下身来，亲吻着孩子们的脸颊。她对我说，你看，我真没时间和你聊天了。孩童稚嫩的啼哭像雾一样，越来越浓，我愈发看不清刘娟的本来面目了。

我把张多多送回家，对林殊兰说了谈判的情况，但没说刘娟传递给我的奇怪感觉。林殊兰表示理解，她会找个时间去早教中

第二章

心退钱。回到工作室时已是晚上,我躺在床上辗转反侧,过了很久,我才搞明白自己失眠的原因:我的手心上还残留着扶起刘娟时她身上的香水味道,就好像刘娟还在我的怀中颤抖一样。

我给小琪姐打电话,那时是凌晨四点多,她还没有睡,应该是在夜店或者酒吧,我能听到隐隐约约的嬉笑和音乐。小琪姐最近在闹生殖焦虑,疯狂相亲。我特别想对她说,声色场所是遇不到好男人的,但转念一想,闭上了嘴。我说我要跟踪一个人,需要车。小琪姐说,有线索啦?我说,不能确定。挂掉电话,我坐在沙发上眯了一会儿,做了很多怪梦,都是快高考时候的事。有人敲门,我醒了过来,那时是早上七点。我回忆那些梦,心想可能是突然回了趟三中的缘故。来人是小琪姐的司机,他给我送钥匙,说车就在楼下。司机走后,我简单吃了口早点。

小琪姐借我的是一辆陆地巡洋舰,我开着车到"宝宝乐"早教中心时是早上八点四十七分,正好看到刘娟匆匆进楼。在一群赶来上班的售货员和女白领中,她比别人都高,像一头赶路的骆驼。

我戴着口罩,在早教中心门口蹲守了一天,没什么异常。进来出去的不是带孩子的,就是管孩子的。下午五点半,早教中心下班。十五分钟后,刘娟最后一个走出早教中心,下楼,上了4路公交车。我开车跟在后面,公交车到了金市人民公园站,刘娟下车，从前门走进公园。我把车停在路边车位上，也追了进去。十分钟后，在公园西侧小树林中的一处角落，我找到了刘娟。一群人围在那儿，看小乐队表演，刘娟是歌手，弹吉他打鼓的都是五六十岁的叔叔。他们配合娴熟，台风稳健，看得出来，这是她的日常娱乐活动。刘娟的嗓音沙哑，但乐感很好，唱起歌来还挺有韵味。尤其是田震的《执着》，"拥抱着你 oh my baby，你却知道我无法后退"，沧桑悲壮。

夏天的热浪里，树叶沙沙作响，围观者都是寂寥面孔，像是时间刻出的石像。唱到晚上八点，围观者众多，刘娟却摆手停下。一位穿着墨绿色晚礼服的老妇顶替了她，乐队休息片刻，开始下半场，港台金曲变成年代老歌。《北京的金山上》，旋律庄重。我跟着她走出公园。她在路边摊独自一人吃麻辣串，我开车过来的时候，她正好吃完。刘娟打包了一份，挤上9路公交车。我们一路向东。

9路公交车的终点站是东郊还没建好的工业园区，刘娟下车。我也停车，跟着她步行了大概几百米，风中隐隐约约传来草腥味和烈马的嘶鸣。前方是用围墙和铁丝网拦住的一片园区，没有名字。天蓝色大门上挂着木牌，"私人马场，闲人勿入"，刘娟走了进去，我也走了进去。

夜风微凉，月光洒在漫长跑道间密密麻麻的马蹄印上，我有种感觉，时间在这里无效了。在一处被木栏环绕的马术比赛场地

第二章　　37

里，我看到一匹黑色的儿马正在沙地上愤怒地左冲右突，长长的鬃毛如同战士的旗帜般随风招展。尘土从它蹄间溅起，沙尘弥漫，它却无路可走。

马瞪着血红的眼珠，悲伤地嘶鸣。马的皮毛油光锃亮，一根杂毛都没有，比此时的夜色黑得还深沉，一块块肌肉健硕得像是用花岗岩雕刻的。黑到极致时，闪耀神秘的光泽。四五个汉子光着上身，手持套马杆围住它，几次下杆都没有得手。刘娟和一个戴墨镜的男人正站在栏杆边。那男人手里捧着装麻辣烫的饭盒，和刘娟边吃边聊。

我看着那男人，感觉自己心脏狂跳，青春和那些难以言表的感受从心口撞击着我的胸膛。我曾以为我早就麻木冷酷，变成一个势利的大人。没有想到自己还记得这一切，以及它们带给我生命的疼痛。无疾而终的乒乓球比赛，死于谋杀的麦当娜，还有会跆拳道的校花林倩倩。高中时代的种种回忆像潮水一般从黑暗的远方向我涌来。所谓命运，所谓天注定，其实是由无数偶然和意外组成。它永远都是这样，像个劫匪。在你漫不经心处，抽出刀子给你最刻骨铭心的一下。

没这么巧吧，我心里想。这时，我听到他说，这是匹好马，就是野了些，你们别弄伤它。听声音，我更觉得像了。一个光膀子的男人说，你他妈别说风凉话，你来训。男人笑道，我快吃完了，你们再坚持坚持。

自由的心愿驱使着这匹野马一次次撞向木栏，大地都为此抖动。在月光的映照下，马的皮毛之上泛着一层暗红的光，像浑身浴血的战士。那些赤膊汉子不敢再靠近它，纷纷跳出了木栏。戴墨镜的男人这时吃完了饭，和刘娟耳语几句，打开木栏小门上的暗锁，走了进去。野马有些蒙，不相信有人不怕死，不敢冲撞，站在原地观察那男人，沉重地呼吸，鼻孔喷出一道道白气。男人伸出手来，嘴中轻轻低语着，像是在念某种神秘的咒语，又像是在唱一首古老的催眠曲。马在刨蹶子，非常狂躁，好像随时会爆炸。我想，这人会被疯马踩死。男人却并不在意，我甚至能看到他嘴角流露的友善微笑。他轻轻地踏步，一点点走向那匹不安的马。手离马的额头越来越近，马猛地抬起头，有人发出压抑的惊叫。男人没有动摇，依然微笑着去抚摸野马。看着男人的笑容，我更确定他是我高中的好友李陆星。他的手掌摸到了马，马温顺地低下头，他抱住马的脖子，马依偎在他怀中，似乎找到了自己异形但通灵的兄弟。他从自己的兜中掏出一把金黄的麦子，递到马的嘴边。马伸出又长又红的舌头，舔干净麦子，用头轻轻蹭着他的怀抱。

刘娟和那群马夫这时凑过去，与刚刚被驯服的马打闹。李陆星笑着离开人群，走到跑道边上的观众席，坐在塑料椅子上休息。我这老同学的微笑依然祥和，让人平静，像是生命没有被这段漫长的岁月腐蚀掉丝毫。我走到他的面前，说李陆星，老同学,好久不见了。他诧异地说,你是谁?我们这里没有你说的这个人。我说,我是张军啊。他说,你是在和我说话?

他没有摘下墨镜,夜色里,我看不清他的表情,不明白他为什么否认自己是自己。我说,三中,2008年,咱俩都从那儿毕业。你好好想想。他说,你这个人真逗。我说,你把墨镜摘了,正眼看看我,咱俩好好说说话。他大声喊刘娟的名字。刘娟面色苍白地跑了过来,你咋跑这儿来了。还没等我说话,她自己就明白了,生气地说,你跟踪我?你凭啥跟踪我?她的喊声传到台下,那群男人和黑马都围了过来,粗重喘息,像是随时能把我碾成泥。我说,你为啥高考那天没来?他说,哥们儿,认错人了吧?那几个男人走过来,其中一个手里还拎着钢管。我必须离开了。临走时,我说,李陆星,你现在还打乒乓球吗?

我叫得小心翼翼,似乎这个名字是玻璃做成的,声音太大会把它震成粉末。李陆星对我说,我没见过你这么奇怪的人。你好像什么都记得,可是把人认错了。我走出马场,天气闷热,路上的柏油都粘脚。我开车门的时候突然想起上高中时偷看我们班一个女生的日记,其中有一句,最令人伤感的不是秋天,而是夏天。

第三章

1.

我回到家时天都快亮了,却看到一个小小的人影蜷曲着坐在走廊上,是白巧,她睡着了,怀中捧着几本书,都是诗集,作者全是名字说着拗口的俄罗斯人。这琳娜,那斯基的。我的脚步声吵醒了她,她一下子跳起来,搂住我的脖子,快点餐快点餐,我还没吃饭。她身上还是那股洗发液的苹果香味。

等外卖的时间里,我使劲回忆那张墨镜下的脸,他又像我的朋友李陆星,又像是一个陌生人。见我一声不吭,白巧躺在沙发上看书时说,我觉得你对我越来越心不在焉了。我把我遇到李陆星的事讲给她听,她说,是挺邪门的。我问她,你有没有遇到过这种事情,明明是你身边的人,却对你视而不见。白巧认真想想,说有次我做梦,梦到自己到了一条陌生的大街,街上空空荡荡。就在我郁闷的时候,我身后响起脚步声。我看到了我爸,他看到我就停下了脚步。我当时很害怕,觉得自己是不是死了。可看到我爸,我就顾不上想这些了。这些年我有很多话,特别后悔没有对他说。我想抓紧机会把这些话告诉他。我拼命跑向他，可我爸离我好像越来越远。我永远都到不了他站的地方，我突然意识到，我是不是在做梦啊。然后一切都好像在融化，在变软。我很着急，心想千万不要醒来，千万不要醒来……

白巧越说声音越小，鼻尖也红了，像是在抽泣。这时门铃响了，吃的正好四十分钟送到。

我点了海底捞，火锅热气腾腾，白巧一个劲儿地下毛肚。我发现这姑娘很爱吃内脏。毛肚、腰片和鸭肠都是她点的，我只点了两罐凉茶，最近这些事太让人上火了。隔着阵阵雾气，我看到白巧的面色红润了不少。我说，这些天你累坏了吧？白巧说，还行，那两个女的天天来闹事。我不找你，你生气吗？我说，你来我欢迎，你不来我理解。白巧说，被他们打怕了？不想惹事？我把一盘羊肉下进锅里，快开学了吧？什么时候回北京。她看着我，你还想拍电影吗？我点点头。她说，我跟你说件事。白巧的声音突然压得很低，好像屋里真有第三个人似的。我说，我拍的又不是鬼片，你说就行了。

白巧说，李峰活着的时候，有天我去参加同学生日会，半夜十二点多才回家。我到家的时候，看到李峰正从一辆黑色宝马上下来，开车的是他一朋友，叫赵小平。我说，两个中年男人，吃个饭叙叙旧，再去歌厅唱会儿歌，那个点到家正常。白巧说，不正常。那天李峰和赵小平都穿着白色的衣服，两人身上都有血迹。我说，也许是红酒渍。白巧说，绝对不是。赵小平特地从后备箱取出雨衣，让李峰在车厢里披上。要只是污渍，至于吗？我妈又不是十四岁。我说，这个赵小平是干吗的？白巧摇头，不知道，我也就见过一两回。

我脑子飞速旋转着，吃了几口火锅里的羊肉和蘑菇。白巧点燃一根烟，看着我。我说，这件事，你该去找警察。白巧摇头，警察只会破案。那不是我想要的。我说，那你想要什么？白巧说，我妈其实特别傻。我要不在，她会让李峰他们家欺负死。现在我办了休学，帮我妈，和李峰他们家死磕。赵小平和李峰之间肯定有脏事，他的死赵小平也脱不开干系。你把证据找出来，我就能帮我妈对付那两个女人了。白巧说这些的时候，姣好的容颜像浸泡在红油锅里的肉片，一点点扭曲变形，有些狰狞，我突然觉得她很陌生。我说，你读诗的人，还在乎房子？白巧说，我妈跟李峰这么多年，不能像条狗一样被人轰出来。

白巧掐灭烟头，拿起笔和纸写了一行字，递给我。白巧说，这是赵小平的住址。你如果真的想拍电影，就干好你能干的事情。神秘的高中同学也好，我也好，都和这件事没关系。

太阳升起来时，我才刚刚躺下。每个电影工作者要学会的第一件事就是昼伏夜出。白巧在我身边很快就睡着了，轻轻打着鼾。我看着她起伏的背影，难以入眠。其实我更想不明白我接近白巧，是真的喜欢她，还是为了拍电影。但我必须承认她说得

第三章

对，我的所思所想和电影本身毫无关系，它们不重要。灵肉分离，这是电影工作者必须学会的第二件事。

赵小平的家在金市的旧城区，以前老新华书店后面的小巷里，是座低矮的平房，房前还有一个小院。土砖砌成围墙。包铁皮的院门上挂着铜锁。我去的时候是傍晚，太阳落山后的晚霞照在家家户户的木门上，青苔和爬山虎都被染成了金色。空气里飘浮着各家饭菜的味道，孩子的笑声和老人的咳嗽时不时从某户人家的门里飞出来。小时候我也和我爸我妈住在这样的一座平房里，那时看一切都很大，很清晰，特别有安全感。

赵小平的家门前没停着宝马。我左手掏进裤兜，右手敲门，没人回应。我回到停在路边的陆地巡洋舰里等他，心中纳闷，这人开宝马，怎么不去住别墅呢？我等了两个小时，赵小平没回来，而是来了一个邮差，他使劲推门，门底部露出一条缝，他把报纸塞了进去。通过门缝我看到屋里的地上堆着很多信件和报纸。我和周边街坊打听了一圈赵小平，大家只知道这人是去年搬过来的，平时深居简出。见人总爱笑，很和善。其他信息一律不知，显得很神秘。到了夜里两点多，再没一户人家亮着灯，小巷里静悄悄的。我蹬着围墙上的砖，翻进了赵小平家。

平房里黑乎乎的，我捡起门前那摞报纸，从5月8号到现在的晚报，有我手掌厚。我想，从那时起，赵小平就没回家了。我走到平房前，砸碎一扇窗户上的玻璃，把胳膊伸进去勾动把手，打开窗，跳进了赵小平家。夜色静悄悄，没人呵斥我。我打开灯，客厅里的东西都很简陋，以实用为主，缺乏色彩。我没有做太多停留，打开客厅尽头紧闭的门，走进里屋。那是赵小平的卧室，里面摆着张床。床边的书桌上有台电脑。独居男人的标配。唯一不太寻常的，是面对床的那面墙上贴满照片，这个房间没窗户，没有光，我看不清是什么。我点燃打火机，凑到墙前，在跳动的火苗下看清了其中几张照片，差点没吓得坐在地上。

照片上都是被人杀死后剥了皮的动物，有猫有狗，还有兔子和老鼠，四肢大张着，被细长的钢针钉在白墙上。我难以呼吸，奇怪的是，我却总觉得好像曾经见过这场景，这种感觉让我恶心。

我想打开电脑，赵小平设了密码。我尝试着输入桃花岛的汉语拼音，竟然开机了。在那里我找到一个文件夹，里面都是小视频。赵小平给每个视频按照日期起名桃花岛某月某日。我点开几个看了一眼，内容大同小异，都是张桥、李峰和赵小平在东城公园的小树林里折磨动物。我按照白巧给我的邮箱，把视频发给了她。我给她发短信，桃花岛不是地方，你继父和张桥、赵小平也不是普通网友。她回，啥意思？我回，查邮箱。

看着赵小平在那些血淋淋的尸体旁边笑得兴高采烈，我觉得人类真是残忍。这个鬼世界真要毁灭了。一想到他很有可能就是杀人凶手，我后背发凉。可是，这个人此刻又在哪里呢？

赵小平今年其实才二十三岁，和我一样大。父母这几年陆续去世了，没结过婚，无儿无女。人们没听说他和什么女人有暧昧。没上过大学，前些年一直当客运站的售票员，后来凭借着给几个房地产商从民间揽储，吃利息差价发了财。因为钱的事，和亲戚们也都闹翻了，没有往来。

我知道这些，是因为小琪姐。为了找这个人，小琪姐帮了我不少忙。她发动她的资源，为我找到了很多认识赵小平的人。可几乎每个我问过的人都不喜欢他，因为他花钱大手大脚，经常一顿饭就上万，买东西也不看价格，难免让把钱放给他的人心疼。去年的金市借贷大面积崩盘以后，他就再没给人还过利息，变得神出鬼没了。现在人完全失去了消息，大家不免担心这小子是跑路了，自己的血汗钱打了水漂。但没有人愿意报警，那更拿不回钱来。

我从没见过一个人能把生活过得像赵小平这样人神共愤，调查变得更加没有头绪。我想我永远都找不到赵小平了，情绪变得有些低落。有天中午，我和小琪姐在餐馆吃饭的时候，她对我说，要不你休息两天。那时我们刚从赵小平的一个老同事家里出来，那老同事因为赵小平还不上账，气得瘫床上了。房间里一股浓重的尿臊味，熏得我脸色发青。我对小琪姐说，没事，我能坚持。她说,徒劳的坚持无意义。你休息,我继续。等到有线索了,你再跟进。

休息的时候,白巧有次来我家玩,突然提出想见见林殊兰和张多多,这让我很意外。我说,见他们干吗?白巧说,同情?好奇?或者说,我虽然不认识他们,可他们却在我的生命里产生了重要的意义。我不想让我的生命里有模糊的地方,所以我想和他们见面。我说扯淡。白巧不理我,装着看电视。这期《非诚勿扰》的牵手成功率不高。过了一会儿,看我没反应,她狠狠踹我一脚。我愤怒地看她,龇牙咧嘴。白巧用脚在我胸前划拉着,她说你不觉得,我们这些失踪者的家属见面是场很有意思的戏吗?我没说话。

白巧俯身在我身边耳语,我们不知道我们的亲人为什么成为凶手,也不知道他们为什么会成为受害者。可我们却很了解对方,虽然不认识彼此,但却有着相同的心境,悲伤、绝望什么的。你把我们的见面写到剧本里,肯定好看!我推开她,用严肃的口吻说,你不要总拿我想拍电影诱惑我,显得这件事好像很卑鄙。白巧冷笑。电视上有个男的给6号女嘉宾跪下了,他是那女孩前男友。所有在场的人都哭得稀里哗啦。我嘴上虽然反驳白巧,但内心承认,她说得没错,电影要是有这么一场戏,应该挺好看。

为了两人见面后能更好地交流，我专门找了个阳光明媚的下午。可一进林殊兰家，我就看到客厅里都是人，茶几上还摆着一个信封和点心水果。那些陌生人好奇地看着我。林殊兰对我说，这都是学校的领导们，来慰问我。她又跟他们说，这是小张，是我的学生。我注意到，有个和我差不多大的男人站在角落里，目光炯炯地望着我，古怪地微笑。林殊兰问我，这姑娘是？白巧抢答，我是她女朋友。当白巧说自己在北师大上学时，老师们纷纷发出惊叹，不容易。他们看着我，眼神里的意思很明确，好白菜都被猪拱了。白巧倒很自在，和老师们聊得很开心，还答应三中校长，找一天向高三学生们传授高考经验去。

我想起一件有意思的事，有时我们完成的故事和我们脑海中的故事完全不一样。上学时我的剧作老师说，这是因为创作者误把审美能力当成创作能力了。翻译成人话，其实就是眼高手低。比如关于白巧和林殊兰见面是什么情景，在来的路上我想到了四种这场戏的拍法，有的戏谑，有的悲伤。但没想到，这场戏根本就没机会存在。我胡思乱想着，突然发现那个男人还一直盯着我。我有些尴尬，走到阳台上去抽烟，没想到他竟然跟了出来。

他说，张军，你不认识我了？我看着他，使劲地想。记忆将眼前的人从他发福的身体中拽出来，将他浑浊的双眼擦得渐渐明亮，将他油脂堆积的面孔削得渐渐清秀，我喊出了他的名字，周旭！周旭满意地点头，哈哈大笑。我说，你怎么胖成这样了。周旭说，这叫富态。你小子还和以前一样愣。我现在是校长秘书，能不胖吗？我有些吃惊，这周旭是我的高中同学。那时天天惹是生非，是班里有名的刺头。他和林倩倩经常欺负李陆星，为此我还和他们干过一架。这个混蛋如今竟然能混到学校当老师，真是误人子弟。

我们聊起了以前那些事，周旭和很多高中同学保持着联系，通过他，我知道了大家的近况，如他所说，都变了。站在阳台上，以前那些人的面容随着烟头火星的明灭浮现在我的想象中，可他没提过李陆星。他说，你小子回金市了，怎么不和同学们联系。我苦笑，你们走仕途的走仕途，经商的经商。我一个无业游民，不好意思见。他使劲拍拍我肩膀，说什么呢！都是亲爱的老同学。我突然想起李陆星，我想说些什么，直觉又告诉我此处不是好时机。我假装赞同他的话，点点头，搂着他肩膀说你找个时间，组织同学聚会，我请大家吃饭，咱好好聚聚。周旭说，请客是小事，找能报销的同学请。咱们还年轻，相互帮衬是正事。

周旭他们走了之后，白巧也和张多多玩累了，两人竟然抱着躺在沙发上睡着了。林殊兰示意我不要出声，她正在织一顶为今年冬天准备的帽子。阳光洒在白巧身上，也洒在林殊兰身上。那一刻若是一个陌生人进屋，一定认为我们是在夏日午后无所事事的一家人。

几天后的一个下午，大约是两点多钟，小琪姐给我打电话，说赵小平有消息了。她让我速到富旺海鲜城。挂上电话，我突然有些发蒙，因为窗外灿烂的阳光中突然飘落起了雨点，彩虹在城市尽头的上空若隐若现，又是一道壮丽的双层彩虹。我觉得李峰和张桥正站在那道彩虹上看着我们，好像上岸的人看着溺水的人。淅淅沥沥的雨声是这两个白日幽灵对我们发出的嘲笑。

富旺海鲜城离太阳城的那堆烂尾楼不远，名字听着威风，但其实就是个郊区的农家乐大排档。我赶到的时候，看到小琪姐站在路边，身旁的空地上停着赵小平的那辆宝马车，上面落满厚厚的一层灰，看起来已经停在这里很久了。小琪姐告诉我，为找到这辆车，她发动了所有朋友。最后是一个开快递公司的大哥发现了踪迹。小琪姐对我说，看来祖师爷还是赏你饭吃。要不谁能想到他会把车停这么偏一个地方。

我扒在车窗上张望，在车厢四周和后座上都看到了干涸的大块血迹，那是只有惨烈的打斗之后才会留下的痕迹。我巡视车的四周，什么都没有发现。

我不死心，在附近溜达，想看看还能找到什么线索。这时我发现了一个拾荒老人，站在街对面的破门面房里望着我。他的面貌比影子还黑，眼神明亮，已和这里融为一体，就像是在草丛中卧着躲避过往车辆的野狗。我心里一动，这些拾荒者每天都在固定的区域行动，也许他知道点什么呢？

想到此处，我走了过去，给老人塞了根烟。我说大爷，忙着呢？老人点点头，说小伙子，你绕着那车干啥。你认识开车的人？我点点头。大爷深吸一口烟，突然把头凑到我胸前，小声地说，他出事了。我说，您是不是知道点啥？大爷看着我笑，说你是警察吗？或者是他什么人？我不说话，从兜里掏出二百块钱，大爷眼睛亮了。我说司机长啥样，和我说说。我看你是不是编故事。大爷说矮个子，圆脸，挺黑的。我点点头，把二百块钱塞到大爷手里。我说大爷对路子，和我念叨念叨，他究竟出啥事了。大爷咳嗽两声，说5月2日，我寻思来这边瞅瞅，这边的几家店全搬走了，留下的废铁纸箱子应该特别多。刚到这个地方，我看到那男人摇摇晃晃走过来开车，他一拉开车门，一个戴口罩的男人不知道从哪里窜出来，从后面上去两棍就把那人砸得晕死过去了。然后那个凶手四处看，想看看有没有人发现，我害怕，就赶紧跑了。

我说，你看到打人的长啥样了吗？大爷摇摇头，心有余悸地低声说道，戴帽子和口罩，完全看不出来。但他挺狠的，我觉得那两下，完全就是奔着杀人来的。

烟烧到了指头，我赶紧将烟屁股扔掉。大爷兴许看出了我的失望，他说虽然我没看到那凶手长啥样，但我有他身上的物件。我看着大爷，不敢相信他说的话。我听到自己的声音发颤地问大爷，东西在哪儿。大爷突然不说话了，冲我笑。我反应过来，赶紧又掏出来二百块钱塞到大爷手里。大爷笑笑，不知道从哪个兜里掏出来一个纸团包着的小物件。

那是一个牛皮绳拴着的挂件，拇指大小，沾着血迹，用黑铁铸成。它还没有完工，看不出具体形状。更令我感到惊骇的是我似乎见过这个挂件，可就是想不起来是在何时何地，何人手上。太阳很大，可我的额头浮出一层冷汗。

大爷说，我亲眼看到司机挨打之后从那个男人脖子上拽下来的。那天我跑了以后，心里怎么着都不踏实，总觉得挨打那人在我面前哭。第二天我回到这儿来，可啥事没有。没人议论这事，也没人报警。这个地方太荒了。我走到这儿，就在车辙辘旁边捡到了这玩意。

我点点头，知道大爷说得没错。在那些小视频里，赵小平总是穿着医用防护服，戴口罩手套，和生化战士一样。我们在之前的走访中得知，他对皮毛严重过敏，小琪姐说过，这可能也是他残害动物的一个原因。眼前的饰品穿在牛皮绳上，应该是赵小平和对手搏斗时从对方脖子上拽下来的。我说大爷，这个挂件能给我吗？大爷点头，说你花钱了，东西就是你的。

我点点头，把那挂件握在自己手里，用心揣摩着这东西的质感和形状，却始终没一个答案。我心想，这是现在唯一的线索了。

大爷问我，那个挨打的人后来怎么样了。我不愿让他受到惊吓，笑着说没啥事，兄弟俩争房子闹点小矛盾。大爷将信将疑地望着我，分不清楚我究竟哪句话是真，哪句话是假。

劝走这个拾荒老头以后，我没动任何东西，只是给车和挂件拍了照片，然后报警。趁着警察来之前，我们走进富旺海鲜城。我给老板看赵小平的照片，老板说，不吃饭，就走。在小琪姐给老板塞了个信封之后，两人又嘀咕了几句。老板瞄一眼照片说，这人是老客，他以前每周二中午来，坐到下午离开。爱吃生蚝，每次都点两打，那是咱家特色。我说，每次就他一个人？老板点头。

老板给我们找了几段有赵小平的监控视频，他总是坐在靠窗边的位置，慢吞吞地吃菜喝酒，酒足饭饱后，会悠闲地看着窗外发呆一阵，像是在等待去参加一个聚会。他最后一次出现在监控中，是在5月2日。

警察搜查那辆宝马车的时候，陈诺和他的助手丁烈对我进行问询。我把我知道的事情都告诉了他们。丁烈嘀咕，说操他妈，不能是野猫野狗找他们复仇吧？陈诺瞪了他一眼，示意他说太多了，但我已从丁烈这句话中得到了我想要的信息：车里的血迹是赵小平的，他已经遇害。2012年5月2日的午饭很可能就是他人生的最后一餐。他不是凶手，而是这起案件最早的受害者。这时，警戒线里的警察打开了那辆宝马车的后备箱，虽然隔着很远，但我还是能看清楚，里面堆满了成捆的细长钢针。我想起那些小视频，弯下腰，吐得翻江倒海。

陈诺看着我，眼神很冷漠。他说，我前两天刚破了个案子，一个人开车，带着四个债主从金市大桥冲下去了。三天之后我们才把车捞出来。人在河里面都快泡化了。特别精彩，特别刺激。要不我带你们去看看？你敢看吗？你以为自己是谁？这事是你们这帮傻逼知识分子搅和的吗？

我说不出话，只是一阵阵的恶心，一秒钟都不想在这里多待。小琪姐面色铁青，把我扶回到了那辆陆地巡洋舰上。

2.

这个项目陷入了僵局，我像是身处无人的孤岛，没什么关于案件的新消息。我每天都会看看那个挂件的照片，绞尽脑汁去想我究竟在哪里见过它。可我的记忆就像是被水泡了太久的纸团，看不到这挂件的本来面目。我急得嘴上起了一圈大泡。有时自己想展开虚构，可怎么写都觉得太水。有时我会去太阳城看看，那里到处都是碎砖和瓦砾。附近的居民说警察把这块地方翻遍了，就是找不到尸体。残佛伫立在废墟里，慈悲地望着我，似乎是在安慰我，这一切没什么大不了。我心想佛真是硬汉，自己都惨得就剩半拉了，还在微笑。好像自己不是废墟，眼前一切不是废墟，而是光明智慧，慈悲真理。我没这种觉悟，整天睡不着觉，非常焦虑，也不爱出门，体重急速下降。有天小琪姐对我说，要不咱停吧，搭上命没必要。我拽住她说必须做下去，你不是一直很想要一部商业电影吗？再没有比三具尸体插翅而飞，神秘杀手难测真容更商业的故事了。也许是我太过狰狞，小琪姐被我吓哭了。

我心里还在想着另外一件事，就是在马场那个男人。我怎么想，都觉得他就是李陆星，可他为什么就是不承认呢？他忘了我们的故事吗？这些年来，正是因为那件往事，我才想努力地拍电影啊。我曾经无数次幻想过与他重逢时的情景，正是因为他的存在，这些幻想的存在，2008年之后，我的生命才有意义。李陆星怎么能如此轻易地否认呢？

我和周旭打过几次电话，约同学聚会，其实是想打听李陆星的近况。可大家都太忙，聚不起来。我组了两三次局，才把这事搞定。一个星期六的下午，周旭带着一帮人先跑到了我的工作室。我两三天没怎么和人说话，正处于自闭当中，看着那帮已经完全没有当年青涩少年模样的壮汉发呆。等周旭把人都介绍完了，我才缓过劲来，挨个和这帮家伙拥抱。周旭拍着大腿怪叫道，张导，别磨蹭了！找地方high起来啊！

我带着他们来到楼下一家东北菜，喝酒之前，大家都还拘束，互诉衷肠时说了不少傻话。等酒喝到一半，就都放开了。他们都关心地问我，张导，你说实话，你潜几个女演员了？我说，我就潜过一个。包厢里瞬间寂静无声，周旭端着酒杯说，你好好讲讲。我说，我俩睡完的第二天，女演员说你必须给我安排个角色，龙套都行。我说龙套也不行。女演员惊了，说为啥，都睡过觉了。懂不懂规矩？我说我是个动画片导演。

众人听我讲完，先是发愣，然后笑着起哄说我装，没劲。大家聊起那些没来之人的近况，谁移民加拿大，谁惨遭家暴，谁搞房地产发了大财，也有人在去年的风暴中欠一屁股债，消失不见。席间有人问周旭，跑路那位是不是还欠他钱。周旭点头。我说，都是亲同学，要债悠着点。他没钱还你，你不能看他跳楼吧。周旭一摔筷子，该跳楼他也得跳啊，要不就该我跳了。我没想到周旭突然就生气了，心中骇然，觉得玛雅预言没错，人和人之间如今都这么赤裸了，地球真是走到了末日。周旭说，我还欠外面一千多万啊，怎么还？另一人说，咱们别聊这话题行吗？才欠一千万还好意思叫唤，靠！

我说，李陆星，他在干吗？众人摇头，都说好久没听过这个名字了。有人挠头说，说起他，我想起麦当娜了。众人不语。那人说，案子咋就破不了？另一人说，当时也查了好久。周旭说，那时破不了，就永远破不了了。对吧张导？我说，啥，啥麦当娜。周旭说，麦当娜啊，咱们的体育老师，高三时被人杀了。我撒谎道，操，上辈子的事了，谁能记得。周旭说，看看，电影里还演邪不压正，都是瞎编。怪不得中国电影完蛋了。我说，你点醒了我。麦当娜，这也是个好故事。谁有啥消息，可以提供给我写个好电影剧本，我给他两万块酬金。众人惊叹，还是搞电影的有钱。

周旭的手机突然响了，他接起来，说现在不方便出门，在大舅家呢，大舅妈让车撞了。他放下电话，我笑着说，一听就是躲债。我他妈什么时候成你大舅了。他红着脸笑，说你怎么能不知道李陆星的情况呢？我说，我就能依稀记得有这么个人，但长什么样记不清了。周旭说，我靠，那时你们一起参加乒乓球队，还代表咱金市打全国比赛。都以为你们能拿冠军，被保送进大学，走向人生巅峰。我摇摇头，继续撒谎，这事没印象了。周旭说，你们上高中时是最好的朋友啊。我苦笑，都忘了。人们都在笑，相信了我的话，相信一个人能忘记他生命中最重要的朋友。我觉得在那一刻，我是最好的电影演员。

第四章

我们喝到深夜两点多才散。我喝醉了,周旭陪我等代驾时不住地念叨,以前多好啊!以前太好了。我说,现在也很好。周旭摇头,说你不在里面,全变了。他说这话的时候,酒精在我的血液里打着旋,连黑夜都在闪闪发光。

我再醒来时已是第二天的午后,我躺在陆地巡洋舰的后座上,车窗开着一条缝,微风吹拂。我看着后视镜中的自己,狼狈得像鬼一样,心中难免后悔,以后不能这么喝了。我看看四周,感到愕然,这竟是李陆星工作的马场门口。我给周旭打电话,问他怎么回事。周旭说你非让代驾送你到这个地址,我还奇怪你为啥不回家。那里是不是有妞。我挂断电话,回想昨晚,心里确实有一股特别想见李陆星的迫切心情。我跳下越野车,走进马场。

在一片草地前,我看到了李陆星,他正在陪那匹黑马散步,还是那副样子,穿着人字拖,戴着墨镜,像个摩的司机。马有时低头啃一口青草,他亲切地拍拍马的脊背。我叫,李陆星。他看着我,露出无奈的微笑。他说,你怎么又来了?我说,昨晚我组织同学聚会了。他说,难怪,你一身酒气。那马不满地打了个喷嚏。我说,大家告诉了我很多消息。我喝酒的时候就想,不行,我必须得来找星哥分享。他说，亨特，走了。说着，李陆星牵牵缰绳，马不情不愿地向前几步。我愕然道，亨特，你给它起名字了？李陆星说，别人都有名字，它怎么能没名字。我说，大家都在上班做苦力。我跟他们说你在驯马，特别自在，他们很羡慕。他说，哥们，你真认错人了。我叫赵志成。

我说，玻璃茶杯你还记得吗？就咱们班坐第一排那小个子，自杀的那个。我今天才知道，他一直暗恋三班的黄欣。李陆星说，你得去医院看看你的眼睛。我说，黄欣后来嫁给了刘畅，因为生不出孩子，天天挨打，后来两人离了。李陆星说，我真不是你要找的那个人。我说，周旭欠人一千多万，我估计他这辈子都得还债了。李陆星说，你要找的这个人，是不是欠你钱了。我说，我今天跟他们说麦当娜那个案子，谁有消息，我给谁两万块钱。李陆星皱眉。我说，麦当娜，我们的体育老师，2008年被人杀了。李陆星说，你可能要查的不是眼科，是精神科。我说，林倩倩，这个名字你总不能忘了吧？咱们班的班花，全校胸最大的女生。李陆星说，要不你看看我身份证。他掏出身份证，上面的名字果然叫赵志成。我说，2008年，林倩倩带咱俩去看她爸的秘密。李陆星苦笑，听你说这些，就像听天书一样。我有些失望，想起我那时刚和李陆星成为朋友，每天最大的乐事就是凑一块吐槽班里这些蠢货。李陆星说，每个人都不容易，你的那些同学，都很辛苦，你觉得呢？我说，你知道吗，其实我请同学们吃饭，就是想知道你的消息。李陆星说，哥们儿，你跑错道了你明白吗？你要想到终点，你首先得从错误的地方离开啊。我说，你是我最好的朋友，你真能把这些都忘了？李陆星皱眉道，如果像你说的，你要找的这个人是你最好的朋友，你又为什么和他失去了联系呢？

我愣了，说不出话。不是不知道答案，而是答案过于痛苦，它将我与他的生命紧紧拧到了一起。李陆星又问，你找到他，又要干什么呢？千言万语涌到我的喉头，又被我吞了下去。马吃饱了，用头蹭蹭李陆星的肩膀。一人一马看着我，同时发现了我的手足无措。他们的眼神中流露出同样的怜悯，这时我才明白，这个墨镜后面隐藏的男人即使是李陆星，我也不再是他最好的朋友了。李陆星拍拍我的肩膀，说你上马吧。我们送你出去。

我骑马，李陆星牵缰绳，沿着我来时的路向门口走去。这时我诧异地发现，黑马的皮毛间有层淡淡的金光。这是金市东郊外黄金草原上特有的名贵马种——汗金宝马的特质。这种马速度快，耐力强，古时大军中有战神称号的名将才有资格做它的主人。到了现代，因为数量稀少，这汗金宝马基本都被金市及周边爱马的超级富豪收养，很少参加国际比赛，所以外面的人基本不知道它们的存在。我说，你能找到这马，真不容易。李陆星苦笑，这马场的主人是在黄金草原深处发现它的，还有它父母。它们是那儿最后的野生汗金宝马。抓它们的时候，费了大力气。十几辆吉普车把它们逼得无路可走，它爹它妈不愿意被驯服，相互撞击，撞碎颅骨一起死了，就剩下了亨特。

天空零星地掉落雨点，又是一阵太阳雨，但瞬间就消逝了。我们面颊上浮着一层潮气。我问李陆星，你为什么给它起名亨特。李陆星说，昨天才给它起的。我觉得它眼睛里都是疑问。我希望它像神探亨特一样能破解世间想不明白的事，这样它才能成为冠军。

我们到了门口，我翻身下马。李陆星说，你去其他地方找找吧，希望你能找到他。黑马老老实实地望着我，像是通人性一样，眼中都是悲悯。我觉得它不像神探，倒像是高中时从语文课本中看到的托尔斯泰。

我的生命陷入了尴尬之中，现在想做的事情看不到成功的可能性，可这是我为自己未来压上的全部砝码。而过去经历的岁月也变得不可靠了，如果我分不清那个男人究竟是我的好友李陆星，还是陌生人赵志成，我还怎么相信由过去的每一瞬间共同塑造的我自己。那些体验和认识，故事和情感，我该怎么分辨我自己的真与假。我陷入恍惚之中，非常痛恨手头在做的这个电影故事。这次灵肉分离得太远了，远到想把自己安回去的时候，突然发现有点不配套了。

唯一能确定的事情就是白巧。凭借着那些小视频，她的事情基本搞定了。于佳丽和李峰的母亲开始分家产，都是很琐碎的事，所以她有着大把时间来工作室陪我。我们看了很多电影，以好莱坞的系列电影为主，因为这样好打发时间。有时她也会带她喜欢的诗集来，我什么都不说，她读诗，我发呆。有一次深夜，我俩听了太多音乐，就是不想睡觉。她让我把全部的灯关上，在黑暗中她为我朗诵诗歌。

> 我只爱我寄宿的云南，因为其他省
> 我都不爱；我只爱云南的昭通市
> 因为其他市我都不爱；我只爱昭通市的土城乡
> 因为其他乡我都不爱……
> 我的爱狭隘、偏执，像针尖上的蜂蜜
> 假如有一天我再不能继续下去
> 我会只爱我的亲人——这逐渐缩小的过程
> 耗尽了我的青春和悲悯

黑暗中我听到少女的呼吸，听到水壶在炉火上煎熬时发出的"嘶嘶"声，我感到时光像一条龙般从窗外缓缓划过，飞入楼群。我觉得似乎还有无穷无尽的磨难、谜语和突变在人生远方等着我。我突然想起了2008年，我和李陆星在一个废弃的球场里像疯了一样地打乒乓球，非要分出个胜负，尽管那奖杯只是一块板砖，毫无意义。在青春期里，曾有无数个时刻我们这样度过，像是相依为命。如同此时此刻。

我终于明白为什么我和白巧会迷恋对方，我们都已失去了生命中最重要的人。她怀念父亲，就像我怀念2008年的我自己和李陆星。这里的一切都变了，麦当娜在天堂，李陆星改姓赵了，曾经让我们头疼的古惑女林倩倩生死未卜，那个混蛋周旭反而为人师表。我看不到生命流动的轨迹，在这朦胧中我甚至都无法认识自己。金市唯一还能让我感到温暖，让我想起往昔的，只有白巧了。

有一天，我又在看那挂件的照片。我还是看不出来它究竟是什么，还是想不起来究竟在哪里见过它。当我正在为自己的健忘无比厌恶自己的时候，白巧瞪着我，说我觉得你天天看这玩意，也挺没劲的。我说，你要不想处了，你直说，别吓唬我。白巧说，和你没关系，是家里的事。我说，吓我一跳。白巧告诉我，她妈和李峰家人为了争那栋六层小楼，狗头打出猪脑子。结果这楼却被查封了。他们去法院一问，原来李峰早就把这小楼抵押出去，抵押款却谁都没见着。几个女人慌了手脚，回家翻箱倒柜，在主卧的一块木地板下发现了欠条。三分半的利。欠债人叫老虎，一看就是化名。担保人是赵小平。欠条上没有印章，没有手印，没有抬头，纯粹是一张白条。于佳丽他们想找人要债都没地方去，只好报了警。

第四章

白巧说，你相信吗？李峰这个傻逼，一张白条，就敢把身家性命借给一个用化名的人。我说这不奇怪，金市人都这样。几个亿也就是打张白条。管你是谁，按时结利息就行。白巧说，忙活半天，竹篮打水一场空。我紧紧抱住她，说我有天下最大的收获，就是宝宝你。白巧在我怀中说，要不说你们搞电影的乱，嘴太甜了。那天晚上，白巧像疯了一样折叠扭曲，似乎今夜过后就是末日。我尽力配合她，完事后，白巧抽泣了一阵，沉沉睡去。我彻夜未眠。

第二天，我去林殊兰家，把李家发生的事情讲给她听。我想知道张桥的经济情况。林殊兰告诉我，儿子每月的工资三分之二交给她，另三分之一存着，存折在张桥卧室书架上的《迪伦马特戏剧选》里夹着。自从儿子死后，林殊兰一直都没进过那个房间。

我在张桥的书架上找到了那本书，里面没有存折。如我所料，只有一张近乎废纸的欠条，欠款人是老虎，中间人是赵小平。林殊兰蒙了。我安慰她，会尽力帮她把钱追回来。

从林殊兰家出来，我去了公司，小琪姐正在会议室里和几个台湾人谈事。他们穿着花衬衣，梳着油头，看着就像道上人。每人嘴中都叼着根大雪茄，味道满楼都能闻到。我一直认为雪茄是种性隐喻，意味着男人对自己尺寸大小的痴迷。

小琪姐看到我来，用闽南语和台湾人嘀咕几句，他们发出粗野的大笑。小琪姐走出门，来到我身边。她说，晚上你有空吗？

我说,干啥。她说,你找个地方,陪陪这帮台湾人。我说,啥?她说,妈的,这帮狗男人,说打听到金市夜生活丰富多彩,非要体验。总不能让我一个女人去吧。我苦笑。小琪姐说,我报销,你怕啥。我说,不是钱的事。我卖艺不卖身。小琪姐说,你这就有点装孙子了。他们是专门为你那个项目来的,你心里有点数。我咬牙点头。小琪姐说,你找我有啥事?

我把两张白条的事告诉了小琪姐,请她帮我调查那个叫"老虎"的匿名借贷人。小琪姐说,你是不是管得有点多了?你是搞影视还是搞慈善。我说,咱这儿揽储,最高利一般就是三分。他这都超过三分五了。这个老虎很有嫌疑。小琪姐说,你怀疑是这老虎还不上钱,为逃债把债主和担保人都杀了?我点点头,说很有可能。小琪姐坐到椅子上,跟我要了根烟。抽完以后,她看着我笑了。她说,张导演,我觉得我选你做这项目没错,你还挺黑色啊。我苦笑。小琪姐让我等几天,她打听打听。她还说,你晚上多找几个玩得开的朋友。我说,为啥。她说,你一看就是个闷瓜,别招待不好再把事耽误了。

那天晚上我还找了周旭,以及几个天天在外面混的高中同学。周旭找了个一千台费的歌厅,在包厢里,他们和那帮台湾人没花多长时间就混得烂熟。"大哥""弟弟"地相互称呼,和那些面容姣好的公主们高喊两只小蜜蜂。我好几次找机会,想跟大哥们聊聊我这个项目的商业前景,没人搭理我。周旭看不下去了,说张军你要融入生活,你根本不懂大哥的心意,怎么能拍好电影呢?我脸红了。一个大哥递给我一杯酒说,张导,幸亏今天有你这几个朋友帮你救场,否则你就完啦。我们听你的电影干什么咧?和我们有什么关系?阿琪说钱交给她,她能帮我们赚钱。没问题啦。我们信任她。钱回不来,我们找她要。至于她怎么办,是你们两个人之间的事。你说对不对?我想了想,竟无话反驳。我说,大哥干杯。自顾自将杯中酒一饮而尽。那之后我就晕晕乎乎,独自醉倒在沙发上。大家唱歌的唱歌,玩游戏的玩游戏,真是世界大同,相亲相爱。

周旭去洗手间吐了两次之后也陪不动台湾人了。他坐在我身边说,我就喜欢这种公款逛歌厅的活动。我说谁能想到,堂堂重点中学的校长秘书,这么衣冠禽兽。周旭说,山外青山楼外楼,一场游戏一场梦。我傻笑。周旭指着一个女孩说,你看她像不像林倩倩。我知道周旭是什么意思,林倩倩能成为我们高中时的校花,有一个很重要的原因,就是她拥有着令我现在想起来都激动的大胸。而如今那女孩也像是T恤里裹着两颗西瓜。我说,你他妈看见大胸妞都像林倩倩。周旭说,那时给她当马仔,可把我折腾坏了。我突然心中一动。我说,你记得那时为她和我们打架,你把李陆星胳膊给咬了吗。周旭说,这种丢人事,别说了好吧。我说,我遇到一件特别奇怪的事。周旭说,遇见长三个奶子的女人了?我苦笑,一个大哥把他拽走,非要和周旭合唱一首《血染的风采》。

局散后,大哥们带着各自的收获作鸟兽散,我和代驾把醉倒的同学们都塞进陆地巡洋舰。代驾问我去哪儿,我把马场的地址告诉了他。

到马场的时候,周旭他们都蒙了,说不回家跑这么个野地干吗。一个同学兴奋得眼睛红了,说莫非还有咱们不知道的秘密会所?莫非真要像电影里那样,张导要带着我们"马震"?周旭艳羡道,还是你们这群搞电影的变态,会玩。那时恰逢李陆星和那帮马夫下班,我指着他说,你们看那是谁。周旭第一个认出了他,兴奋地大叫李陆星,人们跟着他一起喊。李陆星听到声音,脸色变得苍白,像一张穿着裤子的空白A4纸。周旭和同学们醉醺醺地跑过去,想拽住他。李陆星说,你们认错人了。周旭说,我们是你的老同学啊。李陆星的同伴推开了众人,他们过于强壮,没有同学敢过去。李陆星低着头,小声地说,我姓赵。马夫们带着他离开了。

我一直站在车旁冷冷地观望着。同学们灰溜溜地回来,周旭懊恼地啐口唾沫,说妈的,一个驯马的这么拽,又不是驯恐龙的。我说,你确定那是李陆星?周旭说,当然是。2008年老子那道牙印还在他胳膊上留着呢!

第五章

我从周旭那里借来高中时的毕业照。照片上，我和李陆星站在一块，他笑得像一头鹿。林倩倩站在我们身边，仰着头直视镜头，似乎在说：嗨！愚蠢的世界，我马上就来征服你们了。我呢？我被烈日晒得黝黑，就像大多数已经看到自己未来有多么碌碌无为的男孩一样，对给地球添麻烦感到惭愧，所以笑容有些腼腆，用小时候那些流氓的话来说，是个面瓜。

周旭对我的执念很不理解，他说不就以前一个朋友吗？你至于吗？我不知道该怎么解释。只有我自己能从照片中辨认出我的惊惶。2008年发生的很多事情碎成浮光，无论再怎么回忆，都只是无法组织的斑点和杂音，如同人的妄想。唯有惊惶像空气一样飘浮在那里，再也无法幻灭。

不久之后的一天，小琪姐给我打电话，让我去一趟公司。我说，那两张欠条的事有着落了？她说，你先过来吧。我兴冲冲地开车过去，刚进公司门，心一下沉到脚面上，我看到小琪姐正陪着那个叫陈诺的警察聊天。陈诺冲我挥挥手，小琪姐无可奈何地笑着。

我坐在陈诺对面的沙发上，给他递烟，他摆摆手，没接。他说，谈了恋爱之后气色不错啊。小琪姐愕然道，你谈恋爱了？我没回答。小琪姐语气酸溜溜，她现在听不了别人谈恋爱的消息。婚恋问题是小琪姐现在最大的苦恼，她看上的人总是看不上她，看上她的人她又看不上。这并不奇怪，她是优秀女性，按照"田忌赛马"的理论，她在婚恋战场上只能轮空。

我问陈诺，找到那个挂件的线索了？陈诺没理我，低着头说，事儿，我刚才已经和你们老总说了。我看小琪姐，她说，前段时间她的朋友一直在打听死者遗留的欠条上那位老虎究竟是谁，结果在一条线上碰到刑警队。陈诺就来打个招呼。我点点头。陈诺说，你们差点造成泄密。我俩谁都没说话。他说，去年冬天，我破过一个案子。一个搞集资的，把债主一个个骗到他公司的烂尾楼里杀了，拆掉，用水泥糊在墙里。小琪姐瞪着眼兴奋道，真残忍。陈诺摇头，最狠的是，他没自己下手，都是让他爸干的。这傻逼以为这样的话，如果事发能让他爸顶罪。小琪姐说，陈队，咱得多接触，您多给我们公司指导工作。陈诺掐灭烟头，你没听明白我的意思。这帮玩钱生钱的都是疯子，什么事都干得出来。小琪姐假笑。陈诺说，金市有大草原，大沙漠，有几千年的历史。你们可以赞美自然，也可以讴歌英雄，干吗死盯着这事不放呢。小琪姐笑不出来，我一直盯着鞋面，却感到自己在被陈诺的质问灼烤着。陈诺说，我被叫做"鬼鼻子"。小琪姐点

第五章

头，说知道您鼻子威武，能闻到别人闻不到的犯罪气息。您的鼻子，就是我们的守护神，降魔杵。陈诺拍拍我的肩膀，我想起来你是谁了。你的味道和2008年完全不一样。这样很危险。

我感到血在往自己的拳头上冲。陈诺拍拍我的肩头，立刻停下来吧，要不我算你们妨碍执法。小琪姐把话题岔开了，开始让陈诺给自己介绍未婚的警官认识。陈诺对这事倒是上心了。他和小琪姐说了几个单身同事的情况，小琪姐一边听一边笑。陈诺也询问了小琪姐的个人情况和择偶条件，还拿出纸笔来记录，非常认真。那个场面荒诞无比，我使劲憋着才没笑出来。小琪姐把他送走之后，我俩缓了几分钟。小琪姐说，你刚才有一阵脸色真吓人。我说，他威胁咱俩的时候，我真想揍他。小琪姐说，别听他念叨，死人才没变化。我说，咱还查吗？小琪姐说，查。这事越来越有意思了。我找了几个国际电影节的评委，他们对这故事也感兴趣。证明咱的电影不仅有商业前景，还可能拿奖哟。我点点头。小琪姐说，要是几个警察就把我吓住了，我也就别干这行了。我说，小琪姐威武。小琪姐说，可你是为啥呢？一开始心不甘情不愿的，现在感觉劲头比我还足。我说，我想为中国电影做贡献，这他妈是我的理想啊。

小琪姐告诉我，她的朋友追查死者们的资金流向，最后汇聚到的地方是林海集团。当天下午，我和白巧约会的时候，这个信息得到了证实。白巧说陈诺前几天问询过于佳丽，知不知道一个叫林生虎的人。我点点头,什么都没跟她说。

晚上看完电影后,我借口说今天要加班写梗概,支走了白巧,独自回家。我看着那张高中毕业照,林倩倩穿着黑色的T恤,笑得像头傲视草原的母豹子般桀骜不驯。周旭站在我们的上一排,眼神努力想钻进那件T恤。窥视一眼林倩倩的胸部,是当时我们这群男生最大的幸福,虽然什么都看不到,但那饱满的形状就足以抚慰我们干枯的灵魂。每个清晨,黑衣少女林倩倩脸蛋红扑扑地走过楼道,我们的私语与会心一笑至今还在我的耳边萦绕。林倩倩让我觉得,如果世上真的有天使,一定是黑色的。如果世上真的有菩萨,也一定是黑色的。

林倩倩长得好看,身材好,我觉得是遗传了她爸爸林生虎的基因。这位林海集团的董事长,太阳城的建造者,在我印象中长得很帅,像歌星费翔。我听我妈说过,他年轻时就是金市未婚女子心中的明星。即使我们上高中的时候,那些妈妈遇到林总,还是会面颊潮红。林生虎能言善辩,头脑灵活,不到30岁,他就做了金市第一大厂——羊绒衫厂的销售科科长,90年代初辞职下海。

关于林生虎的发家,金市的街道上还流传着一个传说:当时羊绒是紧俏物资,严禁私贩羊绒,金市的每条道路上都有哨卡。林生虎找来两辆一模一样的卡车,套牌。每次过哨卡时都是先开一辆装其他货品的卡车接受检查，林生虎会准备香烟、烧鸡和白酒这样的小东西赠送给哨卡上的所有人。等放行之后，他会再返回去，用胎爆了或是忘记东西在加油站这样的借口重回金市，第二台装满羊绒的卡车早就藏在哨卡附近的小树林里。林生虎换车后重回哨卡，工作人员一看这车刚才已经检查过，小礼物也收了，不好意思再添麻烦，也就睁一只眼闭一只眼放行了。林生虎就这样把一车车羊绒卖到各地，掘到第一桶金。

到了90年代末，林生虎发现煤炭价格逐年上涨，金市又拥有着全中国最好的煤炭资源，毅然拿三千万买了两座煤矿，这是他全部的身家。到了2008年左右，这两座煤矿估值五个亿。金市也开始了大规模的建设，老城要翻新，新区要建设，林生虎进军房地产界，发誓要为金市人打造全世界最好的住宅。太阳城就是他的第一个项目，当时以奢华的风格，高昂的价格和引入佛教元素这一前卫概念震惊世人。3年后，煤炭价格下跌，商人们的资金链断裂，房地产垮塌，靠地产运转的金市民间借贷全面爆雷。林生虎从亿万富翁变成亿万负翁，太阳城成为一片废土。

这些事情都是周旭告诉我的。他说这些的时候，眼睛都放光。我明白这是为什么。上高中的时候，我们就把林生虎当成心中的英雄。因为只有林生虎这样的英雄，才有实力去保护女神林倩倩。我问他，可你能想到四五年后，林倩倩会生死不明吗？周旭脸白了，你要这么说，什么事都一眼往尽头看，真挺没劲的。

我想，不去尽头，此时我们又能去哪儿呢。

林倩倩也是在2008年失踪的，就在我们高考完之后的两个月。她失踪一年后，林生虎不再寻找女儿。他在金市公墓里为她买了墓地，立了墓碑，生日和忌日算成一天。每年日子到了，林生虎都会去拜祭女儿。周旭也会带着一帮高中同学过去，今年我也加入了其中。

祭拜日去了很多人，除了我们，还有不少林生虎的员工和朋友，总之都是靠他养活的人。这时我才明白，亿万负翁可能比亿万富翁还威风。林倩倩的墓前摆放的鲜花是整座墓园里最多的，墓碑也是最闪亮的。周旭告诉我，墓碑硬度堪比钻石，万年不会腐朽。这是林生虎花大价钱从沙漠深处买的陨石。我想这倒是很符合林倩倩的作风，无论在哪里，她都要以她的骄傲和美貌引人注目。在一片哭声中，唯有我们这拨人的啜泣最真诚，周旭的脸都花了。我觉得他不仅是在哭林倩倩，也是在哭我们这群男人高中时每天早晨的渴望与低语。

林生虎站在墓碑前，把一瓶又一瓶茅台撒在墓碑上，酒香四溢，父亲低头。这些年不见，没想到林生虎竟然比以前胖了很多，一米九的身材，足有三百斤。他站在人群前，像一头黑熊。他面无表情，对眼前的草地、哭声与亲友无知无觉，似乎和他女儿一样潜入了阴阳两界的交界地。我看不出他是因为过度悲伤而麻木,还是例行做父亲的职责。林生虎旁边站着个男孩,不到十岁的样子。他长得和年轻时的林生虎一模一样,大眼睛高鼻梁,皮肤白皙,像是芭比娃娃的玩伴。林生虎的手下都对那男孩很客气。我不由得想起2008年的时候,林倩倩和我说过,她爸极其重男轻女,一直对自己很淡漠,他想要男孩。有天林生虎突然把一个男孩带回了家,说要做善事,收养这男孩。可林倩倩怀疑,那是他的私生子。那个时候的我觉得能有私生子的男人,都太神秘了。

祭拜结束,阳光灼人,天与地之间很闷,下了场小雨,我们身上湿漉漉的。林生虎挨个儿和人握手,轮到我时,他对周旭说,这同学很陌生。周旭说,他叫张军,是个导演。林生虎皱眉道,我好像听过你。一个给林生虎打伞的红脸壮汉说,我跟你说过他。他和张桥李峰的家属走得挺近。林生虎摇头道,我听巧巧说过你,说你是她的好朋友。周旭他们站在旁边,眼神恨不得把我撕了。我苦笑点头。林生虎说,那你是自己人啊,怎么和他们混在一块了。我说,都是艺术创作。林生虎大笑着拍拍我肩膀,说那你的电影拍出来要请我看,把我拍得帅一点。

晚上同学聚餐的时候,周旭喝醉了,处处找我的事。他总是说,好白菜让猪拱了。我俩差点打起来,临散时却抱头痛哭。哭着哭着周旭又笑了,我问他笑什么。周旭说,要是林倩倩看到咱俩这样,肯定会说咱们是哭哭啼啼的两性人。

第二次见到林生虎，是在不久后的一个上午。白巧把我带到了林海大厦的楼下。广场上站满了人，喷泉里都插不进去脚。有妇孺也有老人，有戴眼镜的知识分子也有穿白衬衣的公务员。人们交头接耳，聒噪如雀群。我在人群中被推来挤去，满身大汗。这些人都把一辈子的血汗钱放到了林海集团。很多人还借了钱，现在都拿不出来了。我感到兴奋，从兜里掏出DV，对准了人群。人们纷纷望向我，目光很困惑，像是电视上非洲大草原上那些第一次遇到吉普车的河马与大象。

白巧告诉人们，我要拍电影。在场的人纷纷点头，挤过来争先恐后向我讲述自己的悲惨遭遇，甚至有人要我跟他回家拍摄。那是个小学教师，他说可以删改的语言无法记录这里发生的万分之一，只有纪实画面才能让外面的人知道金市发生了什么。普通人都这样，很容易把导演等同于记者。当我提起李峰、张桥和赵小平时，每个人都知道。他们是受害者中闹得最凶的三个人，还倡议过大家联名写信，一起去北京。就在这个时候，三个人出事了。

人群骚动起来，是林生虎从大厦中走出来。人们堵住了他。林生虎的手下们几次想突围出去，没有成功。林生虎看着大家，没人敢说话，似乎连呼吸都小心翼翼。有人小声地和林生虎打招呼。林生虎没理睬那人，大声喊，我去卖矿，给大家筹钱。你们把我扣在这里，是没有用的。我挤到人群前，用镜头记录着这一幕，他突然看向这边，目光隔着镜头都让我感到刺骨的寒意。人们不知道该怎么办，林生虎不耐烦了，推开眼前拦住他的人，大步流星。人们纷纷闪开，似乎过来的是一场大火。林生虎谁都不瞅，仿佛眼前是一片空地。他坐上早就等在路边的奔驰大G，汇入了主路的车流。这才开始有人小声咒骂真你妈的臭无赖。人群苦笑和长叹，四下散去，像极了一摊在这盛夏的柏油路上渐渐干涸的水渍。

回家的路上，我们走过一条胡同，在林倩倩墓碑前遇到的那个红脸壮汉突然出现了，气势汹汹向我们走来。我拽着白巧转身逃跑，已经晚了，两个男人从胡同钻出来，挽住我和白巧的胳膊，像提溜两只兔子一样把我们拽进了胡同。红脸壮汉给我鼻子一拳，然后夺我摄影机。我想挣扎，白巧想护着我，可还是敌不过他们，我的手没了力气，摄影机最终摔在地上，那些男人们几脚把摄影机踩得粉碎。我眼红了，一拳砸在红脸壮汉的鼻子上，有人从后面踹倒了我，一刹那间我身体的每个部位都遭到了拳头和皮鞋的亲密接触。白巧在哭，我护着头，心想千万别伤了眼睛，那就拍不成电影了。这时胡同口响起了警笛声，男人们跑掉了。陈诺走进了胡同，白巧在喊，抓住他们，抓住他们。

在警车里，丁烈为我做了简单的包扎。陈诺问我都查到了什么，我把我知道的信息都告诉了他。白巧愤怒地说，你们去抓林生虎，要不他就跑了。陈诺瞥白巧一眼，说人家为啥跑。白巧说，肯定是他为了逃债杀人，要不他找人打张军干吗？陈诺说，你现在啥态度。我犹豫了一下，说经过我这段时间的观察，不是林生虎干的。白巧说，你疯了？我说，要是林生虎干这事，他肯定是雇凶杀人。找个和自己没关系的地方，当场就干，干完就跑。可李峰他们死得太邪乎了，还死在林生虎自己的楼盘里，没人会灭口灭得跟自首一样。丁烈说，扯淡。你小子真把自己当块材料了。你知道我们跟这条线多久了。我说，我觉得警察破案和导演做电影一样，不在于跟了多久，在于有没有灵感。丁烈冷笑，你很有灵感哦，初恋启发哦。我的声音发颤，你什么意思。丁烈说，我也查过你了，你和林生虎的女儿林倩倩是高中同学，你俩谈过恋爱，你初吻都是跟人家，对不对。

我无言以对，想起周旭和那帮同学的脸，不知是谁出卖的我。真想对那个告密者说一句，操他大爷。丁烈说，你说林生虎不是杀人凶手，是想包庇他吧。我看着陈诺，说你怎么想。陈诺说，你没明白，我是说刚才的事，你报警吗？

我愣了，明明很严肃的事，他怎么就打岔到这儿了。我摇摇头。陈诺说，其实我们早就到了，不出来，就是想给你一个教训。你得到教训了吗？我摇摇头，知道你为我好，但你不懂这件事对我意味着什么。我可以付出一切代价，甚至去死。丁烈说，别动不动死啊活的，你这样假装硬茬子的我见多了。别说拼命，你进看守所审二十四小时你连你爸妈做过什么操蛋事都能招出

第五章　　77

来。你不就是想拍一部狗屁电影吗？我对白巧说，走吧。我俩打开车门，我对陈诺说，只要你不把我崩了，我就继续查下去。丁烈咒骂着我，我不在意。陈诺听我这话，眯着眼睛，鼻子抽了抽。我看得出来，他同意我说的，凶手另有其人。

我到早教中心的时候，刘娟正在给一个孩子穿鞋套，听到门铃响，看见是我，皱了皱眉。她示意同事来帮忙。我说，找你谈谈。刘娟不理我，走进了楼梯间。

其实，我心里有个秘密。白巧也好，小琪姐也罢，我没和任何人提过刘娟的存在。那天她面对张多多时的反应太奇怪了，她心里一定藏着秘密。李陆星不肯承认自己是李陆星，又离她太近。我们之间像隔着一层薄雾，我怕吹散雾气，里面藏着的东西会伤害李陆星。我一个劲儿地去查死者的借贷关系，就是不想让他牵扯进这件事。

我走进楼梯间，刘娟竟在点烟，小小的红点在昏暗中明明灭灭。我说，没看出来你抽烟。刘娟看我一眼，你能不能别缠着我们。我说，主要赵志成长得和我高中同学李陆星太像了。他是我最好的朋友。刘娟说，那你怎么还能认错人？好朋友不是该一直交往吗？我不说话。刘娟说，你可以再去认识更多的好朋友。我说，不会再有一个人对我那么好了。刘娟不说话，沉默随着烟雾弥漫开来。我说，李陆星现在能成为一个驯马师，我开始有点奇怪，后来就想明白了。马能看出来他的心有多善良，马比人灵敏。刘娟说，他真不是你的朋友。他叫赵志成，我俩在银市长大，从小就认识。他爸是个牧民，所以他当了驯马师。后来我参加工作，在银市"宝宝乐"工作，这是家连锁店。金市开分店之后，我升职，来这边当了店长。正好那个马场的老板招驯马师，赵志成就和我结伴来这里了。我说，他现在还打乒乓球吗？刘娟扔了烟头，说神经病。她要推门出去，我拦住了她。昏暗的绿光中，我看到她鬓角上有几根白发。我说你再回答我一个问题，我保证以后不再缠着你。刘娟无奈地叹口气。

我说6月13号，你在干吗？刘娟没回答，就是望着我，明亮的眼睛像漩涡。她突然笑了。这笑让我很恼火。我说，这没什么可笑的。刘娟说，你口口声声说那个李陆星过去是你最好的朋友，可你为什么问的都是现在的事，都是别人的事，都是和你那部电影有关的事？你为什么不关心过去呢？还是你根本不敢想过去的事？我被刘娟问住了，感到像是被人剥光衣服扔在大街上般慌张。我走到刘娟面前，攥紧拳头。我力量很大，连自己的手都感到疼痛。我在极力控制自己，不能打女人，要不就突破底线了。也许是我的狰狞吓住了她，她突然推倒我，从楼梯间逃了出去。我在地上坐着，不想站起来。刘娟看穿了真正的我。其实我一直在逃避过去，没有人比我更希望马场里那个男人不是李陆星。

过了一会儿，我的呼吸恢复了平顺。我站起来，发现自己全身已经被冷汗打透了，就像一个怀揣秘密走在烈日下的贼。

后来，我又去过几次马场，可都是刚走到门口，就被马夫们赶了出来。他们说赵志成不愿见我。我去找小琪姐，说马场有破案的关键性证据。她四处托关系，找到了马场的主人。他叫郑力，是个非常英俊的年轻男人。身材瘦长，皮肤白皙，眼神中蕴藏着有钱人特有的慵懒与柔和。我们去他位于金市人民医院后面的公司拜访他。面对郑力，小琪姐的话格外多。我们本想用为汗金宝马拍摄专题片为幌子，让他同意我进入马场采访。但小琪姐除了这事，自己临场发挥，还说了很多关于爱情和孤独的话。我从来没见过小琪姐这么失态，就像是一只挥舞翅膀的大花蝴蝶，不断傻笑，连自己来这里是干吗的都忘了。这我也能理解，郑力帅到不像个男人，还有钱，并且用钱开马场。优质男人本就不多了，优质又浪漫的男人简直就是大熊猫，更要得到小琪姐的呵护与关爱。

无论小琪姐说什么，郑力就是不开口，要不是中间人提前交代过，郑总在修一种不许说话的禅，我真以为他是一个哑巴。郑力摆摆手，示意小琪姐不要再说了。我意识到我再也见不到李陆星了。我走过去，拽住了郑力。他身上有股浓郁的香味，但不像是香水的味道。郑力皱眉看我，我突然觉得他很亲切。大概是因为他目光里的灵气。我想起了2008年。那时无论是我，还是李陆星，抑或是周旭和所有年轻人，我们眼睛里都曾有过这样的光。我心中感慨，有钱真好，有钱的人永葆青春。我说，给我一个机会。我爱马，世上再没有比马更高贵和善良的动物。请让我去拍摄你的马匹。总有一天，一切都得化为尘埃。无论你多富有，马多健壮。可影像永远不会消失，通过我的镜头，后世的人会永远能欣赏您那群马的英姿，敬佩您的伟业。郑力笑笑，推开我，离开了会议室。那笑容就像主人嘲讽自作聪明的笨马。

离开郑力公司之后，我和小琪姐在楼下找了个云南菜馆吃饭。这家的汽锅鸡和黑三剁做得很地道，可我们像两个失败了的骗子，吃得没滋没味。小琪姐一直在让我猜这郑力有没有女朋友，我说瞅他那操性，像是有男朋友的样儿。这时小琪姐接到一个电话，我看着她眼睛瞪大了。小琪姐挂上电话，说郑力秘书打来的电话，他同意你进马场拍摄了。我说，为啥？小琪姐说管他为啥，也许看上我了。小琪姐很兴奋，给郑力发短信表示感谢。她问我，你说我现在就说有机会约着出来玩，是不是太主动了？我顾不上回答，拎起包冲出了云南菜馆。

我到马场的时候，野马亨特正像一股黑色旋风般在跑道上撒开蹄子狂奔。李陆星靠在跑道边的栏杆上悠闲地喝着啤酒。我大声叫他的名字，也叫赵志成这个名字，他回头，那副宽大的墨镜罩着半张脸庞，我看不出他的表情。我走到李陆星的面前，听到他无可奈何地说，你可真是块狗皮膏药。亨特也跑完最后一圈，大汗淋漓地回到李陆星身旁。听到他这么说，这马冲着我打了两个大喷嚏，口水溅了我一脸。

我说，我搞不明白你究竟是谁，死都不会瞑目。李陆星笑了，你不会是喜欢男的吧？我说，开这种玩笑，有意思吗？李陆星说，你喘得这么厉害，是不是很着急？我点点头，告诉他有几个男人失踪了。我不是无意中撞到他的，是在追踪线索时遇到了他。这让我很担心。李陆星一直很认真地听，和以前侧耳倾听我讲故事一样。我讲完以后，他说，你为什么会想拍电影？很多人都问过我这个问题，我却只想回答李陆星。我想告诉他，因为我用它思念，用它忏悔。在没遇到你之前，我希望你有一天能走进电影院看到这部电影，知道我没有忘记你，没有忘记2008年，也没有忘记那时我们的模样。那是我们灵魂最美的时候。

最终，我胆怯了。我只是说，你为什么会在这里？李陆星笑了，当年我爸当知青，就是在兵团里放马啊。我说，我想拍电影是因为我不想死时有遗憾。李陆星点点头。他说，那你不去把那起失踪案好好调查清楚，把你的电影拍出来，你跑到这里干什么？

我答不出来这个问题。他又说，我爸说过，以前草原上那些牧民害怕人寻仇，死时就让自己消失，无论是谁都再也找不到他，像是从没有存在过一样。我说，没人可以不存在，你就是我认识的李陆星。李陆星说，就算我是李陆星，你又想怎么样呢？说着，他摘下了墨镜。在我看清楚他的一刹那，我差点哭出声来。

我眼前的人既是李陆星，又不是李陆星。十八岁的李陆星那双永远流露着善良与同情的双眼不见了，取而代之的是两个被烧焦的眼眶，里面空无一物。我惊呆了，泪水滑落脸颊。我宁愿自己失去双眼，也不愿看到李陆星变成这样。我说，怎么搞的。李陆星说，火灾。我说，李叔叔呢？李陆星说，也死在了那场火灾里。幸亏遇到刘娟，这么多年照顾我。

李陆星的父亲叫李森海，和我爸也有交情。当年他们是一个兵团的知青。他个子矮小皮肤黝黑，但眼睛很亮，总是温柔地笑。我想，就因为他的温柔，才会养育出李陆星这样善良的人吧。如今得知这么好的人竟然在烈火中横死，我震惊到额头出了层冷汗。我说，究竟怎么回事。李陆星说，过去的事了，不要再提了。他语气平静，像是那双眼睛结成苦果，已经被他完全吞咽，再也不会于尘世中激起半点迷狂、不甘或是憎恨。命运正在并将永远地折磨他，他却已早早宽恕了命运。我想，李陆星变成了瞎子，却还和以前一样善良。这想法像石子一样堵在我的胸口。

我说，我很想念你，想念咱们的友情。李陆星说，对我而言，都过去了。我说，我幻想过无数次，要是再遇到你，会和你打一场乒乓球的。李陆星戴上了墨镜，亨特舔了舔他的肩头。李

第五章　　83

陆星说，乒乓球长什么样，我都快忘光了。我说，我忘不了。那时麦当娜教发旋儿球，你不会，她气得把你更衣柜都踹烂了。李陆星摇摇头，乒乓球拍长什么样我都不记得了。我说，陈诺还在查她的案子，我看他一定能抓住凶手。李陆星说，不重要了。我还得继续工作。我说，你为什么要换名字？李陆星摇头，对你来说，这也不重要。李陆星也好，赵志成也好，在你的电影里都是一个路人。他想走，我拦住他。亨特瞪起眼睛，差点撞倒我。李陆星轻轻拍打着它的臀侧，抚慰它安静下来。

我说，我会照顾你。李陆星说，每个人都要走自己的路。咱们都走到一半了，谁也不要停下。我摇摇头，说我还会来找你。他无奈地笑了笑。亨特休息好了，我们俩谁都不说话，看着它一圈又一圈地在跑道上奔跑。天边传来一阵闷雷声，眼看着要来雨了。

第六章

我在家里三天三夜没有出门，躲雨。这次雨势很大，可能真要世界末日了。昨天电视新闻上说，有个地势低矮的平房区被水淹了，死掉七个人。有人竟然会被雨水淹死在北国高原上，说起来很搞笑，但我不感到奇怪。金市常年干旱，市政排水系统非常糟糕。每次下大雨，都有几处地方会被水倒灌。我给我爸打了电话，让他别乱跑，他说知道了。然后他问我，儿子，你说那几个死者的尸体，会不会是被隐身衣带走了？我说，不太可能。金市搞这玩意的，你是老大。除非是你干的。我爸叹气说如果那时我坚持下来就好了。挂掉电话，我回忆了一会儿我小时候我爸的模样。以前他特别喜欢收集旧军装和老徽章，动不动就给我和我妈做很难吃的饭，说是要忆苦思甜。用我妈的话来讲，"后遗症"。再到后来，他愈发魔怔了。大概在2007到2008年，他疯狂地迷上了造隐身衣。我觉得还是那时的他更有意思。虽然说的话别人都不懂，但眼里的劲头挺浪漫。现在我爸不怎么说话，经常眼神直勾勾地盯着某处半天，突然骂一句"操"，也不知是为了什么。刚才我和我妈通电话，也跟她说淹死七个人，一定要小心。我妈冷笑，绝对不止七个人。

我妈以前不这样阴谋论，也能用平常心去看待世界，看待生活。自从去年那几个上线爆雷之后，她就变得和网上那些愤青一样。为了躲债，她躲在郊区那个一居毛坯房里，天天疑神疑鬼。她总跟我说，小时候最怕人砸门，以为是小将们来抄家。没想到都要到老了，轮到债主们砸门了。她也挺怀念2008年，那时她日子好，天天开着奥迪车东家出西家进，每天深夜才回家。大号古驰拎包鼓鼓囊囊，里面都是储户的现金。而此时此刻，我妈在电话里说，这里太潮了，浑身骨头疼，像是有人用小勺挖我的骨髓吃。

前两天，我把那张挂件的照片放到最大，贴在墙上。每天吃完晚饭，我就坐在沙发上面对着照片，一边喝酒一边仔细回想它的来路，思绪却像是跌入迷宫一样乱七八糟。这个挂件已经成了我日常生活中的梦魇，用白巧的话说，我看挂件的时间比看她的时间长。今晚我面对着它，喝干了一瓶威士忌，中途去卫生间吐了一回。我实在撑不住了，倒在床上昏昏睡去。再醒过来时，雨停了。滚烫的阳光正直射我的脸，我身上黏糊糊的，全是汗。这时我手机响了，是小琪姐。我接起电话，她说把身份证号给我，马上收拾行李。我说啥。她说，我给你买最早一趟去杭州的航班。你赶紧准备。我说，去干吗。她说，那边有个戏，青春片，小说改编，书卖得很好，年轻人都知道。盘子也不错，几家大公司合投，资金到位了百分之八十。组已经建好了，男女主演就是你能想到的那两位，剧本还可以，只聊天不堕胎，很纯情，符合你的路线。我说，这馅饼怎么就砸我头上了。小琪姐说，导演今天上午突然提出换方向，要变成一个年代剧，时代变到80年代。否则他没法相信这个故事。我说，我怎么觉得这么不稳呢？她说，非常稳。我说得直白些，其中一个投资人是我20岁时的男朋友，我第一次打胎就是为了他，他欠我的下辈子都还不完。现在他发达了，想给我个交代。这片也会给我一个制片人署名，咱俩是拴在一根绳子上的蚂蚱。我说，那手头的项目怎么办？她说，先搁置，去杭州，拍完这个片，你就成了。到时你有了话语权，想拍什么不由你吗？我说，咱们付出这么多。她说，哪个成型先做哪个。我说，我再想想吧。她说，想个屁，你赶紧给我滚到杭州去。这可是你这辈子再也遇不到的好机会。我说，我再想想，再想想。小琪姐在电话那头骂了起来，我放下手机，挂掉。

  我没跟小琪姐说实话，根本不用想，我肯定走不了。就在李陆星承认自己是李陆星的第二天中午，我接到了一个短信，是陌生号码。内容是我知道谁杀了麦当娜。当时我正站在阳台上看这个世界大雨瓢泼，一时不敢相信这是真实发生的事情。我给那号码回拨过去，没人接。我给他发短信，你是谁？等了两个小时，对方回复，一个被良心折磨的人。我说，别装神弄鬼，出来见一面。又过了两个小时，对方回复，等雨停。然后不管我这些天再和他说什么，都没回复。唯有在昨晚六点多，他给我传来一首

歌,是"万能青年旅店"乐队的《揪心的玩笑与漫长的白日梦》。我对音乐没什么了解,唯独觉得有几句词特别有意思:

  ……
  来到自我意识的边疆
  看到父亲坐在云端抽烟
  他说孩子去和昨天和解吧
  就像我们从前那样
  用无限适用于未来的方法
  置换体内星辰河流
  用无限适用于未来的方法
  热爱聚合又离散的鸟群

  下午洗衣服的时候,我给那人发短信,雨停了,可以见面吗?对方回复,晚上九点半,210国道金山出口处。我说,不见不散。我说,咱不能约在市区里见吗?对方说,歌好听吗?我回,为什么单单告诉我这件事。对方没了音讯。
  晚上,我换好烘干的衣服,琢磨了半天带不带匕首防身,最后决定还是带上。我刚准备出门,接到另一个陌生号码打来的电话,我接通,那边说,我是李陆星。我没说话。李陆星说,晚上你能过来一趟吗?我在犹豫。李陆星说,要是忙就算了。我说,什么事。他说，你还想知道我为什么换身份吗？我说，我们是最好的朋友。我想知道。李陆星说，就因为这个，我不想告诉你。我想保护你。我说，既然又遇到了，就该和我把事说开了。我们并肩作战。李陆星说，今天有空吗？我说，明天，明天我带一个天大的秘密找你去。李陆星挂断了电话。

我开着小琪姐那辆陆地巡洋舰一路向北，出金市后，接到了我爸的电话。当时天已经全黑了，不透一点亮。我没想到，我爸我妈会在一起。他们把我臭骂一顿。小琪姐告诉他们说，我放弃了人生中最重要的一个机会。我爸愤怒说道人一辈子就那么几个点，抓住就抓住了，抓不住就死。电影不是你的命吗？你不要命了？

我挂断了电话，因为我自己都不知道自己是怎么了。此时此刻，夜染黑原野，风微凉，可我的身体滚烫，像无尽烈火在怀中燃烧。黑暗与公路越来越虚，飞舞的乒乓球、被割喉倒在血泊中的麦当娜和街头游荡的黑衣男人越来越实。2008年，我和李陆星相处的种种情景浮现心头，像魔方的碎片将我包围。我是这十维迷宫中的蝼蚁，仓惶乱窜。我听到这夜对我笑，对我说，你这逃亡的少年，欢迎你滚回我的怀抱。我再无退路，才明白杀死麦当娜的凶手是这迷宫的制造者，只有找到他，我才能让我的生命恢复如初，回到2008年，回到我的朋友李陆星身旁。

在约定的地方，我停下车，打双闪。我给那人发短信，我到了。那人没回。我想也许是个玩笑。十分钟之后，他还没来，我愈发确定，我用人生中最最重要的事情换了场恶作剧。此时汽车音响里再放那首《揪心的玩笑与漫长的白日梦》，歌手唱到"是谁来自山川湖海，却囿于昼夜厨房与爱"之时，我看到一个黑影不再低伏在草丛之中，站起来向我这边跑来。我看着那人钻进我的副驾驶座，对我说：张军，你好。

我没想到，上车的竟然是这个人。我喉头发干，难以呼吸。他突然尖叫，我从后视镜上看到一辆大卡车极速地向我们碾压过来。一声巨响，2012年的末日竟然真的来了。我最后的生命被无限延长，看到完整的车厢后座一点点破裂，粉碎，然后是我身边那个人，像是某种前卫艺术品般一点点堆积，褶皱，最后变成一团血淋淋的肉球。然后我全身剧痛，然后我再也感觉不到我的身体。原来死是灵魂蜷曲如回归母体啊。濒死的黑暗中，唯有那音乐中的长发青年还在用电吉他朝着我们脚下的伤心土地嘶吼，就在一瞬间，就在一瞬间，握紧我矛盾密布的手。

第七章

一过2007年的新年,整个世界好像都变得很喧嚣。电视里天天都是关于北京奥运会的新闻,主持人天天和金头发蓝眼睛的外国人在一起,大家脸上喜气洋洋。《北京欢迎你》,那些耳熟能详的歌手站在各种奇形怪状的建筑前敞开怀抱,唱我家大门常打开。搞得我心里很痒,很想去北京,去看看那些友善的人和奇怪的建筑。好像北京离我很近,只要到了北京,下一站就是纽约,巴黎或者伦敦。我的心里充满勇气,觉得无论站在哪一条街道上,无论面对的是黑人白人还是黄种人,都能找到我的兄弟,我的美好前途。

金市像个战场,到处都在拆迁和建设,灰蒙蒙的空气里砸铁敲钢的声音此起彼伏,还有那些神秘的外地口音,南方的音色比较尖锐,像鸟叫,北方的基本都是烟酒嗓,像感冒了的老虎狮子。少年们经常会在下午放学时经过一片平房,还能闻到饭菜香味,可到晚上回学校上晚自习时再路过就发现这里已经被推平了。再没有锅碗瓢盆的声音,没有灯火和孩子的哭闹。人都去哪里了,这永远是个谜。到处都是在建的楼盘,我妈说,这些楼房盖好以后,金市会变成一个容纳五百万人的大城市。怎么会有五百万人来一个我特别不想待的地方呢？他们来这里干吗？这也是一个困扰我的谜。

另一个谜是我看到的一切都变得越来越陌生，越来越古怪，越来越鲜艳。小时候，我以为全世界最好的车就是北京吉普和桑塔纳，突然有一天我发现街上到处跑着我从没见过的古怪大车，要么漆黑要么墨绿，车身闪闪发光，造型很古怪，谁要和它碰撞非得粉身碎骨。同学们告诉我，这些车里有从美国来的悍马，也有从英国来的路虎。老师骄傲地对我们宣称，北京的鸟巢和水立方没什么了不起的，我们有"金市101"。这是一个大工程，我们请了全世界最好的一百零一个建筑设计师，其中也包括了设计鸟巢和水立方的人，在金市设计建造了一百零一栋公共建筑。图书馆像长翅膀的书，运动场像装着大葱的菜篮子，歌剧院像一把琴身似火焰燃烧的吉他。老师给我们讲马尔克斯，讲魔幻现实主义。马尔克斯是怎么想的我不知道，但对我们这些金市的孩子来说，走在大街上四处张望，魔幻不是一种主义，它就是我们正在度过的日子。

我刚刚分完班。虽然我爸是理工科，但我并没有继承他的数学DNA。我一看数字就头疼，就想睡觉。在胡说八道这方面我感觉自己反而有些天赋，于是我选了文科。一进高二，家长会就变得特别多，生活的气氛比电视上备战奥运会还紧张。2007年以前开家长会，大人们的精神状态都差不多。大多数人相互之间都认识，以前是同事，更早的时候也是同学，也是从这所学校毕业，甚至有的家庭两代人都是同一个老师教的。经常能看到父亲红着脸，像个小学生一样被白发苍苍的老师教训。一出学校门，父亲会一脚踹在儿子屁股上，恶狠狠地说，妈的，老子好不容易逃出他的魔掌，没想到你把老子害得二进宫。但现在不一样了，家长们之间称呼不再是老张老王，而是变成了张总王总。大家不再关心孩子的成绩，因为傻子都能算过来账，现在大学毕业生去工作，一个月撑死四千块钱，和拿回来的月息比狗屁不是，往死里逼孩子干吗？又不是捡来的。老师们不爱训人了，他们更喜欢缠住那些揽储的家长，打听利息最高能给到几分，自己的工资能不能交给他。当时我妈做二道贩子，帮几个房地产商揽储，我因此享受到了不少的福利，比如老师跟我说话也温柔了，还把我的座位调换到了中间看黑板最清楚的位置。我想去校队参加乒乓球集训的时候，班主任也不再像以前一样为难我，很爽快地就签了字。

另一个享受到了金市发展福利的人是林倩倩她爸林生虎。只要他来，校长都会特意赶过来，脸上堆满芙蓉花瓣般饱满的笑容，张开双臂和林生虎拥抱，再掏出烟来一起吃一支，夸赞两句林倩倩，"虎父无犬女"。有次我爸参加家长会，回家后很不满意那些人对林生虎的谄媚。吃饭时他皱着眉头说，现在的人是都疯了吗？这姓林的算什么，不就是个羊绒贩子吗？我妈说，现在别人都月息两分，只有他是三分。十万块钱，一个月就能生出来三千块。不喜欢他的人才是疯了。我爸摇头，不再说话。吃完饭，他躲进自己的书房去捣鼓他的隐身衣去了。

我记得太阳城动工那一天是2007年的6月2日，礼炮的声音震天响，连身处市中心学校的我们都能听到。那时正是政治课，老师在讲奥运会对中国的意义，听到轰鸣声，我们发出惊叹，纷纷伸长脖子向窗外张望。老师微笑着，声音有些激动，同学们，太阳城就是最好的证明，我们和世界发达国家的水平越来越近，2008年以后，一切都会变得更好，你们赶上好时代了啊。

太阳城刚刚动工，地基还没有盖好，林生虎就从福建请回了那尊大佛。我专门找了个周末，和几个同学骑车去南郊的工地上参观过。那里曾经是一片山峦荒野，生生被炸成了平地。浑身镀金的如来佛大如一座山峰，坐在足有运动场大小的莲花宝座上，面朝太阳城，拈指结印，无限庄严，俯视蝼蚁一般渺小的我们，慈悲微笑。看着这尊金佛，我当时有一种感觉，它真的能将世界上过去与未来的无穷幸福都揽到它陪伴的这片土地上。

太阳城最便宜的户型都卖到了两万一平米，而当时北京三环的房子才不到一万八。用我妈的话来说，别看林倩倩每天傻乎乎的，可她爸爸真是个鬼才。林生虎知道，无论是拼概念、拼质量还是拼价格，在这里都不是正道。金市人连鸟巢都不放在眼里，什么没见过？最重要的是拼信仰。所以他策划的太阳城到处都是佛教元素，连绿植都是菩提树。似乎谁穿上白袍子，赤脚在小区花园里溜达一圈，都能像悉达多一样成佛。小区的王牌就是这尊佛。它由世界级雕像大师精心创作，西藏的活佛和福建的高僧为其开光。佛像全身镀金，光芒普照众生，造价高达一个亿。据说，将来太阳城建好后，它的双眼能看到这里的每家每户，替业主们挡病祛灾，斩妖除魔。金佛在太阳城落成后，吸引了金市众多有钱的善男信女来这里买房置业，祈求得到佛的福泽。

2007年6月2日那天除去太阳城动工，还发生了另一件事情：我们的体育老师麦当娜被人杀害在了她位于金市三中家属院1号楼301室的家中。当时是中午，201室的主人王文林正在和老婆吵架，吵架原因很简单，王文林不愿意自己的老婆帮着她以前的一位男领导出去揽储。王文林是个历史老师，有点文人的气质，觉得老婆出去凭着一张嘴四处拉钱，实在是有辱斯文。王文林老婆气得咬牙，做饭时候砸盆摔碗，让客厅里面的王文林心惊肉跳，无法好好摆弄眼前那几盆深爱的玉兰花。这时老婆叫他的名字，王文林硬着头皮走进厨房。老婆没吱声，指指头顶，王文林朝天花板看去，湿了一大块，正往下滴水。应该是301室的水管漏了，以前也发生过这样的事。

王文林来到301室门口，敲门，没人应。王文林叫麦当娜的名字，叫麦当娜丈夫的名字，还是没人应。王文林给麦当娜打电话，听到了屋里手机的铃声。四十分钟以后，当着派出所民警、居委会主任和王文林的面，锁匠撬开了锁。一股浓重的血腥味冲出房门，扑到了众人脸上。

夏天非常炎热，那股味道让锁匠转身就吐了。小民警脸色一变，对众人说，这要封锁了。说这已经晚了，王文林看到麦当娜仰面躺在客厅铺着的地毯上，双眼瞪着天花板，像是不相信自己会遭遇这些事。她的喉咙被人划开一道又深又长的口子，血已经流干，全被那张羊毛地毯吸收。原本纯白的地毯如今全部变成了暗红色。地上都是积水，王文林听到流水声隐隐约约地从厨房传出来。王文林想起有次遇到麦当娜，两人还嘀咕了几句每个月水费有点高，可能有人偷水。现在，这个女人再也不会担心这件事了。

我之所以知道这么多，是因为当王文林和同事们聊起这些时，我就站在他旁边。那是在学校的会议室门外，老师们围在王文林周围窃窃私语，我站在会议室门口，等待警察叫我进去。学生们来来往往，看到我都露出叵测的笑容，像我正要踩到一堆狗屎上而不自知。我低着头，看自己的脚面，尽量不和别人的眼神接触，说实话，我烦死这个地方了。

三中是金市最好的中学。这里的学生分两种，一种是凭本事自己考上的。他们像没有感情的机器人，每天只关心排名，看比自己名次低的人，就像看虫子，多说一句话都觉得浪费时间。看那些比自己学习好的，眼睛里都是妒忌。另一种人都是家里有权有势，交钱走关系进来的蠢货。最典型的是林倩倩，她爹林生虎路人皆知。还有周旭，他爸是交通局管客运的，我妈说一个出租车牌照就是个大红包。这些学生整天除了吹牛和打架，就没别的事情可做。

在这里，我很不合群。我学习不好，我妈费了大周折，四处托关系才把我送了进来。开学第一天我妈哭了，让我一定要争气。可那帮学习好的学生不愿搭理我，生怕笨会传染。林倩倩他们倒是几次向我示好，我想想，真不是同一个世界的人，就没接受这份好意。我家里没钱，我爸也没权，如今更是整天就爱研究隐身衣。我必须为自己找一条出路。

可父母并不会理解这些。每天我回到家，我妈就唠叨为了把我送进三中他们就差砸锅卖铁了，我现在还这样吊儿郎当，真是辜负家里一片苦心。幸亏我进了校队，麦当娜去我家家访过几回，我父母才知道原来乒乓球打得好，也能上大学，对我的学习也就睁一只眼闭一只眼了。从某种角度讲，麦当娜算是我的救命恩人。

麦当娜去世的那个礼拜，学校的气氛和以往有了很大的不同。操场降了半旗，那帮小混混都垂头丧气，没心思打群架了。

大家好像一夜之间都长大了，突然觉得在死亡面前，谁是这所学校的扛把子有什么关系呢。女孩们都在校服里穿上了黑色的T恤，眼睛红得像兔子。学校门口接送孩子上下学的家长明显多了起来。麦当娜开追悼会的时候，全校师生都去参加了。校长哽咽着说麦丽芬老师，我们会永远记得你。台下的老师们哭声一片。可"麦丽芬"这个名字让学生觉得陌生，好像是来看一部和自己没有关系的电影。我们更习惯她的外号"麦当娜"。直到遗体告别的时候，我看到躺在花丛中的死者，想起活着的她生机勃勃，像一匹油光锃亮的母马，我才意识到从今往后她再也无法微笑说话，再也无法奔跑做操了。我献上鲜花，捂着嘴巴，尽量不掉眼泪。我围绕遗体一周，悲伤地说了一句，麦老师一路走好。

和麦当娜告别的时候，我还看到她在这样的酷暑里竟然穿着一件高领毛衣，心中不由得愕然。当我反应过来，这是为了遮挡那道传说中的伤口，我不由得暗骂自己是个笨蛋。麦当娜已经去了另外一个地方，她再也不会感到这个夏天的炎热了。这时我想起前几天，我们刚从金海温泉集训回来，她还鼓励我打好乒乓球，告诉我只要努力，我的人生绝对没有问题。我感到一种巨大的不解和失落涌上心头。这时我发现我也控制不住自己的哽咽了，我急忙用手捧在嘴巴上，接住掉落的眼泪。

一个警察推门出来，冲我挥手，打断了我的胡思乱想。我跟他走了进去。会议桌那边坐着两个警察，我们的校长陪坐旁边。

年纪稍长的那个抽着烟瞄我。年轻的那个鼻子又大又红，像一只被蒸熟的龙虾趴在脸上。校长示意我坐在他们对面，他告诉我，这是刑警队的警官，年纪大的叫林野，年轻的叫陈诺。他们是来调查麦老师的事，让我知无不言，言无不尽。

我点点头，陈诺坐在我面前，打开笔记本。他问了我的名字、年龄、父母的名字和工作单位。我回答完有点蒙，挪了挪屁股，说你们是把我当凶手了？陈诺笑，都是常规问题，你别紧张。林野说，问你什么，你答什么。

陈诺说，你和麦丽芬是什么关系？我说，她是我们校乒乓球队的教练，我是球员。陈诺说，你们接触多吗？我说，每周二四的下午四点到晚上九点半，麦老师训练我们打球。陈诺说，日常生活呢？你了解她吗？我摇头。陈诺说，麦老师在你眼里是个什么样的人？我说，是个好老师。我们成绩好的时候，她会鼓励我们。我们不好好打球的时候，她会骂我们，有时骂得挺凶的。陈诺说，她骂你们的时候，你们会恨她吗？我吓了一跳，不会的。麦老师骂我们，是为我们着想，是帮我们。这时校长补充道，我们学校的乒乓球队很强。明年4月份还要代表省里参加全国比赛，要是拿了冠军，这些孩子都能被保送进大学。所以麦老师很严格。林野和陈诺点点头。林野说，你乒乓球打得一定很好。

我点点头，想起第一次遇到麦当娜是在高一。那时我逃课，想出去打游戏，被麦当娜看到。我在操场上拼命跑，她在我身后拼命追。我被逼急了，蹬着砖上了墙，跳了出去，却被早我一步的麦当娜抓住。我惊慌地看着眼前的女人，我从没和年轻异性这么近距离地接触过，不由得脸红。她喘着粗气说，小子，你挺敏捷啊。她把我拽到了运动馆里的球案边，要和我打球。我说我不会，她展示了基础的发球动作，让我练习，学不会不许回家。从那天起，我加入了乒乓球队。林野说，想把球打好，有什么诀窍？我说节奏感。两个警察和校长愣了。

我说，当体力、技术都旗鼓相当的时候，其实决定一场球赛的关键是节奏。击球时和球落在案子上时会有声音，这些声音来来回回，形成了节奏。你要能感觉到这节奏，就可以通过它计算出球的速度和落点，从而控制节奏，控制比赛。麦老师说过，我的节奏感特别好。校长说，张军是我们队里的种子选手，麦老师很看好他。陈诺说，你很悲伤？我点点头。林野不满地看陈诺，这种屁话少问，他不能说自己特高兴吧？陈诺脸红了，说明白了，师傅。看得出来，他很害怕他的师傅，就像我害怕麦老师一样。我说，我们队刻苦训练了两年，本来觉得冠军就是我们的。麦老师出事了，大家不知道该怎么办。单凭文化课考大学，我们就完了。

我想起眼前的困境，心中再次泛起迷惘。林野和陈诺皱着眉看我，像是也在替我发愁。上课铃响了，我看校长。陈诺说，最后两个问题，你就能去上课了。我点头。陈诺说，你觉得麦老师在学校里会有仇人吗？我摇头，麦老师人特别好。校长说，不是自杀？熟人作案？两个警察没理他。校长懊恼地瞥我一眼。陈诺又问，为什么你们给麦老师起外号，叫她"麦当娜"？

我红着脸说，这个外号是我们班周旭起的。高一时五四青年节晚会，麦老师给大家表演了现代舞。第二天周旭就说，麦老师很像美国电影里的麦当娜，胸大屁股肥。

我回到教室的时候，语文课讲了一半。同学们好奇地打量着我，林倩倩嘴巴一张一合，能看出来所有人都很好奇。我装作看不见，在座位上坐好。周旭走过我课桌的时候，看了我一眼，神态惊慌，像一只被瞄准的兔子。我死死盯着语文课本，那时老师正在讲欧美诗歌，正好讲到歌德的《漫游者的夜歌》。他让林倩倩为大家朗诵这首诗，林倩倩站起来，清了清嗓子。

一切峰顶的上空
静寂
一切的树梢中
你几乎觉察不到
一些生气；
鸟儿们静默在林里
且等候，你也快要

第七章

去休息

　　林倩倩念得很动感情，鼻头好像也红了。她的声音在教室里回荡，很干净，像这首诗带给我的感觉一样。念完以后，班里的气氛莫名的有些肃穆，没人说话。我们就像诗中那片树林里静默的鸟群。语文老师把我叫起来，让我分析下这首诗歌。我说，我总觉得，这首诗是在这个时刻麦老师送给我们的临别礼物。语文老师扶了扶眼镜，想念麦老师是对的，但诗你分析错了。标准答案是，这首诗是风格浑然天成的短诗，特点是非常朴素，不加修饰，好像自然本身。中心思想是大自然的美景可以洗涤人的精神……

　　我坐下来的时候，发现课桌上多了一个小纸条。我打开来，纸条上有五个字，问你什么了？我四下张望，发现李陆星正看着我，那是一双典型的少年的眼睛，很明亮，像是刚刚用净水擦拭过的宝石，里面藏着一个生机勃勃的灵魂。这是李陆星第一次和我直接接触，虽然之前我们都是乒乓球队的队员，但并没有太多交流，顶多是遇到时点点头。三中的学生全都盯着一类本科，所以气氛极其压抑。没人想交朋友，在这里每个人都是潜在的对手。

　　我努力回忆李陆星之前跟我交往的那些点滴，觉得他写纸条问我这些实在是没什么道理。我不爱洗头，经常翻墙出去打游戏，成天灰头土脸一身烟味。我也没有女朋友，看到姿色稍微过得去的女生我眼睛就变成了X光。我和同伴们说话必须带脏字，否则心里就没有安全感。我爸说我是死猪不怕开水烫，我妈说我是砍头不过风吹帽，老师说我是烂泥扶不上墙。李陆星完全是我，或者说是我们这些普通少年的反面。他皮肤雪白，在阳光下都能看到脸上的青色血管。很多女生都羡慕他的皮肤。他说话很温柔，做什么事之前，都爱说个"请"字。男生都躲着他，觉得聊天太费劲了。女生也不爱和他说话，因为他会让女孩子们觉得自己活半天还不如一个男的温柔和精致。他总是坐在自己的位置上发呆，做题，或者看书。大家给他起了个外号叫"皮诺曹"。因为他一点都不吵闹，总是安安静静。并且衣着总是很得体，校服还飘着一股洗衣粉的香味。不像我或者其他的男生，每天蓬头垢面，衣服上都是破洞。我们甚至有时会觉得他有些神秘。

我俩之间完全没有交情。可此时此刻，李陆星看到我注意到了他，还冲我招了招手，示意我看纸条。我回复，警察特意交代，不让说聊的内容。队里每个人都要问，也会问你，到时你就知道了。

教室前黑板上的音箱里传来校长的声音，高二（四）班的周旭同学，听到广播后速来校长室。李陆星看完纸条，耸耸肩，好像很无奈，继续看书了。我想这辈子大概都不会再和"皮诺曹"这个怪人打交道了吧。可不知道为什么，那天我总是有意无意地观察李陆星。晚上我做了一个梦，我和李陆星在一处空旷的场馆里打球，麦当娜做裁判。我全身都是汗。一颗球打丢之后，我去捡球，再一起身，李陆星和麦当娜都不见了。眼前是一片黑暗，我身处一片冰面上，夜风呼啸，瞬间把我打透了。

第八章

天气越来越热,我经常看到那两个警察在学校里转悠。有时他们会拦住老师和学生,问些关于麦当娜的问题。金市只有十几万人口,是个小城,一个高中老师被人在家中残忍杀害是件大案,人们有很多议论。最起码我妈在家里就经常说这事。林野和陈诺整天都阴着脸,像两只觅食的乌鸦,守在林荫道边窥探大家,似乎凶手就是某个跑步赶着去上课的路人。我们学校的师生哪里见过这种场面,起先大家很兴奋,彼此开玩笑说你是凶手,不!你才是凶手。后来人们就疲惫了,怨声载道。看到他俩,大家就会想起麦当娜。这非常影响我们的学习情绪。我听说,校长和他们交涉过一次,还有人给他俩捣乱,划破了警车的轮胎,但都没什么效果,这两人该来还来。

我们班有个同学,从发现麦当娜尸体那天下午就没来上过课。他妈妈是学校的财政科长,他们家就住在麦当娜家隔壁。我听说,他们一家人都被这事吓坏了。这我能理解,换成是我,也会觉得自己是从凶手指缝间溜掉的幸存者,也会担心邻居的鬼魂出现。更何况"玻璃茶杯"。

"玻璃茶杯"是周旭给这位同学起的外号,他就爱给人起外号,"皮诺曹"还有"麦当娜"都来自他的手笔。我不知道"玻璃茶杯"的真名,甚至对他长什么样都没印象。虽然我妈给老师送不少礼,把我安排到了中间的好位置,但我总是爱坐最后一排。这样方便我逃课。而"玻璃茶杯"的座位在教室第一排,在高中,这就相当于马里亚纳海沟般的阻隔。两年来我和他没说过一句话,甚至没正眼看过他一次。我努力回忆过他的模样,只记得这孩子又黑又矮。林倩倩经常带着周旭他们整蛊他,有时我能看到他伏在课桌上埋头哭泣的背影,倒是真像一只从两元店买的玻璃茶杯。

我是体育生,本来觉得自己只要把球打好,文化课并不重要。麦当娜死后,球队没了主心骨,训练也停了。我又滚回到原先的位置,但已经晚了,老师在黑板上写的那些东西就像天书,我认识它们,它们不认识我。我一时间非常地绝望,坐在一帮埋头苦学奋笔疾书的同学中间,我更觉得自己就是一头会说人话,会写字的狒狒。我变得很暴躁,还差点和周旭干一架。因为"麦当娜"这个外号的事,周旭背了个处分。他怀疑是我说的,总阴阳怪气地和他那帮人挤对我。有天我烦了,把一瓶水朝他和林倩倩那个小帮派扔了过去,他们怒视了我半天,不了了之。

有一天上英语课,我听着老师在台上念经,看着黑板上蝌蚪一样的字母,觉得自己的未来一片黯淡,这时李陆星弯着腰跑过来，推了推我的同桌。我同桌是个胖姑娘，瞥了一眼李陆星，嘀咕一声讨厌，两人换了座位。我诧异地看着李陆星，他的头发有些乱，脸红扑扑的，正在冲我微笑。他的笑容温暖而自信，像兄弟一样友善。

李陆星说，你的弧线球打得真好。我说，还凑合吧。他说，有什么秘诀没有？我瞥他一眼，就这事？他说，就这事。我每次想拉弧线，但是路线都太单一，特容易让对方摸出球路。他说得很认真，似乎这是一件非常重要的事。我愕然地说，你还打球？咱们队都解散了。他说，麦老师特意嘱咐过我，找机会和你学习弧线球。我想为她做点什么，这是对她最好的纪念。李陆星提到麦当娜的时候有些激动，声调有些高。一个粉笔头弹射到了他额头上，同学们"轰"地笑了。老师在讲台上不满地说，不爱听就出去，不要耽误其他人的前程。我俩把头埋在了课本下继续聊天。我告诉他，弧线球最重要的诀窍并不是人们常说的击球部位和持拍角度，而是球拍击球瞬间制造出的摩擦力。李陆星皱眉。我知道他不懂，很少有人能感到这股力的存在，它是转瞬即逝的事。我空手向李陆星演示了一下它是如何产生的，一枚粉笔头砸在了我脑门上。英语老师怒视着我们，说Get out！同学们又发出一阵哄笑。我说，敢不敢跟我走，咱俩去球馆打一场，你就明白了。我本以为，像他这么腼腆的学生，肯定不敢逃课。没想到李陆星笑了，趁着老师转身写板书，他弯腰像只狐狸一样迅疾地从教室后门溜了。我紧随其后冲出了教室。我拍拍他的肩膀,说可以啊。李陆星脸蛋红扑扑的,说其实我不爱逃课,虽然上课没什么意思,但在学校闲逛,抽烟,说那些更无聊的话我觉得可傻了。

那时学校里正好在下一场太阳雨,毛毛细雨落在我们的脸颊上,无论是树木还是跑道,散发出的味道清新甜美,一扫教室里堆积的闷气。我觉得自从麦当娜死后,我就没这样顺畅呼吸过。我和李陆星说笑着来到球馆,球案和球拍上堆积了厚厚的一层灰,我俩花了十几分钟,才把球案擦干净。我让李陆星发了几颗球,然后我都用弧线球打了回去。李陆星兴奋地说,这可以啊!我用球拍和乒乓球做分解动作,向他展现了那道奇妙的力。在我解说如何控制它的各种变化时,李陆星时而盯着我,时而盯着那飞出去的小球,眼神里充满敬佩,好像一个原始人在膜拜巫师与魔法。我长这么大,从来没有人这么认真地听我讲话,尤其是这样一个面容英俊皮肤白皙的同龄人,我从他身上感受到了尊重,心中得意万分。

我讲完了弧线球的全部秘密,开始陪他练球。中午我俩在学校门口的拉面馆吃了拉面,没有午休,下午也没去上课。到了第二节课的下课铃响起时,他已经掌握了弧线球的基本技法。我竖起大拇指,星哥牛逼。那时我俩已经相互尊称为哥了。李陆星挠挠头,军哥,你说我多久能打赢你。我说,你挺灵,我原本以为需要三天才能教会你。但想赢我,星哥,你就不要想了。

球馆的铁门响了，我回头看到两个警察走了进来。陈诺问，你们为什么不去上课。我说，你们还管学生逃课？他俩笑着来到球案边，林野从李陆星手中拿过拍子，冲我挑衅一样地晃了一晃，来一盘？李陆星眼睛亮了，和我轻轻耳语几句。我和李陆星对视一眼，笑了。李陆星和我说，咱俩让他们这辈子都不想再打乒乓球了。这话让我觉得他离我更近了。因为这小子不像我想得那么傻乎乎，还有点蔫坏主意。

我说，三局两胜，每局十一个球，咱二打二。林野说我们让你们两颗。我点点头，行。

不到一刻钟，这场比赛结束了。第一局，他们让了我们两颗球，比分0比6。第二局，我们让了他们四颗球，最终比分4比6。我看着林野和陈诺坐在地上，大口大口喘粗气，心里偷偷乐开了花。他们不该轻视高中生，尤其是要靠乒乓球考大学的高中生。林野气得脸都红了，瞪着我，像是不敢相信刚才的比赛是真的。我假装谦虚，友谊第一，比赛第二。陈诺苦笑，师傅，现在这帮高中生身体素质真他妈好。我勾着李陆星的脖子走出了球馆。

为了庆祝胜利，我请李陆星喝了可乐，我俩站在学校小卖部门口聊了挺多，绝大多数话茬都能对得上。尤其是我们对三中这个地方有着同样的厌恶。我没想到，他不仅健谈，还挺刻薄。他和我说了很多关于这鬼地方的坏话。他学习好，是纯粹拼分数考

第八章

进的三中。可他告诉我,那些人为了考大学把自己变成冷血动物,真是不值得。他这一句话,我恨不得拍手鼓掌。李陆星还说,明年就是奥运会了,这个世界多姿多彩,值得咱们好好体验。我点头,对李陆星充满敬意,觉得自己好像认识了一个伟大的船长。他甚至说,总觉得如果杀人不犯法,三中都是杀人狂。我听他这么说,捂着嘴笑,李陆星,我真没想到,你太损了。李陆星冲我得意点头,说那是因为咱俩能聊到一块。平时在班上,我根本不想说话。我对李陆星学了我父母每天怎么说我。李陆星听得脸都白了,说那是挺过分的。我说幸亏我内心强大,否则早就让他们逼死了。李陆星毒舌道,你这是死不要脸吧?

晚上,我失眠了。不知道是因为可乐喝多了兴奋,还是觉得自己在学校终于有了个能谈得来的人。第二天上早自习,我总是不由自主地往李陆星那个方向瞅两眼,发现李陆星也在看我。我正在心里琢磨,怎么能再和他搭上话,第二节课时却发现这家伙不见了。我无心上课,也逃出了教室。

我向球馆走去,总觉得李陆星就在那里。他在等我。我又转念一想,如果他不在呢?我对自己说,如果他在,就证明昨天他和我聊得也很愉快,我要做他的朋友。如果他不在,就算了。我走进球馆,看到李陆星正拎着球拍练习我昨天教他的动作。我俩颇有默契相互点头示意,谁也没问谁为什么会来这里。我站在他旁边看了一会儿,纠正了他的几处小毛病。李陆星对我说,咱俩打会儿？我说，不记分。他点点头。

李陆星的球风和他在别人面前呈现的样子截然相反。每个球都拼得很凶，像是非要在球案上把自己和对手都碾碎成粉末。这是乒乓球运动的特质，无论是谁，只要你拿起球拍，如果不把对方逼入死角，自己就会无路可走。运动员就像是在站在横跨深渊的钢索上，不仅要保持平衡，还要和对面过来的野兽决斗。绝境能激发每个人性格中自己都没注意到，甚至是故意逃避的潜质。我也一样，平常情绪化，可打球的时候特别冷静，总是能猜到对手是怎么想的。用麦当娜的话说，张军临危不乱，有大将风度。

我俩结束对练的时候都是大汗淋漓，虽然不记分，但直觉上是我稍占上风。李陆星按照球队的老规矩，请我去小卖部喝可乐。我们聊着聊着，聊到了故去的麦当娜。李陆星说，其实我爱打乒乓球，全是因为麦老师。听到乒乓球落在球案上的声音，我就觉得她还在，还会跟我说话。我说，我们都叫她麦当娜。李陆星说，麦老师特别好。我没说话。李陆星说，我高一是电台的广播员。我说，知道。你不上课的时候就一个人待在广播室，大家都觉得你不太好接触，周旭还给你起了个外号，电台怪人。李陆星笑了，我接近你们，你们也会躲开我。

他这么说让我感到奇怪，我问他为什么，他只是笑着摇摇头，不回答。李陆星说，有一天，麦老师来播音室，把一盒CD交给我，是一张口琴专辑。她希望我能在下午放学的时候放第三首曲子,是《天空之城》的主题曲。她当时的口气郑重得有点过分,我当时很奇怪,一首歌,至于吗?可当我听到音乐的时候,我落泪了。那是首很美的曲子,即使我一个人躲在播音室里听,都觉得人生特别美好。我一下明白她为什么会那样认真。于是从第二天起,我在每天下午放学的时候都会放这首曲子。我说,我也有印象,去年每天回家都是这歌。他说,好听吗?我说,我真不关心这个,每天放学我就想赶紧走人,离开这个傻逼地方。李陆星笑了,麦老师后来到播音室找我,问我为什么经常放这歌。我告诉她我的感觉,她说都对,但你现在想这些,都太早了。我问李陆星,你都想了点啥,是不是想对麦当娜要流氓?李陆星笑着摇摇头,后来麦老师经常和我聊天,向我推介好听的音乐。再后来她把我带出了播音室,教我打乒乓球。她说我身体条件不错,多锻炼,性格会变开朗。我挺感谢她的,否则待在这个地方,我可能真的就自闭了。

我从没有想到麦当娜还喜欢音乐。我告诉李陆星,我被麦当娜招进球队的时候可没有他这样浪漫。那时我逃课被她抓住,她让我打了会儿乒乓球,然后让我跑圈。我跑了二十圈,死狗一样瘫在跑道上。她问我将来想干吗?我说干什么都行,什么都不干也行,死了也行。李陆星笑道,你真够颓废的。我说,麦当娜也这说。可我当时真的不知道自己该怎么办,学习也不像你们这么好,肯定考不上大学了,非常绝望。麦当娜告诉我,打乒乓球要是能在全国比赛上拿名次，就能保送大学。我想都没想，为了考大学，进了球队。

回忆起去年的那一幕，我还想起一个细节，麦当娜问我未来想干什么的时候，正在抽烟。那是我第一次在现实生活中见到女人抽烟。而且她抽烟很凶，一根接一根。李陆星惊讶地说，我从不知道麦老师抽烟。那一刻，我有些恍惚了，不知道爱音乐的麦老师和抽烟很凶的麦当娜是不是同一个人。她究竟还有多少秘密？我其实根本不了解她。我第一次觉得生命无比神秘，每个生命都是。我也有不为人知的秘密，我父母也有，李陆星也有。也许那个你深深埋藏的秘密才是你自己。人世间比海洋还变幻莫测，你以为自己看到的是一片波涛，其实不过是一朵小小的浪花。

从那天起，每天下午打两个小时乒乓球，变成了我和李陆星之间不成文的约定。再后来，我俩一起逃课，一起吃饭，一起嘲讽那些傻乎乎的老师和学生，什么话题都能聊。周旭给我们起了一个雅号，"乒乓双怪"，我并不在意。说实话，反而有些骄傲，觉得这个名字特别有归属感。终于结交到一个好朋友，我十分开心。

那段时间，我们的球技突飞猛进。我和李陆星想过把乒乓球队重新组织起来，恢复集训，备战明年的全国比赛。可学校已经把经费用在了其他类运动上。人心也散了,队友们本就把乒乓球当爱好,如今更是各自该干吗干吗去了。我们无奈,只能两人去找校长,表示即使没有教练,没有经费,我们两个也希望能代表学校参加明年的比赛。校长很惊讶,说主帅都死了,你们两个小兵图什么。我说,为了考大学。李陆星说,为了麦老师。校长没说啥,跟我们俩一人打了场球,或者说,被我们分别虐待了半小时,批准了我们的请求。

我们班的另一个怪人,是林倩倩。用一位女老师的话来讲,就是害人也害己的小狐狸精。她知道我们这些咸湿男生经常议论她,反而天天昂首挺胸四处招摇。可她又没有男朋友,因为她比一般男生厉害,练过五年跆拳道,每逢学校开联欢会就表演手刀脚刀劈木板。林倩倩天天惹是生非,比男生都爱打架。

有一天,周旭被一群狐朋狗友怂恿,给她送情书,林倩倩没理他。周旭不罢休,下课逗她,结果被林倩倩一脚踢晕了。周旭醒来,变得更加痴迷林倩倩,天天追在林倩倩屁股后面。后来,周旭和他的狐朋狗友们都变成了林倩倩的小弟。

林倩倩有次突然跑到我课桌边,神秘兮兮地说,你怎么和那种人混在一起?我看着她黑色T恤包裹下若隐若现的胸部,半天才反应过来她说的是李陆星。我说他是哪种人?咱们又是哪种人?林倩倩撇撇嘴,表示不屑,走了。要不是觉得自己经常看着林倩倩胸部想入非非，对她有亏欠的话，我可能就和她打起来了。

麦当娜的追悼会完了之后，全校的女生里只有林倩倩每天都坚持穿黑色的T恤。周旭问我知不知道林倩倩什么目的。我摇头。周旭比画了一下自己的胸前说，黑色显得更大。我看着周旭猥琐的表情，感到哭笑不得。我觉得李陆星没错，周旭将来一定会因为变成大色情狂进监狱。

我不明白林倩倩为什么会那样说李陆星，我能感觉到他在和人交往时会感到紧张，甚至有些胆怯，所以才会显得那么内向。他不是不愿和人交往，而是不敢。只有和我在一起的时候，李陆星才会开怀大笑。我告诉自己，这都无所谓。别人怎么看待他，和我没关系。我从没见过像李陆星一样真诚和友善的人，他是我的好朋友。

我妈知道我又开始打球之后跟我吵了两架，她觉得我就这样去打比赛根本不可能赢，还是得把主要精力放在学习上。她还说了身边几个朋友的孩子是如何刻苦学习的。我觉得她说的都对，但不适合我。离高考就剩不到一年了，只有乒乓球是我的出路。后来我妈忙活着揽储，也就不再搭理我了。那段时间，我妈成天开着车满金市转悠，去和她的同学朋友们聚会。即使偶尔回家早，她那两台手机的来电铃声也能一直响到后半夜，聊的话题不是地皮，就是楼盘开发，我听得都想笑。我对我爸说，我妈抠门儿到家里擦玻璃都得找学生来干,她说这些别人信吗?我爸说,别人不用信她,信利息就行了。刘向红是一直憋着干大事的人,我知道她。这回她终于等到了。我问我爸,她想干什么大事,她等到什么了?我爸摇摇头,钻进了他烟雾缭绕的书房。我爸以前不抽烟,因为他不喜欢火,我甚至觉得他有些害怕火。因为他做知青的时候遇到过火灾,那场火烧死七十多人,我爸也差点死在火场里。以至于我爸一看到火焰,都会脸色煞白,如果正说着话,声音就会戛然而止,如同被人拦腰斩断。可如今为了研究隐身衣,他天天熬夜,点灯熬油,如果没有尼古丁和茶多酚撑着,我估计人早就废了。

我妈以前也不是现在这样,就是个教人打针输液的卫校老师,生活作息规律到令人发指。每天的生活也很固定,白天在学校骂她的学生们没有上进心,杀人不过头点地。晚上回到家骂我没有上进心,砍头不过风吹帽。我妈做饭相当难吃,但无论什么情况,也绝不允许我们去外面饭馆里吃,她说那里都是病菌,一不小心就得乙肝艾滋。我知道,其实她是舍不得花钱。住在医院大院,人们最爱比的就是孩子的学习。今天这个上了清华,明天那个就要上北大。我这样成绩中不溜的孩子本来就无法给家长争光,初三我又迷上了画漫画,有次没考好,我妈把我攒了一年才攒齐的《灌篮高手》给烧了。我就更学不进去了,就想逃课出去玩,我爸我妈的同事经常白天在大街上就能遇到我。我成了医院家属院里大人们嘴里的小混子。这更是让他们抬不起头来。我妈从那时起就有要把我送到国外念大学的打算，这需要大笔资金的支持。我想这也是她帮人揽储的一个重要原因。听我爸说，自从我妈当上二道贩子之后，每个月赚的利息差价等于他们一年的工资总和。我能感受到我家生活水平的提高，比如从医院的家属楼搬到了这个有印度人站岗的小区，家里也有了车。有次我跟我妈开玩笑，上什么大学，我跟你揽储去得了。我妈的眼睛血红，一巴掌扇在我脸上，好像要杀了我。最近，她还学会了抽烟。有天晚上两点多，我起床去卫生间撒尿，穿过客厅时闻到阳台那边传来一股烟味。我还以为是我爸在思索他的隐身衣，回头看是我妈站在阳台上。她只穿着一件单薄的睡衣，冻得瑟瑟发抖的身体在宽大的睡衣里显得像根麻秆。她没看我，只是眺望着远方，让我先睡。第二天早上起来我想，不应该啊，金市夏天的夜晚其实很燥热，没那么冷。

　　一切都似乎在向即将到来的北京奥运会狂奔，世界欣欣向荣。可这个燥热的夜晚令我记忆深刻。它是时间的另一面，每个人心里都有些不安，有些焦躁。谁也不知道未来会发生什么。而我好像是被排除在这时代之外的可怜虫，焦躁也好，繁华也罢，都跟我无关。我没有钱，没有女孩，奥运会离我比谈恋爱还遥远，李陆星这个好朋友是我生命里唯一的亮色。

"玻璃茶杯"回来上课了。他变得比以前更安静,更不引人关注。以前下课之后,我还能在打闹的同学中看到他,身影小小的,像一个混进我们聚会的小孩。现在他永远坐在自己的位置上,歪头看着窗外。林倩倩带着周旭那帮人缠着"玻璃茶杯",问邻居家是凶案现场是什么感觉。"玻璃茶杯"一整天也不说一句话,谁也不知道他在想什么。周旭有次刻薄地说,"玻璃茶杯"是不是把膀胱摘除了啊,也不上厕所。人们都说,警察发现麦当娜尸体的时候,"玻璃茶杯"也在现场,他是被麦当娜的鬼魂夺走了神气。这是扯淡,麦当娜生前最关心学生,即使变成幽灵,也只会尽她最大的可能庇护我们。

有一个关于麦当娜案子的说法开始在我们三中流传:杀死麦当娜的,一定是她熟人。因为在麦当娜尸体旁边的茶几上放着两个茶杯。一个茶杯上有属于麦当娜的指纹,另一个杯子上没有任何人的指纹,一定是凶手离开前把杯子擦干净了。人们议论,谁也不会给一个陌生人倒茶。

很多人和我讲过这件事,大家的来源都不一样。周旭说是他爸在刑警队的朋友告诉他爸的,我妈是听她的上线说的,林倩倩说是那天她欺负"玻璃茶杯"时这小子亲口说的。大家开始猜那个熟人是谁,经常聊着聊着,猛拍一下对方肩膀,大喊一声凶手就是你。过了几天,校长在升旗仪式上严厉地批评了这一现象,拿这么严肃的事情开玩笑,简直是道德沦丧。我站在人群中,空气中飘浮着一股年轻人特有的辛辣气味。我突然觉得,也许真的是这儿的哪一个人杀了麦当娜。我看着老师和同学们的后脑勺,发现人体的这个部位其实特别神秘。我不由得打了个冷颤。

一天下午上地理课,老师正在讲几十亿年前的事,我听到一阵窸窸窣窣,抬起头来,就看到"玻璃茶杯"站在自己的桌前,向窗外眺望。老师有些愤怒,让他坐下。大家嘻嘻哈哈,想看他和老师掐起来。谁也没想到"玻璃茶杯"一阵大喊,哇啦哇啦,冲上讲台推开老师,冲出门外。大家兴奋地站起来想要看他去哪里,"玻璃茶杯"从楼道护栏翻身一跃,跳了下去。不少女生吓得大哭,我被人群裹挟着涌向楼道,头脑是麻木的,只记得"玻璃茶杯"刚才跳楼时的决绝,都没有回头看一眼我们。他一定觉得我们这些人一点都不值得他留恋。等我挤到护栏边的时候,"玻璃茶杯"已经被几个老师抬向了校门口,地上有一摊鲜红的血,在阳光下像是一团刚挤出来的颜料。"玻璃茶杯"没有摔死,我们依稀能听到他的呻吟。周旭摇头,何必呢,这傻逼。我本来想说点什么,看到李陆星气红了脸,泪水打湿了他的脸颊,正愤怒地瞪着所有人,也包括我。我闭上了嘴巴。

那段时间学校正在安排摸底考试,为高三的冲刺备考做准备,我们的暑假也取消了。学生们怨声载道,"玻璃茶杯"这一出事,校方担心我们压力太大,再有人跳楼,逼着每个人都去做心理辅导。我是晚上八点多到的心理辅导室，那时天已经全黑了，办公室里惨白的日光灯有些刺眼。我看到一个胖胖的男人穿着白大褂，戴着金丝边眼镜坐在书桌前，手边放着厚厚一摞问卷。他说自己姓李，拿出一张崭新的问卷，说先填表吧。那张表上的问题都是例如"你心情不好的时候会想自杀吗？"之类带有指定性的傻问题。我看着那摞已经填好的表，心中好奇谁会在上面说实话。我花了不到两分钟，就把表填好了。通过表上提供的那些问题，我把自己塑造成了一个乐观积极的人。李老师扫视了一眼答卷，告诉我可以走了。我说，这就完了？他说，你们都把自己封闭起来，我没法进行辅导。我有些生气，因为他不负责任，也因为他看穿了我的小聪明。我说也许明天我也跳楼了呢？他看我一眼，你不会的。我说，为什么？他说，那些想跳楼的人不会问为什么，他们根本不关心。我要把时间留给真正有需要的同学。

我从心理辅导室出来，觉得自己真是狗都嫌，连心理医生都不愿搭理我。那时晚风微凉，十分舒爽。我不想回教室上自习，听别人念经放屁。我走进了操场，风变大了，我感觉自己的头脑清醒了不少。我绕着跑道走圈，走到主席台的时候，我发现台阶上有烟头一闪一闪，还听到了林倩倩的声音。她正坐在台阶上和人说话，我猫着腰向前走几步，看清那个站着和她面对面交谈的人时我有些意外，竟然是李陆星。我不由得支起耳朵，听李陆星和这个恶女人会聊些什么。

　　林倩倩说，你抽什么风？咱们不是合作得好好的吗？李陆星说，以前行，这次我不愿意了。林倩倩说，嫌钱少，我再给你加两千。李陆星摇头，不是钱的事。我惊讶极了，心想这可是笔巨款。林倩倩说，我求你了，你要不帮我，我爸非得打断我的腿。李陆星看着她，平静地说，你是该接受一下教育。林倩倩急了，尖叫道，你他妈王八蛋，我对你这么好，究竟怎么你了？李陆星说，你和周旭他们不该那么对待玻璃茶杯。林倩倩说，怎么聊到他身上了，他被吓疯了，要跳楼，这有你什么事？有我什么事？李陆星摇摇头，他没路走了，才会这么做，你们不该逼他。林倩倩说，要不我再给你加两千。李陆星说，"玻璃茶杯"学习挺好，他最次也能考个本科，这次出事，也许人生就毁了。无论林倩倩怎么求李陆星，他就是摇头。林倩倩最后出价一万，李陆星还是没有答应。林倩倩说，你他妈有种。林倩倩站起来撞开李陆星，拔腿就走。她高傲地挺着饱满的胸脯，直到消失在操场的尽头，再也没有回头看李陆星一眼。

　　我走过去拍了下李陆星的肩膀，他回头看我，面色苍白，显然是被我吓着了。我说，一万块，她要你帮什么忙啊？李陆星说，你别打听这么多。我说，星哥，不会是让你捐精吧？李陆星气笑了，我告诉你，你不许告诉别人，也不许再瞎想。我点点头。李陆星说，她想在摸底考试里抄我的卷子。我说，操，怎么还能这么干。李陆星无奈地说，每次我帮她作弊，给我两千。

林倩倩天天不学习，就和那帮人惹事，每次考得还挺好。现在我终于明白为什么了。我心中一阵恍惚，想起林倩倩初中时也和我是同学，那时她不是这样。虽然学习成绩一般，但因为长得可爱，男生们都爱去逗她。林倩倩也不会像其他好看的女生一样，动不动就生气，或者不理人。她挺大方，总是给我们分糖果吃，有时听到我们说傻话，还会捂着嘴笑。在班里挺有人缘。我和李陆星说到这些，不由得感慨，以前那么好的一个姑娘，怎么就变成个女阿飞了。李陆星说，不用奇怪，每个人都会变，你和我也一样。我说，我永远不会变的。李陆星笑笑，似乎我很幼稚。我想想自己天天干的这点事，的确挺幼稚。人家李陆星都靠着考试挣钱了。我说，你应该答应林倩倩，一万块钱呢。李陆星摇头，她应该被她爸爸教训一下。为了"玻璃茶杯"。我说，我操，你以为你是救世主。我本是开玩笑，可李陆星直视着我的眼睛，一点笑意没有。玩笑开不下去了。那场考试林倩倩又考出来一个好成绩，我们猜测她找到了另一个枪手。

转眼到了八月份，天气最热的时候我们依然坚持上课。高考生不配有暑假。我和李陆星每天下午都逃课去球馆训练。这段日子除了打乒乓球，我带着他干了不少傻事。骑摩托啊，打老虎机啊，我俩还偷了辆自行车卖了八十块钱。那次李陆星吓得脸红了三天。这些事在我眼里都是特别无聊的事，和吃饭睡觉一样日常。可李陆星却觉得特有意思，我总拿他开玩笑，说你这是童年缺失啊。每次我说这话，李陆星就傻笑。李陆星比以前快乐多了，遇到其他同学也爱去打个招呼。周旭对我惊叹，你就是童话里的"老爷爷"啊，你把小木偶变活了。从此之后，我这个"老爷爷"的外号响彻整个校园。

补课期间，学校球馆的空调也停了，每次训练完我俩都是一身大汗。那段时间因为运动量大，我总是动不动就陷入深度睡眠，会做各种古怪的梦。有一天上政治课，我做了一个梦，醒来后窗外一片蝉鸣，我脸上都是汗，铅笔橡皮作业本都贴在上面。我看着窗户反光中小丑一样的自己，觉得生命怎么是如此无聊。难道，这辈子我就真要如此混吃等死吗？心中的不甘心让我像语文课本上那些磨磨叽叽的诗歌一样悲伤。我回想那个梦境，我拿铅笔在笔记本上把这个梦画成了四格漫画。下课的时候，李陆星问我在干吗？我说瞎画的，把本子递给他。从卫生间回来，我发现李陆星还捧着那幅漫画，他抬起头，眼眶中竟然有光在闪。我内心很激动，其实这是我第一次把自己画的漫画给别人看。我坐在自己的位置上，假装不在意地问道，感觉怎么样？李陆星小心翼翼地说，这是我看过最感人的故事。我说，嗐！瞎画的。李陆星点点头，疑惑而崇拜地望着我，似乎我是一个天才，一个英雄。那天晚上放学，我几乎是跑着回家的。第二天，我把那几本自己偷偷画满的笔记本摊到了他面前。我说，星哥，多提宝贵意见。过了几天，打完球后他把画册还给了我，很郑重地对我说，军哥，每一个故事都好像发生在人们身边，都很打动人。也许你会靠打乒乓球考上大学，但你该坚持画画，将来你会成为一个了不起的漫画家。

李陆星的话让我觉得自豪无比，我的朋友喜欢我的故事，这让我觉得我并不是一个游手好闲的废物，我的存在是有意义的。从那天起，我开始画一部连续漫画，起名叫《黄鹂》。故事讲的是在动物王国发生了一起谋杀案，黄鹂老师被杀害了。狐狸警探和骆驼警探携手破案。毫无疑问，这取材于我们的真实生活。狐狸是林野，骆驼是陈诺。李陆星对这个故事赞不绝口。我心里暗自发誓，无论发生什么，一定要把这部漫画画完，为了我的朋友。

初秋的一天，老师对我们这几个坐在后排的男生说，放学时把"玻璃茶杯"的桌椅搬到后勤部的库房门口。我意识到，"玻璃茶杯"再也不会回来了。黄昏的时候，人都走光了，教室里只剩下我和李陆星两个人。我坐在他的位置上，在课桌的抽屉里翻出几本书。我翻了一翻，里面掉出来几张蝴蝶标本。那些蝴蝶色彩绚烂，被标本针固定在白纸上，张开翅膀，像是正在虚空中飞舞。李陆星说，真没想到，"玻璃茶杯"还有这手艺。我使劲想回忆起他的长相，可"玻璃茶杯"实在太不起眼了。对于他，我唯一的印象就是他总歪头看着窗外,好像那里才有真实的生活。我看向窗外,内心感受到了极度震撼。李陆星说,你怎么脸色这么差。我说,我知道"玻璃茶杯"为什么跳楼了。

楼下的空地上正在建一座阅览室,那里在夏天的时候还是一座花坛。我能想象到寂寞的"玻璃茶杯"在无数个黄昏在那里徜徉,夏风扑面,野花摇曳。这个野鬼一样孤独的少年最好的朋友就是花丛中飞舞的蝴蝶。推土机毁掉花坛,就是在摧毁他生命中最宝贵的秘密。

李陆星听完我的推测,半晌没有言声。看着那空空的桌椅,我突然觉得周旭这家伙有点歪才,"玻璃茶杯"这个外号和它的主人挺贴切。我们总会在生命中和这样的人相遇。他们看起来普通隐忍,在人群中近乎于透明,来来去去,索然无味,只有了解他的秘密,才会恍然大悟,原来这家伙拥有着如此苦涩而丰富的灵魂。

北方的叶子一夜之间就黄了。那时我爸搞他的隐身衣正到了如火如荼的阶段,他天天研究一种塑料膜。我爸说,之前走错路了,只注重技术,不注重材料。这回好了。

那蓝色的塑料膜是一个民间科学家卖给我爸的,当时我在场。那人说,老张,这不是塑料膜,是用最尖端科技打造的纳米幻光膜,都是用在航天领域的隐秘材料。它可以通过纳米颗粒引导光线进入其覆盖物的内部，改变覆盖物的光频，从而达到隐形目的。完事回家的时候，我说，爸，你真的信他吗？这玩意要真有他说的那么神，他能活到现在？我爸说，买这点东西，花了两千。我对他就有两千块的信任，不伤筋不动骨，万一是真的，咱们就实现理想了。2007年，我爸天天都在和这样的民科打交道，书房里堆满了这样的垃圾。有时我觉得我爸糟蹋钱，我妈说，你这么小就嫌弃我们了？又不是花你的钱。我给你爸花钱。我妈说这话的时候，就像一只母狮在保护自己的幼崽。我再想想他俩打架时恨不得把对方撕碎的样子，觉得感情真是个矛盾的东西。

我爸在三中挺出名，因为他每次试验隐身衣都是在我们的操场上。在一个晚霞烧红天空的黄昏，我爸又来到了这里。他把一个热水器大小的仪器背在身上，然后他会从仪器中抽出一张如同丝绸般柔软的蓝色塑料膜，用其覆盖全身。近千个少年围在他身旁窃窃私语。我站在人群外，一方面觉得挺尴尬，一方面心头也会感到骄傲。我爸在人群里总是显得别人的爸爸每天只想着放贷和利息，打牌和洗澡，我爸却想着如何从这个世界上隐形。我爸开始倒计时，大家跟着他使劲呐喊，像是在练习为奥运健儿们鼓劲儿。我爸不理会这些，摁动按钮，太阳能电池发电，发动机轰鸣，排气筒排出一股白烟，蓝色塑料膜抖动，冒出一阵火花后发出淡淡的胶臭。人群在这时发出一阵嘘声，和以往一样，我爸没有隐形，但他也丝毫不害羞。他像是一个站在舞台上刚出戏的演员，骄傲地对着世界微笑，向人们承认不好意思，实验又失败了。

这件事没过去多久，有天晚上我回到家，进家门时发现我妈的眼睛特别明亮，像两个小电灯泡。她探出头朝走廊两边望了望，确认没人后一把把我拽进了家。家里窗帘拉着，灯也没开，一片黑暗中我只能看到我爸坐在沙发上的轮廓，他在粗重地喘息，像一头公牛。客厅里有股汗臭味，我说，你俩干吗呢？怎么整得和地下党情报站一样。我妈没说话，打开灯，我傻了。客厅里都是钱，地板，沙发和柜子上到处堆放着一摞摞捆好的百元纸币。我意识到，那股汗臭不是我父母身上散发出来的，而是钱的味道。我说，这是干吗？怎么这么多钱？我妈说，别废话，跟我们一块数。

我从没见过这么多钱，十分兴奋。我坐在小椅子上，拆开一摞摞钱币上的纸条，数到一百张，再用我妈提供的橡皮筋重新捆好。数钱的时候，我妈告诉我，咱们家要过上好日子了。我没说话，怕数错了。我妈说，我搭上了一条新线。他能给我月息三分五，金市最高了。我说，哦。我妈说，这是所有下家的钱。还有咱们家的钱。我点点头。我妈说话的时候，声音在发抖。我爸说，赶紧数吧。他的声音也在发抖。我有些难过，觉得我父母平时的神气怎么就不见了，说话小心翼翼，在自己家里像是偷东西的贼。这时我发现我的手指也在哆嗦,好像大脑缺氧。

通过帮我妈捆钱,我明白了一些事情。就是一个标准的黑色旅行袋最多可以装一百五十摞百元纸钞,再多,拉链就拉不上了。一百五十万提在手里,像一颗十五公斤的哑铃那么沉,再加上人一紧张,手会哆嗦腿会软,会增添十公斤压力。我和我爸把三个旅行袋推到了我父母的卧室,那时已经是夜里九点多。

十点钟,我们正在吃晚饭的时候,门铃突然响了。我们三个人吓得脸色苍白。我妈问是谁。外面说,我是老李,李森海。我父母长出一口气,放松了。

我妈打开门,两个人走进了我家。领头那人和我父母差不多大,五十岁上下,小矮个大眼睛,皮肤黑得像炭一样,胳膊很粗壮,穿着双满是污渍的胶皮布鞋,在门口我都能闻到他身上那股发霉的汗酸味。他的脸颊左侧有一片陈旧的烧伤,像月球的表面,非常吓人。跟随他的人让我感到诧异,是李陆星。

我喊,李陆星。他原本低着头,听到我喊他,似乎有点不敢相信,确认了是我,笑了。那个叫李森海的男人好奇地打量我们,李陆星收敛了他的微笑,冲我招招手。在这种场合下见面,我俩都很拘谨。李森海是李陆星的父亲,这让我有些诧异,李陆星在我心中是最优秀的人,怎么会有这样一个父亲呢?李森海坐到沙发上,不好意思地晃动着上半身,像在蒸锅里的螃蟹。李陆星轻轻握住父亲的手,捏了一下。李森海看看李陆星,长出一口气，似乎平静了下来。我发现他们父子关系很好，一看就是长久以来相依为命，彼此之间温暖而默契。我看着他俩的眼睛，释然了。他们有着一样的善良和朴实。说实话，我都有点羡慕他们父子之间的感情。

我爸说，你们认识？我说，这是我同班同学，也是我好朋友。我妈走到沙发那里，说过来坐吧。李家父子坐在了沙发上，我坐到了李陆星旁边。他好奇地看着我，冲我笑。李森海说，才吃饭？我爸仍然留在饭桌前扒拉饭，没说话。我妈点头。李森海四下张望，脸憋得有些红。这时我才发现，他们不是来做客的，有事。我妈说，老李，咋的了，说吧。李森海笑着问我爸，老张，你胳膊好点没？我爸点头，好多了，就是太精细的事干不了。没事，你们聊。李森海点头，放在你那儿的钱，我想拿回来。我妈皱眉，还得半年才到日子啊。李森海说，没事，我就要本金。我妈说，这么急？李森海说，我家那片拆不了了。我妈瞪圆了眼睛，确认了？李森海点头。

此时我爸其实已经吃完了饭，但只是坐在餐桌边抽烟，不过来，也不看着这边，只是支着耳朵听。我感觉他是不敢过来。我爸支棱着耳朵的样子没有一点活气，很像一尊雕塑。我妈说，这事闹得。李森海说，放在你这儿的钱，都是我借的。本来就想吃点中间的利息，一拿到拆迁款，我就能顶进去。现在我家拆不了，消息传出去，债主们非把我撕了。我妈摇头，不是不帮你，钱没到日子，我也没法从人家那儿取出来。李森海说，一点也行，我们好歹能回家。我妈说，这么晚，我去哪里找这么多钱？李森海说，说出来不怕你笑话，这些日子都是我儿子养家。他还得上学。

我妈不说话，李森海求助般地看向我爸，我爸收拾桌上的碗筷，似乎没听到这边的对话。我惊讶地看着李陆星，心里终于明白像他这样高傲的人为什么会帮林倩倩做枪手。李陆星似乎知道我在想什么，他低头看着自己的脚面，却连耳朵根都红了，似乎做了什么见不得人的事。李森海说，老张，你说句话哇。我爸说，你们聊你们聊，我洗碗去了。李森海看着我，眼睛亮了。他说，你们是朋友，你知道他多不容易。我吓得往后一撤，连连摆手，嘴里发出了我自己都不知道是什么意思的呢喃。李陆星小声地说，爸，别这样。李森海叹了口气。我妈说，他懂个屁，你赶紧倒两杯水。一点眼力见儿都没有。

我到餐桌边倒水的时候，我妈过来取水果。她小声说，咱俩一块使劲，让他们走。我不敢相信我妈会和我说这话，我说，卧室里的钱，还给他们。那是我的朋友。我妈直视着我的眼睛，眼神凶狠，像刀一样。她说，我忙活这么久。好不容易结交个大户。咱们家的未来，你的未来，就今晚明天的事了。

我妈对李森海说，没到日子，钱真取不出来。我家的钱也都放进去了，就是点买菜钱。不信，你问我儿子。我妈和李森海一起看着我，我觉得我脑子要炸了。我想起那个夜晚，我妈颤抖着抽烟的身影。我把两杯茶放在桌子上，陆星，你们先回去。我妈一旦进笔钱，我拧着她先给你们还上。我妈笑着说，我儿子答应的，我一定照办。只要来笔钱，我就给你还上。李家父子看着我，像是溺水者看着漂流而来的浮木。我说，相信我。李陆星点点头，李森海还想说什么，李陆星拉住了父亲的手。李陆星小声地说，咱先回去。他是我最好的朋友，肯定会想办法。李森海叹口气，摇了摇头。李森海对我爸说，老张，金市我谁都不信就信你。咱是火海里逃命的交情。我爸点点头，不敢看李森海。他说，我记着呢。

李家父子走之后，我对我妈说，等搞定了，一定要把钱还给他们。我妈瞥我一眼，我还没顾得上问你，你怎么会和老李儿子交朋友？我说，我俩都是球队的。我妈胡噜了两把我的脑袋，走进了厨房。我听到我妈对我爸说，这老李，这么多年没进步，就是面子太薄了。厨房里突然传出一阵碗碟碎裂的声音，还有我妈的尖叫。

我跑到厨房，看到地上都是陶瓷碎片。我爸脸都气红了，手指流血了，掉在地上"滴滴答答"。他用血指头指着我妈鼻子说，脸皮薄怎么了？你怎么能骗他！我俩认识的时候还没你呢！你他妈的不要脸。我妈不说话，冷笑，瞪着我爸，眼眶里却有泪光。我爸推开我，走进书房摔上了门。我妈说，看看，有事就躲了。

我爸躲得了一时，躲不了一世。那个晚上，我们一家人守在那三个鼓鼓囊囊的旅行袋边上，都大瞪着眼睛。直到天亮之前，我才睡着了一阵。醒来后，我没去上课。我妈不知从哪里弄来了三把水果刀，我们一人怀里揣了一把。三人合力将旅行袋搬到了我妈的车里。那时太阳已经出来了，赶着去上班的年轻人步履匆匆。我想这就是真正的人间吧？有人口袋空空，但快活得像只百灵鸟。有人车里装满了钱，却心里沉重得像压着一座山。

　　我万万没有想到，我妈的上线竟然是林生虎。隔着老远，我就看到他在银行门口踱步。林生虎看到我们一家人吃力地拎着这些钱，只是对我妈说，你直接通过银行转不就得了？麻烦死了。我妈傻笑着，带着我和我爸来到柜台前，后面排队的人嘀咕，我妈凶狠地和他们吵了几句，众人不再说话，愤怒地看着我和我爸把三个行李袋推进了收银窗口。

　　数钱的时候，我妈就站在柜台边，眼神直勾勾地瞅着。林生虎从身边长桌上随便找了张信纸，给我妈打欠条。我妈说，等点清楚的。林生虎笑，我哪儿有那时间。信得过你。他把欠条塞进我妈口袋。我妈突然握住了他的手，泪水"扑簌簌"掉在林生虎的手上。我妈说，这是我老公一辈子的钱，还有我亲戚朋友家所有的钱。林生虎说，放心吧，我会让这些钱打着滚翻倍的。交给我，你还怕什么？林生虎抽出了被我妈握着的手，像是在躲避一盆开水。

我从没见过我妈的这一面,浮夸而虚伪,我爸拍拍我的肩膀,感叹四百万,看都不看,就一张白条。我看到我爸变得垂头丧气,眼睛里也没有谈他的隐身衣时的亮光了。他好像比我更失落。更令我感到恐惧的,是他们突然展现出的这一面,我丝毫不觉得陌生,或者不适。好像他们就该是这个样子。那一刻,我明白了一个人要想考验自己的内心究竟是不是强大,就要看他能否承受自己父母最丑陋的样子。

那天从银行出来,我没回学校。我走过了一条又一条大街,却不知道自己究竟该去哪里。现在的时节正是秋老虎,阳光很猛烈,我被暴晒着,心中感到一股巨大的委屈。

我和李陆星还是一起打球,一起吃饭。可是我开始感到别扭。他从没问过我,什么时候还钱。可他越不提,我越是难受。李陆星似乎感受到了我的变化,他说你为什么最近不画连环画了?故事不能只讲一半。我说,身体不舒服。我不敢告诉他,讲故事需要真心。我连对我的朋友都没真心了,我还怎么讲故事?

有一天,正上着课,校长突然冲进了教室,喊李陆星的名字,让他跟自己出来。大家都愕然地看着他,包括我在内。我问他怎么了?他似乎预感到了什么,面目苍白,长长的睫毛在不停抖动,却没有回答我,只是低着头离开座位,跟校长走出了教室。那天李陆星再没有回来。第二天上午,我抱着忐忑的心情来到教室，李陆星的座位还是空着。我坐回自己的座位，心乱如麻。

林倩倩笑嘻嘻地走过来说，知道了吗？我说，知道什么？林倩倩说，李陆星啊。他们家昨天上午让人烧了！我感觉我身体里好像有人用烧红的筷子搅动血肉。我说，什么？林倩倩在我作业本上写了行字，是个地址。林倩倩说，你自己去看吧。她看我没反应，补充道，这事太滑稽了。李陆星他们家吃死人饭，天天给死人烧这烧那的，最后家让债主给烧了。

林倩倩一走，我就冲出了教室，冲出了校园。按照她留给我的地址，我在人民医院旁边的一条小巷子里找到了李陆星的家。那是一个小小的殡葬用品店，大门如今烧得只剩下了门框，四周墙体漆黑，小小的屋子里一片狼藉。烈火焚烧过后，空气中飘浮着香烛的烟灰味，满地的灰烬中，被烧毁的骨灰盒残骸七零八落地散落四处。我走过废墟，走进里屋，不大的房间里摆放着两张床，还有一些锅碗瓢盆，已经被烧得不像样子。在这里生活了几十年的李家父子如今不知道去了何处。我突然明白了林倩倩和我妈为什么觉得我能和他成为朋友很奇怪，也为他因何那么内向，那么胆怯感到难过。我第一次明确地感知到原来再好的朋友之间，"家世"也会是一个巨大的鸿沟。他一定觉得自己就是林倩倩说的"那种人"吧，可我不这么认为，他活在生与死交界的真实生活里，我活在搞笑热血的漫画书里，他活得比我辛苦千万倍,也了不起千万倍。我在心里发誓,以后再不说李陆星童年缺失了。

那天后,每次一进教室,我第一件事情就是望向李陆星的课桌,可每次的结果都是失望。我失魂落魄,总会想如果那天我妈把钱还给他们,李陆星的家就不会被人放火。可我却没有一点办法,那是大人们之间的事情。2007年,我18岁,在此之前我一直认为我和这个世界在激烈地对抗,我战斗得很英勇,即使失败,我也为自己感到骄傲。现在我明白了,我是一粒沙子,世界是波涛汹涌的大江大河。它滚滚向前,根本不在乎我。我甚至和它一点关系都没有,我和亿万颗像我一样的沙子躺在一起,喃喃自语,白日做梦。那段时间我疯狂地画漫画,只有这样我才能不想这些,我每画好一张,都会塞进李陆星的课桌柜。

有次我和我爸吃完晚饭在楼下遛弯时,我爸突然问我,李森海有消息了吗?我站住,愣愣望着他,脑子一时拐不过弯来。我爸说,就是你那朋友,姓李的那个同学他爸。我"哦"了一声,郁闷地摇头。我爸说,老李是个好人。我说,他儿子也很好。我爸点头,说能看得出来。你要好好帮助人家,要不是老李,我就死了,更别提你了,我们都不存在。我来了兴趣,让他快说说,怎么聊老李小李还和"存在"这种哲学问题挂上钩了。我爸说,你还记得我和你说过的那场火灾吗?我说,记得。1972年,你们在森林里烧荒,突然起了大风,火一下子就起来了,烧死你们团七十多个知青。你也在那场火里，要不是有人把你……

我突然意识到了李森海脸上那块狰狞伤疤的来历了。我愕然道，是李森海把你救出了火场？我爸点点头，掏出一根烟叼嘴里点上，深吸一口，把嘴中的烟雾朝月亮上喷去。我爸苦笑，说让老李把钱借给你妈，是我大意了，以为自己的老婆靠谱。我的本意是让老李多赚点，他太不容易了。老李也信我，把棺材本都掏出来了，没想到……

我没说话，因为不知该说什么。我心里想，他肯定信你。谁能信有人会欠救命恩人的钱呢？我爸眯着眼抽完那根烟，缓缓开口，老李是个好人。好人应该有好报。我赞同地点点头，说他们一定会有好报的。我说这话，又像是在安慰我爸，又像是在安慰我自己。那时我还没明白，这个世上有很多很多的"应该"，可实现的"应该"太少了。我不知道我爸是不知道这件事，还是故意不告诉我。

有一天，李陆星终于出现了，就像是个梦，他坐在课桌前，翻阅着我那摞画稿，入迷地看着，嘴角挂着微笑。我按捺着激动的心情，走过去坐到他身边。我说你他妈的，连个信都没有。李陆星说，军哥，你将来一定会成为个大画家的。我脸红了，不知道该说什么。李陆星说，你能帮我一个忙吗？帮我画张画。我问他，画什么？李陆星说，帮我画一张马的头像吧，画得威风一点。我说,只要头像?他点点头。我问他要做什么。他只是笑,不回答我。

我俩下午没上课,在球馆练球一直到太阳落山。我们拼命地挥拍,每一次击球都不用技巧,而是用尽全身的力气,似乎只有这样,才能让对方明白自己的全部心意。打完球,我俩躺在球馆的地板上,地板很凉,月亮像冰一样,可我的衣服却被热汗打湿,我"呼哧呼哧"喘气,李陆星也一样。

我俩从学校翻墙出来,才发现自己无处可去。李陆星骑着自行车,带我走过一条又一条街道。不知不觉中,我俩竟然来到了太阳城。林倩倩她爸的那座大佛俯瞰着我们,像看着两只虾米。看着佛微笑的大脸,我突然觉得有些晕眩。

李陆星告诉我,他爸把他安置在了自己一个朋友家后失踪了。债主们找遍金市,都没找到李森海。这让我更加难过,说话都有些发抖。李陆星笑着对我说,别想大人们的事了,你把球打好,考个好大学,你就自由了,到时好好画画。

在大佛脚下的那刻,我觉得当一个人发现自己的朋友只是个无能的孩子时,这人就已经变成了一个大人。当他还是愿意将那个顽童当做最好的朋友,愿意为朋友着想时,这种最高尚的友谊就可以被称之为友爱。它配得上"爱"这个字眼。李陆星看穿了我的幼稚与胆怯,看穿了我的迷惘与热望。可自己身处绝境,李陆星依然在为我这个朋友考虑。我感受到了爱。

后来有次放学,我和李陆星结伴而行,在赛罕街路口分手。我走了几百步,突然想起我的乒乓球拍还在他那里,晚上我还想练习一阵,赶紧转身去追他。我拐到赛罕街,看到了李陆星。我本想叫住他,却发现他好像鬼鬼祟祟,东张西望,似乎生怕遇到熟人。他这副模样让我好奇,于是我悄悄跟在了他后面。

我们一前一后,穿过八一街,走过铁西路,沿着铁轨,来到老城区一座废弃的工厂。门口有一处小小的门房,李陆星走了进去。我怕让他发现,躲在不远处,点燃一根烟。

隔着窗户,我看到一个又矮又黑的人影从门房的阴影里走出来,是李森海。那佝偻的身影紧绷着,像一只野兽的鬼魂。父子俩说了些什么,李陆星开始抹眼泪,李森海在不断地叹气。他走过去,轻轻摸了两下儿子的脑袋。李陆星晃晃脑袋,露出些笑,又像是见到父亲开心,又像是更想安慰父亲。李陆星拉着李森海坐在靠窗边的椅子上,从书包里拿出一件东西,轻轻放在李森海的头顶,轻轻推动着。我看了半天,才看清那是一把电推子,李陆星是在给李森海理发。父子俩小声交谈着,两个人的眼睛都很明亮,我隔着马路都能感觉到两人之间的温暖。李陆星小心翼翼,我从未见过他这样专注与开心。那个情景,我想我此生此世不会忘记。

这就是人世间吗,有些人因为减肥觉得生活是地狱,另一些人活在地狱里,却在绝境里彼此温暖。

高三的第一场模拟考试快开始时，有天下课，我正睡得迷迷糊糊，看到李陆星被林倩倩那群人围在了教室墙角。林倩倩说，你爸躲在哪儿了。李陆星的脸白了，他想走，周旭摁住他，笑着说聊会儿聊会儿。林倩倩说，肯定躲在一个没有人的地方，债主想都想不到。李陆星说，不要说我爸。林倩倩说，我推理来推理去，你爸只能是躲在西郊的那片野樱桃林里，和那群野猴混在一起。周旭点头，有道理。那里没人，有吃有喝，还有母猴子。母猴不怕你爸脸上的疤。说不定，你爸在那儿已经当猴王，有了几只心爱的母猴，给你生猴弟弟了……

李陆星眼睛瞬间充满血，那群人还在笑。我心里倒吸一口凉气，他们没和李陆星打过乒乓球。我了解李陆星。别看他平时连蚂蚁都不惹，但是惹着他，真是不要命。李陆星突然弓起了背，像只猫一样猛地冲刺出去，扑到周旭身上，将他扑倒，和他撕打起来。李陆星虽然是个文静的人，但是个体育生。周旭明显不是他的对手，他尖叫着呼喊他的死党们帮忙。那群男生围攻李陆星。我觉得自己浑身的血都烧开了，站起来就想去帮李陆星。林倩倩拽住我的胳膊，不知道她使了什么手段，莫名其妙地，我天旋地转，躺在了地上，全身像骨头裂开一样疼。林倩倩这几年的跆拳道真不是白练的。李陆星疯了一样跟他们拼命，周旭那帮纨绔子弟哪是一个准专业运动员的对手，很快都被李陆星打得挂了彩。林倩倩说，一群废物。她向李陆星走去，没想到被打蒙了

第八章

的周旭也抽出一把裁纸刀朝着眼前恍惚的人影捅了过去,林倩倩傻在当场,来不及躲闪,是李陆星推开了她,用胳膊帮她挡了那一刀。李陆星的胳膊被划出了一个大口子,鲜血淋漓,周旭已经失去了理智,像条疯狗一样狠狠地咬在李陆星的伤口上。听到李陆星的惨叫,林倩倩反应了过来,一个飞踹,踢飞了周旭。

事后,我们和老师解释了三遍这场架是怎么打的,还是没解释清楚。或者说,学校根本不想了解。我们这两个穷小子怎么能和林生虎的女儿打架呢?吃了熊心豹子胆?校方的处理结果是除去见义勇为冲进斗殴双方中间拦架的林倩倩,所有人停课一周,不许参加一模考试。从办公室出来,李陆星说真对不起你,我家的事连累你了。我羞愧极了,脸上像是有火团在烧一样。我说,你别犯傻,我们是最好的朋友。突然,我的手一凉,是李陆星握住了我的手,我看到他的眼睛里有泪珠在打转。那一刻,我心里发誓,以后不管李陆星有什么样的困难,我都要和他一起面对。

我回到家时把事一说,我妈得知我打架,对手还是林生虎的女儿,急眼了。她说又是那个李陆星,你以后能不能别打球了,别再和这些下三滥的人混在一起。我说他是下三滥,你是上三滥?我妈说,你就这样自甘堕落吧,早晚你也得去卖花圈骨灰盒。我恨我妈这样说我的朋友,更恨她给李陆星带来的巨大损失。我灵机一动,说你不自甘堕落,你为什么找他们揽储。你辜负了战友对我爸的信任。我妈上当了,说什么战友,哪辈子的事，现在都是要饭的，下三滥。我爸冲过来，咆哮道老李是我救命恩人！我他妈打死你！我爸差点举起拳头揍我妈，最终还是松开手，走进了自己书房，关上了门。我妈一屁股坐在沙发上，眼睛直勾勾看着书房的门，好像不敢相信刚才发生的事情是真的。

我心里突然有些得意，觉得自己是在为李陆星报仇。

下过最后一场秋雨，我和李陆星去给麦当娜扫墓。她的墓前枯叶格外多，感觉非常落寞。我说，麦当娜生前最爱漂亮，来学校上课衣服不带重样。虽然不化妆，但她自带一种健康的美。李陆星点点头，以后我们没事就来给她收拾一下。我俩归拢了好一阵，眼前才不再那么凄凉。我有很多话想对麦当娜说，面对着那块墓碑，却什么都说不出来。李陆星带着一个小录音机，给麦当娜放了那首她最爱听的歌曲。口琴的声音悠扬空灵。我知道自己要说什么了，我在心里对麦当娜说，你放心吧，我一定好好打球，给你拿冠军。在眼中的黑暗里，我似乎看到麦当娜在对我微笑，像是不屑，又像是鼓励。以前我对她吹牛，对她发誓的时候，她就是这样对我微笑。

从山上下来，我们不想回城，钻进了一片树林游玩。天气凉了，我连着打了几个喷嚏。我说，你上次让我画的马头，一直都没时间。你再等等我。李陆星点点头说，不急，我们烧野火吧。在林子尽头的一个山洞里，他找来一堆碎砖和石块，堆成一个内里是空心的圆柱,像个火炉,然后指挥我收集了两大捧树枝和落叶,塞了进去。火很快就被引燃了,暖风阵阵。我原本冷得脑子发木,现在觉得自己的脸和手心都发烫了。我说,可以,星哥,你还有这手艺。李陆星笑着说,这是我爸教我的。他会的东西特别多。

李陆星突然失落了,他低着头说,现在也不知道他在哪里。我不敢再说话,心里难受得像呛了烟。李陆星说,这两年,我家总是接到一些莫名其妙的生意,都和借钱有关。有因为儿子欠债,把自己活活气死的老人,有因为几万块钱把妹妹杀了的姐姐,还有几个自杀的。那时我心里就害怕,总劝我爸,可千万要小心。如今社会太乱了。我爸总是不耐烦地说知道了知道了。我明白他是怎么想的,人人都在吃利息,他也要为我多赚钱。所以他疯狂借钱,都放给了别人。到时我家房子要拆了,有一大笔钱。他也能还得上。谁知道人家偏偏绕过了我家呢?人们知道这事后,再好的朋友和亲戚都急了,来找他要钱。他哪儿有钱啊,所有的钱都不过是白条上的数字。今天这个结果,我早在那些死者脸上见到了。可我什么都不能说,我知道我爸是为了什么。他是为了我好。他这辈子太苦了,我妈病的时候,他照顾我妈。我妈没了以后,他又得把我拉扯大。从我有记忆以后,他好像没休息过一天。他太苦了,好像一直都在还债。一直到还不起了,只能消失。父债子偿,他的债只能我来还。也许有一天,我也还不上了,我也只能消失。我知道人们怎么说我,叫我"皮诺曹",笑话我傻,笑话我不争。那是因为他们没见过我见过的那些尸体,为了钱,死法无奇不有,死相千奇百怪。他们也没有一个神秘消失的父亲。我总在想,我绝不能像他们这样。人活一世,时间短暂,每一次分离都可能是永别,就像我和我爸一样。我只想在以后和人告别时,不要留什么遗憾。当我消失的时候,可以安心离开……

李陆星说这些的时候,好像是在和我说,却又好像是自言自语,和他不知道在哪里的父亲告白。我不敢说话,也不敢停歇,只是一个劲儿地往火里添木头,像一个原始人般入迷地看着火焰变幻,朝霞晚风离我们很近,楼宇电缆远在亿万年后。我终于明白了李陆星为什么如此善良却又如此古怪,都是为了在这处处是债务与辜负的世间无牵无挂地告别。这个少年的命运令我无比伤感。

有天上课的时候,校长走进了教室,让林倩倩出来。林倩倩一脸愕然,我们看到楼道里站着那两个警察,陈诺还冲我招了招手。林倩倩说,什么事?校长没说话,林野跨进门来说,你先出来。林倩倩嘟着嘴离开座位,走出了教室。我站起来看窗外,林野和陈诺一前一后把林倩倩夹在中间,似乎生怕她逃跑一样。

两个警察把林倩倩带进了校长办公室,一直没有出来。我们几次想过去瞅一眼，都被守在走廊上的老师赶了回来。大家议论纷纷，莫非林倩倩和麦当娜的案子有关？有人回忆起来，麦当娜死前两天，曾经和林倩倩大吵一架，因为林倩倩化妆，还把校服改了，显得胸大腿长。麦当娜在做课间操的时候把林倩倩拽到了主席台上，当众剪了她的校服。人们问周旭，为这点事，林倩倩会杀人吗？周旭摇摇头，低声说，女孩的心思，谁也不要猜，更何况是林倩倩。

黄昏时分，两辆警车驶进了三中。整个学校都轰动了，正好是下午最后一节自习课，大家都跑到了楼道里，扒在栏杆上看事态的发展。甚至有人说，真有可能是林倩倩。老师对学生没有戒心，这符合熟人作案的特征，桌上那杯茶就是给林倩倩倒的。李陆星听着他们的议论，小声说，都是可怜人。我愣了，不知他是什么意思。他好像是在说自己，又好像是在说这件事本身，可我又觉得他说得挺对。

过了一会儿，我看到陈诺和林倩倩走出了教学楼，向警车走去。人群发出惊叹，一直低着头的林倩倩抬起头来，似乎在看我们。陈诺示意她继续往前走，林倩倩突然抬腿，一记侧踢，踹在了陈诺脑门上，陈诺倒在了地上。我们第一次看到一个同龄人竟然如此凶猛地反抗大人，都激动得疯了。大家拿着拖把和铁桶在楼道的护栏上敲击，"咣咣"声响彻天际。我们就像一群要暴动越狱的囚徒，把老师们吓得脸都白了。几个警察跳下车，去抓林倩倩。林倩倩向学校操场跑去，迅捷得像一头母豹。所有人大喊着林倩倩的名字，为她加油。我的嗓子都喊哑了。

警察追到操场，林倩倩不见了踪影，她翻出围墙跑了。上晚自习的时候。每个班主任都告诫自己班的学生，今天看到的事千万别往外说。另外还有谁学过跆拳道之类的课外培训，一定要向校方报告。我非常兴奋，不想再上课了，拽着李陆星溜出了教室。

我走进球馆的时候，感觉和往日有些不一样。以前我们都是把门虚掩着，这次门却关紧了。正在我纳闷时，球馆角落装器材的纸箱间传来一阵抽泣。我和李陆星对视一眼，李陆星小声说，林倩倩？林倩倩从纸箱间站了起来，脸色发白，摇摇晃晃，像一只跳出鱼缸的金鱼般奄奄一息。我们跑了过去。她拉着我们蹲在了纸箱间，曾经不可一世的她如今控制不住自己的颤抖。我说，究竟怎么回事？林倩倩说，求求你们救救我。有人说在麦老师死之前看见我是最后一个进麦老师家的人。警察怀疑我。我说，那你去了吗？林倩倩点头，我去了。可不是十一点，是十二点多快一点的时候。我本想去给她赔礼道歉，可我到的时候她的尸体已经被发现了，她家门口拉着警戒线。那人冤枉我。李陆星说，你知道那个人是谁吗？林倩倩说，这我不知道，警察不可能和我说。我说，无冤无仇，人家冤枉你干吗？林倩倩难过地低下头。李陆星说，那你十一点的时候在哪儿？林倩倩说，我爸给我买了车，我那天逃课，在车里听歌来着。李陆星说，有人能证明吗？

第八章

林倩倩哭丧着脸摇头。我第一次看到林倩倩这样沮丧。李陆星说，那你进麦老师家时有谁看到你了吗？能证明你是在案发后进去的。林倩倩摇头，说我没注意到。这时，我们听到铁门响动，几个警察冲了进来，林倩倩哭泣着对李陆星说，救救我，我真没有杀人。警察抓走了林倩倩，她的哭声过了好久还能听到。空气中飘浮着一股女孩的香味，一直到晚上，一直到我躺在床上陷入梦境，那个香味还是迟迟没有散去。

第二天李陆星一进教室，就跑来找我。他瞪着大眼睛，像是我身上藏着他的东西。李陆星说，林倩倩肯定不是凶手。我说，我想不明白一件事，她爸那么厉害，她还有周旭那帮狐朋狗友，可咋就找你救命呢？这和你我有什么关系？你为什么总想着别人？以前为了"玻璃茶杯"得罪林倩倩，现在又为了林倩倩要去得罪警察？李陆星说，林倩倩不是凶手。我要是装不知道，一辈子良心不安。这事就和我有关系。我说，她是不是杀人犯，警察说了算。她有杀人动机，死者死的时候有人目击她进了死者家，她的身份也符合熟人作案的逻辑，最重要的是想杀死一个体育老师，可没那么简单。但她学过跆拳道。李陆星说，林倩倩就是淘气，但她内心是善良的。高一时咱们上生物课，解剖青蛙，她吓哭了。从那天起到现在，她一直吃素。她的心里有慈悲。我冷笑，说希特勒也吃素。李陆星气得说不出话，其实我也不相信林倩倩会杀人，我只是觉得她应该受点苦头。

那天李陆星一直皱着眉头,下午他说不上课了,我们从教室溜出来,我打算去球馆,他却拽着我说今天不打球。我愕然道,不打球,我们干吗?他说,我们去找警察。我说,星哥,你疯了。他不说话,看着我,眼神里都是期盼。我叹口气,心软了。

陈诺那些天整日待在水房里,那儿学生多,他成天拿着个小本子记我们说过的话。女生都有点害怕这个大鼻子怪人,觉得他是变态。李陆星和他说林倩倩吃素这件事的时候,陈诺刚给自己的保温杯里续了水。他轻轻吹了吹水面上飘浮的茶叶,瞥我俩一眼,说这和你们有什么关系。李陆星说,你们抓错人了。陈诺说,高中生应该好好应付高考。陈诺想出去,李陆星拦在了他面前,呼吸粗重,脸憋得通红,我从没见李陆星这么生气过。他说,会出人命的。陈诺鼻子抽动了一下,闻闻李陆星,你这个人,总想当救世主。可你什么都不是。别这样,你的人生会变得很辛苦,很危险。

陈诺把李陆星推开,走出水房上了那辆警车。李陆星跑过去,伸开双臂堵住警车,高声喊林倩倩不是凶手。所有人都目瞪口呆,陈诺下车,脸像铁一样冷。我一把撞在陈诺怀里,对李陆星喊快跑。陈诺拽着我的胳膊,手像铁一样。李陆星说,你们抓错人了。我使劲踹陈诺的腿,他把我掀翻到了地上。我灰头土脸地从地上爬起来,看到陈诺在笑。陈诺说,你不会是喜欢她吧?李陆星说,快要高考了,你们这是在耽误别人的人生。陈诺说,前两天，我刚办完一个案子。同胞三姐妹，大姐这两年发迹了。二妹和三妹嫉妒她，想从她手里弄钱，让两个老公联手，把大姐一家都杀了。都是锤杀，凶手是采石场的工人，血能溅到天花板上。李陆星面色铁青，我感到恶心，蹲在花坛边上干呕起来。陈诺说，我们就是靠这点锁定了凶手。这帮傻逼，以为大姐一家死了，他们就能分到遗产。你和我说人生，有些人连命都没了。滚吧，这不是你们管的事。

那天回家的路上，我和李陆星都不说话，只是拼命蹬车。我不知道他在想什么。

接下来的几天，李陆星都没来过学校。有人路过公安局的时候看到他坐在门口的台阶上，像个上访户一样。我想象他的呆样，心里真是又好气又好笑。但我并不感到奇怪，不这样，他就不是我的朋友李陆星了。

有一天放学，我刚走出校门，就听到有人在人群里喊我的名字，是周旭。他向我走来，身后跟着一个男人。周旭对我坏笑，这人要找李陆星。他又对那人说，这是李陆星最好的朋友。那男人穿着一身黑，很瘦很高，眼珠是土黄色的，没有生气，但很凶狠。他的左胳膊上纹着一条青龙，那龙是用墨水一针一针扎到胳膊上做出来的，很粗糙，造型都走了样。我倒吸一口凉气，常年逃课在街头得到的经验告诉我，这条龙是在监狱里纹的。敢纹这图案的，都是在里面蹲过十年以上的重刑犯。那男人说，看够了吗？他是烟酒嗓，说话带痰音，声音像条腹部黏稠的蛇一样从我脸上划过。我吓得点点头，身上一阵发凉。他说，李陆星在哪儿？我说，不知道，好几天没联系了。他说，那你联系联系，见了，就告诉他，王强找他。别躲，没用。我点点头。王强瞅着我，笑了，他说，抽烟吗？我和周旭摇摇头。王强说，也是，学校门口，怕老师看见是吧？我们都没说话。王强突然伸出手，我以为他要揍我，急忙闭上眼睛。没想到那只手竟然摸到了我脸上，轻轻拍了拍，像是抚摸。我睁开眼，惊讶地发现，他手指甲盖上竟然涂着黑色的指甲油，我从没有想过这样一个男人手会是这个样子，差点吐出来。我听到他对我说，滚吧。我睁开眼睛，王强挥挥手，穿过马路，消失在了胡同深处。

我很担心李陆星，下午没去学校上课，也去了公安局，李陆星果然就坐在门口的台阶上。他一脸苍白，眼眶发青，一看就是好几天没睡觉了。我说，你守在这儿有什么用呢？李陆星说，我不知道还能怎么办。我说，你跟我走吧。他看着我，眼神里有狐疑。我说，星哥，你要想救林倩倩，就跟我走。

在路上，我把王强的事讲给李陆星，他点点头。我看到他原本就苍白的脸上更没血色了，皮肤像一张近乎透明的薄纸。我说，你没事吧。他摇头笑笑，没事，你要能帮林倩倩，就太好了。我说，你自己身上都着火了，还想着别人在受苦。李陆星沉默，只是微笑。

我带着李陆星来到了三中家属院的车棚，看车的大爷正坐在门口的椅子上抽烟。那把椅子应该是谁家不要了之后扔出来的废品，很破烂，脏兮兮的，像是随时都会散架。那个大爷牙都快掉光了，眯缝着眼睛，比自己的椅子也好不到哪里去。我对李陆星说，守在公安局门口有球用，警察讲的是证据。这大爷每天守在这里，面对着一号楼的门，如果他对那天的事有印象，记得林倩倩是几点到的，她才有可能被释放。李陆星吃惊地看着我。我说，这几天，我也没闲着，谁让你是我最好的朋友呢？李陆星说，军哥，你将来一定会成个大人物。我笑笑，不好意思揭穿自己，我想到的这些东西，柯南漫画上都有。

我们走到了大爷面前，他抬头看我们，咧嘴笑，脸皱得像树皮一样。我说，跟您打听个事。大爷点头，嗯，说呢。我说，6月13日那天上午，有个小姑娘进了一号楼，你有印象吗？大爷狐疑地看着我们。李陆星拿出一张林倩倩的照片，大爷看完点点头，她，我有印象。十二点多来的。我说，你确认没看错？大爷笑，蜡黄的脸上有了血色，像是有些害羞。我说，你笑啥？大爷说，你们是为那案子来的吧。前段时间这个单元可热闹了，记者，警察，看热闹的。我说，是啊，你的证言很关键，对那个小姑娘。大爷点头，我这辈子就关键了这一回。我点点头，你能给我们再回忆一下当时的情景吗？大爷说，你们是她什么人？我说，同学。大爷说，你们同学关系还挺好的。

大爷说这话的时候，眼睛发直。我想这老人平时一定很孤独，坐在一把破椅子上，和它一起慢慢变成尘埃。一阵大风刮过，列队成排的自行车"哗啦啦"倒了一大片。大爷起身想去扶，我和李陆星对视一眼，李陆星拦住他，您别动了，我们来。我和李陆星忙活完，一直观察我们的老人说，那小姑娘，是个啥样的人？我们愣了。我说，就是个一般人。老人说，和你们啥关系？李陆星说，朋友。老人说，你们俩挺好的，咋有这么个朋友。我说，您这是啥意思？

老人说，6月13号中午，十二点多，她开车路过的时候，把停在棚子外面的几排车撞倒了。我说了她几句，她把一摞钱摔我脸上。那天晚上，我心脏很不舒服，差点心梗死在医院。所以对她记忆特别深刻。我不敢说话了。李陆星说，大爷，这可是人命关天的事。你帮帮她。大爷不说话，自己闷着头抽了两根烟，心里在过这件事。过了一阵儿，大爷突然开口说，身上带钱了吗。

我有十五，李陆星有八块。大爷满意地点点头，说她该庆幸，有你们这样的朋友。大爷带我们到家属院门外的一家面馆，吃了羊肉面。然后，我们打车去了公安局。

没过几天，林倩倩回学校上课了。她的头发剪短了，也比以前瘦，不再像以前那样走到哪里都带着光，她的皮肤变得暗黄，显得有些疲惫。在班上也不再那么招摇了，变得沉默寡言。她那个小团体也瓦解了，周旭带着那几个小子天天打闹，林倩倩无论课上课下，都安安静静地坐在自己的座位上，看看书，或是和女生聊聊天。有次我在水房遇到她，她小声地说，谢了。那时我离她很近，都能感到她身上的热气。第一次有女孩这么温柔地跟我说话，我脸红了，心中都有点害怕。林倩倩笑了，低着头离开。

那之后没多久，林倩倩请我们吃了顿饭，那是顿海鲜大餐，可见她是真心地感谢我俩。金市盛产牛羊肉，海鲜平时可吃不着，因为非常贵。那一顿我们吃了林倩倩三千多。我一个人吃了八个大闸蟹，撑得喘不上来气。酒足饭饱时，我问林倩倩，究竟是谁在陷害你，说你十一点进了麦老师家。林倩倩摇摇头，小声说，不知道，我也不想问这事，就想赶紧忘掉。

渐渐地，林倩倩在我和李陆星的生活中出现的频率越来越多。起初她会来球馆等我们一起练球，熟了以后，我们上学放学也一起回家，有时还会一起吃饭。前几次她都抢着买单，后来也就听我们的，只去吃些便宜的面条川菜和烩菜，然后一起AA了。我和李陆星相处时，主要是我说话，李陆星听。现在变成三个人，还是我说话，他们俩听。我发现，他们似乎一样的老成，因为他们在笑时，眼中流露着一样的忧愁。我似乎才是这个集体的加入者。我好像能读懂他们的忧愁，可似乎又永远都不会懂。

有个消息在班上慢慢传开，说林倩倩和李陆星表白，被李陆星拒绝了。我是听周旭说的，当时他被气得咬牙，说林倩倩是疯了，没出息。我说绝不可能，完全两种人。周旭冷笑，你以为他是哪种人。他走之后，我想来想去，都觉得这是人们被高考压力逼出的集体臆想。有次我们打球，我向李陆星求证，李陆星反问我，你的马头画成啥样了。我说，快了快了，你别转移话题。李陆星无奈道，和你们想的不一样。我当时震惊了，说那是哪样啊星哥。李陆星一个扣球，球被我接飞了。

我问李陆星，为什么不和林倩倩好。他望着我，像是我问了个很白痴的问题。我掰着指头给他分析，一是林倩倩家有钱，你要和她结婚，就不用打乒乓球了。二是林倩倩好看，胸大。三是你对林倩倩有救命之恩，她将来一定会对你死心塌地。李陆星说，我非得因为这些，和林倩倩好吗？恋爱不是得两个人都愿意吗？我说，星哥你疯了，这是多少人梦寐以求的事情啊。李陆星摇摇头。我说，你对漂亮女人没感觉？对钱没感觉？那你对什么有感觉？

说完这句话，我突然有点害怕，担心李陆星说对我有感觉。李陆星说，我经常参加葬礼。我想起他家被焚毁的店面，叹口气，不知该说什么。他说，无论是达官显贵，还是咱们这些平常人，在葬礼上没什么不一样。五十的花圈和五千的花圈都是纸扎的。生者悲伤痛苦，死者麻木恐惧。好像谁都逃不开这个结局。我说，那你不能这么说，人是为了活着的时候有追求啊。他点点头，所以我不想追求那些人云亦云的东西，那些不管得到再多，人也会在死时后悔痛苦的东西。我说，那你要追求什么？李陆星说，我要过那种即使我明天就死去，也无怨无悔，祥和宁静的生活。

他说这话的时候，表情安宁语气坚定。我突然明白为什么他如此贫穷，却为了"玻璃茶杯"，拒绝一万块钱；又为什么在林倩倩被人冤枉时打抱不平，帮她脱罪。我也明白了此时此刻他为什么拒绝林倩倩。因为她无法让他有这样的生活。一个天天睡在丧葬用品店和生死打交道的少年，无论和我有多深厚的友情，始终是我无法理解的那类人。还有200多天，奥运会就要来了。我总能在电视和报纸上看到各种新奇的词语和新鲜的事物，似乎任何奇迹都有可能发生。李陆星是我在现实生活中遇到的第一个怪人，我心中既害怕，又兴奋。李陆星这番话好像是把我脑子里紧闭的门打开了一条缝，门那边的世界全是我没见过的东西，却都比我想得美好。我相信李陆星一定能实现他的心愿，就像我坚信只要2008年一过，璀璨的未来就会扑入我的怀中一样。

有一天，林倩倩突然给我传纸条，让我晚自习的时候去操场，别告诉李陆星。之前我俩从来没有单独行动过，我不知道她是什么意思，心中特别慌张，也不敢告诉李陆星。那天和他说话，我都是能看地板就绝不抬头。终于熬到了晚上，我偷偷溜到操场，林倩倩正站在操场边踱步。她看到了我，嘴角浮出微笑。我故作轻松地说，什么事啊？神神秘秘的。林倩倩说，陪我走走。

那时已是深秋，风烧着耳朵疼。我哆哆嗦嗦像个猴，林倩倩却始终挺直着她的腰板，目视前方。她让我明白了，少女的美之所以感人，原因就在白杨一样挺拔无邪的神态中。我们在这暗夜中漫游，林倩倩清脆的声音却让我心头温暖。她说，谢谢你那次救我。我说，都这么熟了，没必要吧。她笑了。我说，你该感谢李陆星。林倩倩向前走了几步，突然说，你知道吗？从没人像你们一样对我这么好。我说，都是朋友。林倩倩说，我爸对我都没这么好过。我说，那叔叔是对你严格。林倩倩说，他一直觉得他该有个儿子，而不是女儿。最近他带回来一个男孩，说那是他收养的孩子。可谁都能看出来，那孩子长得和他一模一样。一定是我爸的私生子。自从我弟弟来家后，每次我犯错，他就往死里揍我，恨我不是男孩。所以我去学跆拳道。我要让他知道，我比男孩更厉害，让他永远不敢揍我。林倩倩从没和我说过这些，我听完心里有些难受，终于明白她被警察抓走时为什么去找李陆星求救了，因为李陆星帮她挨那一刀的时候，心中别无所求。大概就是从那个时刻起，林倩倩就误认为李陆星的勇敢是因为爱吧。她并不知道，李陆星就是这样一个人。

就在我胡思乱想的时候，她突然很严肃地对我说，张军，我求你一件事，你绝对不能生气，好吗？我说，我跟你生什么气，我不生气。她突然抱住我，亲吻我。我脑子一下炸了。当时明明是黑夜，可我感觉像是白昼，林倩倩的五官和长发清楚得刺眼，我能看到她表情每一次的细微变化，听到她轻轻地呢喃。她的身体贴在我的身上，令我兴奋。我忘记了一切，手向她的衣服领口伸进去，觉得现在世界毁灭就好了。我愿意用2008年，用所有的奥运会换取这一刻。林倩倩突然抓住我的手，把我推开。我喘着粗气，你干什么？林倩倩看着我说，你们不是同性恋。

  我一下子明白了，李陆星真的拒绝了她。我说，你这么干，有点过分吧。她说，对不起，张军。你说了你不会生气。我苦笑，心想这个女人真是狡猾。她说，你把刚才发生的忘掉吧。我说，怎么忘掉，那他妈的是我初吻。林倩倩想笑，但掩藏不住内心的难过。我不知道该怎么劝她，只好挥挥手说算了。

  我们没想到的是，当时主席台底下蹲着几个高二的学生抽烟。第二天，这事就在学校里传开了。周旭非常嫉妒，给我起了个外号叫"初吻男孩"。我走在学校里，会有人突然大喊一声初吻！所有人都会盯着我大笑，起先我恨周旭，差点和他打一架。后来我哭笑不得，最后我麻木了，随便吧，不是每个人的初吻都能被林倩倩夺走的。

  我和李陆星、林倩倩还是整天混在一起。像是什么都没有发生。但我知道有些地方不一样了，有时我会不由自主看林倩倩，她总会意识到，会躲避我的目光。我们再也没有独处过。

转眼冬天就剩下了一半，平安夜那天，我们三个一起聚餐。林倩倩喝醉了，拽着我们两个人的手唱了很多歌。李陆星好像只会唱老歌，《过火》《不是我不小心》《吻别》，我们跟着他嗷嗷叫唤，直到三人都把嗓子喊哑了，直到我满头是汗，双眼发直。有一刻，我突然觉得，有酒有歌有朋友有姑娘，人生其实停在这一刻足矣。一切都像雾一样朦胧，可又充满善意与友爱。这就是我的黄金时代啊！

吃完饭以后，林倩倩还是不让我们回家，非说要带我们去见大世面。她打电话把她爸司机招了过来，那是我第一次坐奔驰车，感觉像是陷在云彩里一样。我们昏昏欲睡时，林倩倩大喊到地方了。我睁眼，看到前方一片光亮，暗夜中在远光灯的照射下如同烈日。我喝得太醉了，这片光如梦似幻。我喊道飞碟。林倩倩说什么飞碟。奔驰转弯，光斑消失，我更确信那是飞碟了。2008年，说不定火星人要来看奥运会。林倩倩指着一座厂房样的方形建筑说，带你们去我爸的会所玩。

我刚走进门去，一个黑影从我身边飞过，身上的血腥臊气让我瞬间酒醒了。当我看清眼前的景象时，却以为自己被林倩倩拽入了梦里。我看李陆星，他也大张着嘴，反应和我一样。

眼前的铁丝网里，竟然封闭着一座茂密的野樱桃林，林中还有一座小山，山间河水缓缓流淌。外面是寒冬，这里却温暖如春。那阴影是只猴子，这里还有几百只它的同类，在这树林、河水与石头间肆无忌惮地飞来飞去，对着我们虎视眈眈。林倩倩说，我爸休息的时候，就在这里待着。坐在铁丝网外面，抽根雪茄，看看猴子。他说看着它们，就能更了解人的另一面。我和李陆星说不出来话，林倩倩拽着我们的手，我有更好玩的！

林倩倩把我们拽到了会所的楼顶，那里是一处360度旋转观望台，里面有高倍望远镜。在这里，整个金市尽收眼底。我们看到了东边的黄金草原，西边的金色大漠，壮美得让我想哭。林倩倩打开窗户，夜风一吹，酒精燃烧，我们三个对着夜空大喊大叫，不知道怎么的，大家聊到了理想。想想明年就高中毕业了，还有奥运会，大家心里都特别激动。林倩倩对着夜空大喊道，我一定要超过我爸，超过所有看不起女人的男人。李陆星说，我要帮我爸平账，跟我爸团聚，再也不提心吊胆地过日子。我说，我就想比赛拿冠军，保送上大学。李陆星说，军哥，你的理想应该是做个伟大的漫画家。我说，好吧，我一定要做个伟大的漫画家。

我们喊累了坐在地上休息，这时林倩倩才告诉我们，后天她就要去省城了，进省重点备战最后的半年，再见面，就是高考的时候了。我恍然大悟，为什么林倩倩今天这么兴奋，原来是为了告别。林倩倩对我们说，不要忘了今天你们说的，一定要实现自己的理想。我看着眼前的女孩,我被她吻过,也被她揍过。那两种触觉混合在一起,像一杯味道古怪的烈酒。我对自己发誓,林倩倩,我永远不会忘记你。高考时见。

第九章

一进入高三,时间就过得特别快,一眨眼,漫天闪着金光的大雪就停了。树木枝叶疯狂生长,街道上飘满了柳絮。每到夜里两点多,各种我认不出来的怪车就在我家楼下的那条笔直大路上飙车。发动机轰鸣如一阵阵响雷,卧室里的地板和天花板都在颤抖,我像是睡在海底的潜艇上。春天真是一个生机勃勃的季节。

我和我妈的关系降到了冰点,因为我们要去参加的那场比赛规格降了下来,即使是冠军,也没有资格保送。这让她非常担心。她不想再让我去练球,如果不想到学校,就在家自习。她可以请最好的老师来家里给我补课。我没有同意,为了和李陆星去打这场比赛,我这一年来付出了多少努力,她根本不明白。无论拿到什么名次,我都必须给自己一个交代。我妈气得咬牙,说你怎么总这么傻呢?一点都不像我的儿子。

我的确不像我妈的儿子,她总是对一切人无比好奇,对世间的新鲜事充满好奇。无论走到哪里,我妈都能以最快的速度交到一大群新朋友。他们和我妈一样的自信,一样的能说会道有门路,也一样的神秘。即使是他们最亲的人,你也不知道他们究竟在想什么。在这个家里,我觉得我更像我爸,喜欢自己一个人安静地待着，做自己愿意做的事，哪怕这事其实一点用处没有。还喜欢浮想联翩，自己把自己逗得傻乐，可一出去面对真实的世界，就蒙了。

那段时间，我爸从家里搬了出去。他说自己找到了一种新技术，需要找个僻静的地方专心准备实验，这次他的隐身衣一定会成功。但我知道，他是受不了我妈，躲出去了。我妈现在是林生虎的头号下线。林生虎带她见过几个平常只能在电视上见到的大人物之后，我妈就经常去找那些大人物的家属汇报工作。后来有个大人物的妹妹要和林生虎在金市做个发电厂，据说电厂建成后可以为整个西北地区提供充足的电力。大人物的妹妹邀请我妈当合伙人。我妈觉得这次是祖坟上冒青烟都未必会有的好机会，变得更亢奋了。以前她不会把那些吸储的对象带到家里，现在我家从早到晚都坐满了人。三教九流，什么人都有。银行的工作人员，海鲜城的老板，搓澡的大婶，扫大街的老头。我妈会给他们展示那本影集，里面都是她和大人物兄妹俩以及林生虎的合影。有的照片是他们去各地旅行时拍的，有的照片是他们在拉斯维加斯或是迪拜这样和金市相同的沙漠地区考察发电站时的工作留影。在这些合影里，我妈搂着他们，笑容灿烂，像是一个十八岁的少女。我妈本来就是老师，口才好。再加上这本影集的作用，我妈好像是拥有了魔力，如同蛛网一样能俘获人们的心。人们相信她，相信林生虎与大人物，相信自己看到的金市奇迹，他们心甘情愿把自己能搞到的每一分钱交给我妈去投资电厂项目。

二模成绩公布后开了次家长会，我妈回来后虎着脸把成绩单摔在我脸上，说你绝不能再练球了，否则你会毁了自己。我瞄了眼那张纸。成绩非常糟糕。我本想息事宁人，但最后我俩大吵了一架，我妈气得都把电视砸了。让我愤怒的是她提到了李陆星，在我妈眼里，他和他爸就是一群渣滓、垃圾和寄生虫。我说，就你高贵，你不是寄生虫。林生虎吃人不吐骨头，因为骨头渣子都让你舔着吃了。听我这么说，我妈哭着抄起椅子砸了电视。我摔门走了。

我去了我爸的工作室，其实就是一处民居的车库。我把事情的原委讲给他听，他听完后点点头，给了我一个拥抱。他说先不要想这些不开心的事了，爸爸这次一定能成功，能轰动世界。他这次如此自信，是因为他找到了一个研究生物涂料的人。那人给他提供了由变色龙血液萃取加工的涂料，据说抹到身上，立刻就有反应，瞬间能和身处环境融为一体。我让我爸给我抹一点，我爸说最后一道检测做完，就能进行人体试验了，到时我们父子俩一起迈向人生辉煌。

那个夜晚我是在我爸工作室睡的，听着他浓重的鼾声，我辗转难眠。想起很多我爸的事。

我爸以前不是这样，以前他是个大夫，金市人民医院的骨科专家。喜欢苏联文学，一喝醉酒就在家里给我唱俄罗斯老歌，

《三套车》什么的。2007年初,他在病房正常查房时,一个病人家属突然抽出刀砍死了来探望的三个人,那人杀红了眼,也砍了我爸一刀,我爸拿胳膊挡,保住了命,但再也无法给人做手术了。人们说,那家属和病人是亲兄弟,他是大哥,病人是二哥,还有两个弟弟,四个人一起在一个私人煤矿做矿工。矿塌方那天他在外面办事,两个弟弟死了,老二保住了命,但腿没保住。他和矿主谈赔偿谈了好几次都没谈妥,所以就在矿主来探望老二时动手了。

医院给我爸赔了笔钱,再加上他以前搞发明,有几个医疗器械的专利,所以我家过日子不愁。我爸伤好后萎靡了一段时间,以前滴酒不沾的人变得天天喝酒,单元楼道里都是酒味。突然有一天,他不喝酒了,说自己要做隐身衣。我妈和我嘀咕过,我爸估计是被那天的场面吓傻了,从心里想逃避。但对我们来说,只要他不喝酒,只要他愿意,想做什么都行。

我一直很奇怪,我爸和我妈怎么就走在了一起,现在想想,其实很正常。我爸要发明隐身衣,我妈要筹钱建电厂。本质上,他们是一样的,都希望自己的生活发生翻天覆地的变化,都是自己生活的革命者。到2008年了,世界是他们的。世界是一个大运动场,比鸟巢都大。我妈我爸和所有不愿意屈服于生活的人都是运动员,制造奇迹是这里的比赛项目。

2008年4月份的一天下午,三中正在上课,校园里静悄悄的,一辆大卡车撞倒了校门,冲进了学校,在主楼的台阶下急刹车。麦当娜的家人们从卡车里冲下来,一人手持一把铜锣拼命地敲打,大喊三中出流氓杀人犯了。全校轰动,老师学生都不上课了,楼道里挤满了人,探着脖子看这场新鲜景。一个白发苍苍的老人指着我们所有人大喊,杀人犯就在你们这些人里面。校长吓得脸都白了,可也不敢阻拦。有老师想上去劝几句,被两个年轻人像赶鸭子一样轰走了。麦当娜的家人们开始在各个楼层撒照片,我也捡到了一张,竟是麦当娜泡温泉的裸照,上面还有歪歪扭扭的一行字:我爱你,想要得到你,我什么都愿意为你做。照片中的麦当娜经过特技处理,只能看清她的脸。那个白发老人嘶喊着,是谁拍了这张照片,是谁杀了我的女儿。几千人寂静无声。那些家人后来被赶到学校的警察劝走了。我听说,麦当娜的亲人本想把她家的家具运走,在搬梳妆台的时候这张照片从化妆镜后面的夹缝中掉了出来。

　　晚上回家,我和李陆星一路上很少说话,我们心情都不好。直到快在十字路口分手时,我说那幅马头画像,我最近看到一张照片,特别威风,我好像有灵感了。李陆星皱眉,像是没有听到。他开口,你看到那张照片上的拍摄日期了吗?我点点头。我知道李陆星是什么意思,那是2007年5月1日。当时"五一"长假,麦当娜组织乒乓球队封闭集训,球队所有人都去了金市北边的金海温泉。偷偷拍下这张照片的人一定就是我们乒乓球队的队员，也就是那个杀人犯。李陆星说，我咋觉得这事就跟做梦一样。我说，凶手马上就要被抓住了，这好事啊。李陆星摇摇头，小声说，我不敢相信是我们当中的一个杀了人。十字路口到了，李陆星挥挥手，向左转弯。我接着等红绿灯，看到他的身影消失在了人群里。我丢下车子，几步跑到花坛前，那一刻我已忍到了极限，全身麻木，唯有眉心一点意识残存，我剧烈地干呕起来。

  这张照片其实是我拍的，字是我用左手写的。我骗了所有人，我爱麦当娜，在很长一段时间里，对麦当娜的那种暗恋是支撑我在高中苦熬的唯一动力。她一个眼神、一个笑容都会在我的灵魂深处掀起巨大的风暴，让每个细胞都战栗、粉碎、重生。在我的眼睛里，麦当娜的每一根发梢和每一口呼吸都藏着密码。破译它让我无限痛苦又无限快乐。我向所有人隐瞒着这让我剧痛的爱，只有我自己才知道那是一场多么惨烈的战争。十八岁的我因为麦当娜，觉得这世界到处都是密码，连一阵微风或是一张蛛网都蕴藏着她的独特深意。

  我无法忘记我第一次见到她，她把我压在身下时我如同过电了一样狂跳的心。从那一刻起我就爱上了她，一直到她死。

  那天晴空万里，我把这张照片放在麦当娜的桌上，麦当娜望着我，眼神里满是惊讶。她很快反应了过来，把照片翻过去收了起来。她愤怒地问我，究竟是怎么回事。羞愧像潮气一样包围着我，我感到身上黏糊糊的，那是一层又一层的冷汗。我不争气地哭了，浑身颤抖。我在心里暗骂自己不争气，失败是必然的结果，我可以接受。可我为什么要颤抖呢？我究竟做错了什么。我想问问这世上的智者。可没有人是我，没有人理解爱将我碾压成了什么样。什么样的智者能说我错呢？我听到窗外的风铃被风吹响，叮叮当当。我愕然抬头，那里却没有风铃，竟是在烈日下飘来的一阵毛毛细雨。雨滴落在窗台上，那安魂的是雨滴之声。我再看麦当娜，此时此刻，她竟是在笑。麦当娜不是智者，但她理解我。这更令我恨不得找个地缝钻进去。麦当娜拍拍我的肩膀，说这没什么，追我的男人多了去啦。我诧异地望着她。麦当娜还说，要想追上我，你可要比他们都强啊。现在先好好练球，当了冠军再说。我点头，擦干了眼泪，发誓自己一定会拿冠军，为了今天。麦当娜笑笑，没说话，从冰箱里掏出两罐可乐。那个下午，我和她坐在窗前，喝着可乐，看太阳雨浸染眼前世界，收音机里放着的就是那首《天空之城》的主题曲，她对我说，这口琴版是我最喜欢的音乐。在悠扬的口琴声中，我对麦当娜充满爱意和感激，觉得青春要是一场美梦，我永远不要醒来。她死后，我曾在很多个深夜中无声痛哭。后来我告诉自己，一定要打赢那场球，实现我对麦当娜许下的誓言。

我没有杀人，我在心里对自己说，我不敢杀人，尤其是我爱的人。但我转念一想，也许每个杀人犯都会对警察这么说啊，他们为什么要相信我。我想到麦当娜被杀那天,我一直在家做模拟试卷,我父母可以为我作证,我有不在场证明。可我父母、学校的所有人都会知道我暗恋老师、偷窥老师,甚至给她拍了裸照,我会成为众人眼中的变态,成为一个笑话。这个阴影会跟随我一生,我完了。我心乱如麻,想到人们嘲笑我的嘴脸,全身如同电流乱窜。

回到家里,没想到我爸也在,正和我妈一起包饺子,时不时还斗两句嘴。这个世界的运动永远不以个人的意识为转移,即使是最亲近的人也一样。吃饭的时候,我极力掩饰着自己的慌张,可我妈还是问我,你今天怎么吃不动啊?我说,没事,我吃挺多了啊。我爸挠头,新鲜的韭菜,现切的肉,没问题啊。我说,你怎么今天回家了。我爸笑着说,最后的测验完成了,各项指数非常成功,就等着最后的人体实验了。回来是想和你谈谈。我放下筷子,强笑,下次谈吧,我累了,想早点休息。我爸一把拽住我,让我再坐会儿。他说,你上次跑我工作室说那事儿,我仔细考虑过了,现在你是应该先别练球了。好好备战高考,考上大学想打什么球不由你?我点点头,知道了。我爸还是不让我走。他说,我给你分析分析,你们球队那帮人,魏东辉他爸是交通局局长,刘大可他妈是开服装店的,有钱,金市好几家连锁店。我说,打球和这些都没关系。我爸瞪着眼睛说,怎么没关系。现在赢了球也没办法特招了,你要面对现实。我说,什么叫现实?我爸说,现实就是,你的队友们无论自己怎样,将来父母都给铺好路了,都有着光明的未来。你呢?爸爸是个没有工作的残疾人,老妈号称是成功人士,可钱都是借来的,自己还是个穷光蛋。你只能靠自己。要不你就得和李陆星他爸一样,穷得叮当响,到最后连家都不敢回。我用筷子戳破了碗里的饺子,我妈说,不吃别糟蹋粮食。我说,他不是你的战友吗?我爸说,他是我的战友,可你是我的儿子。战友有千百个,儿子只有一个。我必须说实话,这就叫面对现实。我不说话,把那醋和着面皮与肉馅都倒进了嘴里,鼻尖一阵阵酸痛,我大口吞咽着。我爸说,你也要面对现实,究竟是好好高考,将来有个一技之长能养活自己,还是就这么放任自流,一辈子和卖花圈的人混,你要考虑清楚。

我爸说这话的时候,我妈频频点头。一个造隐身衣的和一个要建发电站的在和我说现实,这件事不管怎么想,我都觉得这世界太疯狂了。

第二天,我刚进学校,老师就让我去校长办公室。我到校长室的门口,看到魏东辉和刘大可出来,我心里一沉,知道是照片的事。警察最起码已经查清楚了这肯定是球队成员拍的。我心里乱糟糟的,一进办公室的门,就看到林野和陈诺坐在长沙发上,陈诺冲我挥挥手,示意我坐在他们对面。

桌上就放着那张照片,麦当娜在蒸汽中无比妖艳。我强压着心中的恐慌,看着这两个警察。陈诺说,这张照片,你知道点什么。我摇摇头。陈诺说,你看看日期。我拿起照片看了看,红着脸说那时我们正在金海温泉集训呢。陈诺说,这意味着什么?我说,这是球队的人拍的?陈诺和林野直视着我,我把照片放在桌上,摇了摇头。陈诺说,你觉得你们队里,谁最有可能拍这张照片。我说,反正不是我。陈诺说,你对李陆星怎么看。我看着他们,喉咙像是被石块堵住,说不出话,透不过气。林野说,刚才你那两个队友,都说这张照片最有可能是李陆星拍的。你怎么看?

我心中涌现无数幻象,不知道为什么,都变成了我爸昨晚的那些分析。我说是魏东辉和刘大可干的吗?他们都有着无限美好的未来。父母会竭尽全力,帮他们洗清冤屈,这反而会让警察更怀疑我。只剩下李陆星了。我不知道自己该怎么办,开口不是,不开口也不是。我听到自己好像在哭泣,我垂下头,保持沉默。我从未想到,这一生会有一刻我会如此憎恶我的胆怯与懦弱。

他们对视了一眼。陈诺说,你哭什么?林野说,小伙子,这不难吧?他不是你最好的朋友吗?是不是他,这很好回答。我低下头,一行行泪水摔落在地上。我无法说出谎言,也无法说出真相,泪水就是我的帮凶。校长看我哭得厉害,递给我两张纸巾。也许是怕出事,校长说,你们不要再逼问我的学生了。那个李陆星,我知道,他爸就不是什么正经人,吃死人饭的。李陆星平时在学校也怪里怪气,总一个人阴着,不合群。我总怀疑他精神有

第九章　169

点问题。哪怕他们不说,我觉得就是他干的……

陈诺看我这哭相,知道实在问不出来什么,把我从校长室轰了出去。出来之后,我觉得太阳格外刺眼,自己好像不配活在这么明亮的阳光下。我不敢回教室,躲到了球馆里。我拿起球拍狠狠地砸了几下自己的脑袋,剧痛却没有让我的悲伤和羞愧减弱半分。我想哭,但哭不出来。那时我才知道,极致的痛苦下人不仅不会哭,甚至会有些想笑。我看着窗户上自己的倒影,蓬头垢面,脸颊肿胀,像是林倩倩他爸的会所里关着的一只惊慌的野猴子。

李陆星上课的时候给我写纸条,问我下午几点去打球。我没回,装着自己在睡觉。十几分钟后,李陆星被校长叫了出去。我感觉他走过我身边时看了我一眼,因为我的后背一阵刺痛,我依然没敢抬头。直到放学时,魏东辉和刘大可来找我,我才敢抬头看这人间,一切如往常,天气晴朗,晚霞漫天。可我知道,这个世界已经发生了巨大的变化,再也回不到以前。魏东辉和刘大可问我,我是怎么回答警察的。我说我实在不知道该说什么。

这两个混蛋叹气,说知道我不好说什么。但李陆星就是最有可能拍照的人,因为他们平时就觉得他怪,一个球队的,也不怎么说话。我叹口气,无论是不是李陆星,在警察没反应之前,我们什么都不能说。

李陆星被带走后，再没回过学校。我最终辜负了我对麦当娜许下的誓言，没有拿到那场比赛的冠军。我虽然一直在心里激励自己一定要去参加比赛，可真当我看到那张乒乓球台时我却不忍直视，似乎球台对面的人群里隐藏着李陆星。我慌了，在众人惊讶的目光下被对手打得丢盔卸甲。比赛对我已经失去了意义。拿到冠军又怎么样，麦当娜不会复生，李陆星不会回来。

我一直觉得我妈很卑鄙，套李森海的钱，套那些穷人的钱。可我又比她好到哪里去？我主动地伤害了一个无辜的人，还是我最好的朋友。我甚至比我妈还过分，至少我妈利用的是贪婪，而我却摧毁了友谊。那些日子我心烦意乱，只好从别人那里借来一堆吵闹的摇滚乐CD，一天二十四小时播放，似乎只有噪声才能证明我还活着。

半个月之后的一节历史课，王文林迟到了，几乎是跑着冲进我们教室，激动地喊案子破了。众人惊讶地看着他，我甚至站了起来。王文林又喊，凶手是麦老师的丈夫。同学们欢呼了起来，我听到隔壁班也在欢呼。我在人群中举着胳膊喊叫，但其实内心特别慌张，那李陆星呢？李陆星该怎么办？

当天晚上，电视上也出了新闻。原来，警察一直觉得麦当娜被杀的时候，她老公正好在南方出差，这事太巧了。经过多方走访，调查取证，以及和嫌疑人对质，最终嫌疑人承认，是他雇凶杀害了自己的妻子。当时我正在复习，听到是说这案子，冲到了

第九章 171

电视机边上，看着那个垂头丧气的男人被林野戴上了手铐。我妈正坐在茶几边上给几个下线结利息，她不屑地说，肯定是为了钱。过不下去算了，至于吗？我站起身回头时众人吓了一跳，我妈说，你怎么哭了。我拿手使劲擦着自己的眼睛，什么都说不出来。

第二天，李陆星又回学校上课了。我坐在自己的桌边，不敢和他打招呼。他自己走了过来，说军哥，你这段时间还好吗？他理了个光头，脑袋上有伤。原本就很瘦削的他现在更单薄了，像是一根麻秆般套在宽大的帽衫里。我说，那场比赛输了。他想了想，试探性地伸出胳膊，搭在我的肩头。我没有躲，他轻轻拍拍我的肩膀，想要安慰我，输了就输了，下次我们一起努力。这就是李陆星，无论自己身处什么境地，总会先同情别人。

日子久了，我发现李陆星前段时间被折腾得够呛。我熟悉的李陆星式的笑容从他脸上消失了，眉眼间有股凶悍。同学和他打招呼，他也只是皱眉愣愣地看下那人，然后机警地远去，似乎随时防备着对方偷袭。有的时候，李陆星上着课会突然站起来，捂着脑袋冲出教室。甚至有一次，他抱着头在座位上大声地呻吟，我和同学们都吓傻了。李陆星已经变成了一个和我们这些同学完全不一样的人，一个受过折磨有着痛苦的人。没有人敢问他，头上的伤是哪里来的。我们班有两个女生痛经去校医室，回来后告诉同学，李陆星得了严重的偏头痛。他们说，看守所不是人待的地方。大人进去一天都扛不住,更何况是个男孩呢?

听这些议论的时候,我永远不敢抬头。好像有烈火在烧我,有十万闪电狠狠刺着我心脏。我耳鸣脚软,冷汗直流。尽管心在狂跳,我还是佯装平静地穿过人群。小偷大概就是我这个样子吧,我就是个小偷。李陆星本能考个很好的大学,可我的诬陷毁了他,我偷走的是另一个人的命。每次想到这些,我要么会躲在没人处狠狠给自己几个大耳光,或者用小刀与圆规扎自己的胳膊与大腿,直到出血。

为了活下来,我变得越来越冷淡。尽量克制自己不要去想李陆星,更别提和他接触了。李陆星总想找我说话,我都借机躲开了。他还约过我打球,我说比赛都结束了,拒绝了他。有天放学,李陆星在车棚摁住我的车把,眼睛直直地看着我,眼神里都是困惑和迷茫。他说,我是不是伤到你了?我吓得都感到呼吸困难,似乎随时都可能休克。我摇摇头。他说,那你为什么故意躲着我?我说,不到六十天了,咱们得好好备考啊星哥。我笑着拉开李陆星的手,想赶紧逃走。李陆星对我很认真地说,不论发生什么,你都是我最好的朋友。我看着他的眼睛,发现他唯一没有变的是身上的气场,还是那样的温顺与善良,像一匹马。

李陆星离开学校那天,金市下了2008年的第一场雨,是太阳雨。他在教室里等了我一阵,又去球馆找我。我都不在。没有和我告别,李陆星只好一个人背着书包,孤零零离开学校。我知道这些，是因为我那天一直躲在宿舍楼的楼顶上不敢出来，但又不忍离开。我目送着李陆星走在学校的林荫道上，很想冲他大喊一声，我还欠你一张马头画像。可那场金色的雨淋湿了他也淋湿了我，砸得我们低下头弓了背，活像两匹疲惫的野马。

后来，我在学校里遇到过陈诺，这次只有他一个人，也没开警车没穿制服。陈诺胡子拉碴，蓬头垢面，像是变了个人。他还向我打听麦当娜的事，我愕然道，凶手不是抓住了吗？不是她老公吗？陈诺没有回答我。我说，你的警车和制服呢？陈诺瞪着血红的双眼，把鼻子凑到我身边闻了闻。他说你才多大，怎么会有这么强烈的负罪感。他的话让我害怕，我怀疑这个人已经疯了，所以被公安局开除了。我一把推开了他，一路狂奔，直到跑出三中，跑回了家，我没敢回头看一眼。

那天我爸正好在家，茶几上还放着一架战斗机模型。我已经很久没见他，发现他这次回来变黑了，也憔悴了不少。我说，爸，你是出远门了吗？我爸点点头，说，去酒泉了。我感觉他有点闷闷不乐。我说，爸，怎么了？我妈这时端菜上桌，桌上还放着一瓶酒。我妈让我给她帮忙，结果在厨房她小声对我说，你爸今天心情很低落，你要好好安慰他，喝两杯也行，哄他高兴。

吃饭的时候，我爸喝了几杯酒，我才弄清事情是怎么回事。我爸本是去酒泉的发射基地找对方取经，那边的朋友专门请了一个这方面的专家和我爸吃饭。专家看我爸展示了他那几件样品之后，拍了拍我爸的肩膀，说老哥放弃吧，我们这儿的人弄了几十年都没弄出来，你更没戏。专家还给我爸列了几个物理公式，讲了没几分钟我爸就明白了一件事：以前做骨科手术，自己在金市是一把好手。可现在做的隐身衣对于眼前的这位专家而言，就像一只蚂蚁向一个建筑学的教授展现自己的蚁穴有多么的高科技一样可笑。临别前，专家把那架战斗机模型送给了绝望的我爸。专家说，想追求正确首先要离开错误。祝老兄你能找到正确的人生道路，像我们的战斗机一样一飞冲天。

  我爸喝多了，说话舌头都捋不直，可依然对我们宣布，他以后再也不造隐身衣了。我说，那你想干什么？他说，不管干什么，明天会更好。你说对吗？我不知道该怎么回答。这时他突然放声大唱一首歌，《明天会更好》，歌声近乎哭声。我感到脸上一道道温热，一抹，是泪水。我拉住他的手，跟着他一起合唱。我爸先是有些意外，然后笑着握住我的手，举起来挥舞。那天我们唱了很多遍《明天会更好》，后来我也喝醉了，只记得我爸说，儿子，我们要永远不屈不挠地和生活作战。我嗷嗷叫唤着，明天会更好。

第十章

2008年的五一期间，我们一家人去了北京。那是我第一次去北京，到处都是奥运会的五环标志，还有刘翔做的广告。那个小长假我跟着我爸我妈几乎走遍了北京的大街小巷，腿都快跑断了。可我感到兴奋，这座城市里弥漫着荷尔蒙的气息，我从没在金市的街道上见过这么多走路像是在奔跑的年轻人，他们充满朝气，像是眼前的一切都是纯金打造的。

我妈带我们来北京是为了买房子。她宣布这一决定的时候，我感到非常奇怪。我说，你为什么不把赚来的钱继续投到林生虎那里吃利息呢？这收益要比买房子高。我妈摇摇头，林生虎都把钱用来买房子了。让他用我的钱买，还不如我自己买。

我们在北京的三环边上找到一处公寓，一平米一万一，一套八十平米。我们在那里待了不到半个小时，我妈决定就是它了。她买了四套，全款。刷卡的时候，那个卖我们房子的女销售问我妈是从事什么工作的，我能听出她极力压抑着内心的激动。我妈说，我就是个县城老太太。

我们有一套房子在顶层，25楼。站在落地窗前向远眺望，三环外是一片荒野。我妈说，奥运会之后，一切都会不一样了。

我说，那得猴年马月。我妈说，你再也不用担心高考成绩不好了，你在北京有房了。哪怕你就是一堆狗屎，你也战胜了大多数同龄人。但你要好好努力，将来考上研究生。我这时才明白，她来北京买房不仅仅是因为林生虎。前段时间的三模，我总分勉强才能考上大专。我妈大概是对我绝望了吧？但她绝不会向自己这个家的命运屈服。我爸总是说我们其实根本不了解我妈，以前我觉得怎么可能呢？我不了解我妈？现在我才明白我爸的意思。就像我妈也不了解我。在北京有房子了，这事轮到谁头上都是兴高采烈。我却始终没什么劲头，总是发呆。我妈说我是白眼狼，是上辈子的讨债鬼。

2008年，我明白了一件事：人的身躯是最玄妙的迷宫，即使亲如母子，一个人也不会看清另一个人的身体里蕴藏着多么强烈的热望与野心、迷惘与悔恨。

从北京回来以后，我们要准备离校了。我给林倩倩又写了一封信，希望她能给我家回信，或是去和李陆星谈谈。林倩倩走后，我们起初经常通信。她会向我们汇报新学校里的那些男生是怎么追她的，我们会拿她说的傻瓜们插科打诨。自从李陆星被抓后，林倩倩再给我们写信，我都没有回过。后来李陆星离开了学校，我给林倩倩写了封长信，在信上，除去是我诬陷了李陆星这点没提，我把整个事情的经过都告诉了她。从那天起，我就失去了她的消息。拍毕业照那天,站在人群里,我突然感觉心中一片荒芜,三年的高中,竟然没有一个朋友陪伴。我再想想李陆星此时此刻不知在干什么,更是觉得凄凉。人们正在像木偶一样被摄影师摆来摆去时,突然有两个男孩从邻班冲了出来,冲着我们大喊大叫。直到这两个脸色惨白的男生跑过我身边,我才听清楚他们在喊:

地震了!四川地震了!

那天我们没有拍成毕业照,大家掩饰不住内心的错愕和慌张。我浑浑噩噩地回到家,之后的一切都模糊了。我没心思复习,整天守在电视边旁。黑白色的都市废墟,模糊的惨叫与哭号令我心惊。我妈劝我少看电视,因为我太善良,容易做噩梦。我爸说,实在不行,我给你五百块钱,你去银行捐了吧。我知道,其实他们也受不了那天天上升的死亡数字。我爸我妈躲电视远远的,说什么话都窃窃私语,相敬如宾。世界也变安静了,无论去哪里,都听不到《北京欢迎你》了。

我发现,我似乎愿意沉浸在这样的悲伤里。因为只有如此宏观的悲伤才能让我忘记另一种具体的悲伤。忘记李陆星,忘记我带给他的伤害,忘记我自己的罪。这让我变得更加惊慌,觉得自己特别卑鄙。我深陷在这种矛盾里,一天天夜不能寐。

我和我爸要了五百块钱,去银行捐款。银行的工作人员对我说,手续费六十。我很诧异,给汶川捐款还要收钱?那工作人员不耐烦地说，这是手续费。我咬牙翻兜，交完手续费之后，我全身只剩两块钱了。

从银行出来，我感到非常压抑。天空晴朗，一块块岛屿般巨大的白云在远方缓缓滑过。大街上行人的步伐也很缓慢，那段时间，好像灾难让所有人都不那么着急了。人们突然注意到了生命不是越来越快、越来越高的比赛。它会死亡，也会悲伤地思考。

我想着这些，心里乱糟糟的。一声汽车喇叭的鸣响把我惊醒，我突然发现路上的车都停了下来，行人也都不走了。所有车辆都在鸣笛，刺得我耳膜生疼。我这才意识到这是2008年5月19日14点28分，大地震亡魂们的头七。我急忙站住，和那些伫立低头的同胞们在一起。我听到抽泣声，我惊讶地看到身边一个中年女人已经泪流满面。我感到非常震惊，那是我第一次有"祖国"的概念，我感到它正在遭遇重创。这时我看到这条大街上有两条人影在追逐，如此肃穆的时刻，这两个人在万物静止的悲伤中显得格外刺眼。

我看清了那两个人，前面跑的是我的朋友李陆星。我不敢相信我的眼睛，他的眼眶青紫，嘴角有血，一副被人暴揍过的样子。追他的是那个来学校找过他的混子王强，想起他手上的黑指甲油，我就浑身起鸡皮疙瘩。王强终于追上去，一脚踹倒了他。王强踹了李陆星几下，李陆星撞倒王强，站起来就跑。我没想到，李陆星会跑向我站立的方向，我就像是被人使了定身法一样

第十章　　179

不敢动，不敢叫他的名字。李陆星此时看清了是我，他愣了一下，折身向马路对面跑去。王强追逐着他，两人消失在了小巷里，只有王强的叫骂声隐隐传来。我感觉内心很痛苦。我知道，李陆星转变方向，只是因为他察觉到了我不想惹麻烦，却又不愿逃走，于是他替我做了选择。

人们还在为远去天国的亡灵鸣笛，却不知有一个少年在我们身边亡命逃亡。李陆星一定是惹了大麻烦，这让我非常担心，同时恨自己怎么胆小如鼠。我羞愧万分。

再次见到李陆星，是我回学校领高考志愿表的时候。老师问大家谁能给李陆星带一份，我举起了手。正好那段时间我脑海里总会浮现他在街头逃亡的场景，我迫切地想知道他过得怎么样。即使不能帮助他，我也要安慰他。

第二天，按照老师给我的地址，我找到了李陆星现在住的地方。那是一座黑乎乎的低矮平房，要是在大街上，没人会正眼看它。但它所在的地方特别邪乎，让我心里发毛。那小屋建在火葬场的角落，旁边就是一座煤山。我去的时候，正好刮大风，我吃了一嘴的煤渣。这让我心里特别恐慌，总觉得自己是吃了骨灰。

李陆星正在门口擦自行车，听到我叫他的名字，眯着眼睛看我，像是确认真假。我走到了他身边，李陆星特别高兴，几乎是跳一样地站起来。他拥抱我，怀抱充满了力量，像是一切苦难和折磨都不曾存在。他说,兄弟,你怎么样?我不敢说话,怕露出哭腔,只是拼命地点头。李陆星笑了。这么久没接触,和以前比,他变结实了,也变黑了,像个工人,或者说,变成了一个大人。我从书包里掏出一张纸,打开。我说,马头画像,我画好了。李陆星仔细端详着纸上的马头,发出阵阵惊叹。他小心翼翼收好画,对我说谢谢。我得意极了,挥挥手,表示这不算什么。其实,为画这幅马头,我整整三天没出门。

我把高考志愿表交给他,他冲我挥挥拳头,军哥,咱们一定要好好考啊。为了避免无话可说,我假装着兴奋把学校里那些人发生的傻事一股脑地倾诉给他。李陆星不说话,也不笑。我有些不满,说星哥,你不觉得这些人还和以前一样傻吗?我看着他们,把笑憋在肚子里,快把我憋疯了。李陆星摇摇头,只是笑,似乎在笑我仍是个顽童。我突然觉得,他虽没走到那群傻瓜里,却也离我越来越远了。明明是我推开了他,这变化更令我难过。我有些后悔来找他了。我只好说,你的头疼好点了吗?李陆星笑笑,在吃药,没事。我说,你怎么住在这个地方了?他说,这是我爸好朋友的家。他失踪以后,我就只好投靠他了。我说,那天王强怎么在追你?李陆星脸上的笑容凝结了。这时那小屋的门开了,一个矮胖子走了出来,他全身上下好像没有一处不是圆的,五官、四肢都是肉嘟嘟的,慈眉善目,脸上有笑,极其像前几年春晚上被人忽悠着买拐的那个伙夫。李陆星给我们做了介绍,他就是这里的主人,李森海的好朋友刘大河。我说,刘叔叔好。刘大河说,有朋友好。中午别走了,吃火锅。

刘大河出去买了两斤羊肉片,一颗白菜和一块豆腐。那个中午,我们在小屋里吃了一顿非常简单的火锅,但我内心却感到十分温暖与舒适。一来是因为我和李陆星说了很多话,几乎像是发泄般地倾诉,我有很长时间没说这么多了。二是因为刘大河。他只吃白菜,把肉片和豆腐留给我们。无论李陆星说什么,他都是赞许点头。我能看出来,他是个好人,会对李陆星很好。比起那个李森海,我觉得刘大河更配当李陆星的父亲。我注意到,这间小小的屋子里有三张床,我说,还有一个人吗?刘大河笑笑,不说话。刘大河问我父母是干吗的,当我告诉他我父亲的名字时,刘大河的脸色一下变得黯淡。他说,哦,我和老张还有老李都是战友。你和你爸说说,做人不能那么操蛋,都是有子女的人,要给子孙积德,赶紧把欠老李的钱还了吧?刘大河的话让我瞬间没了胃口,只能尴尬放下筷子,点头不是,摇头也不是。

吃完饭,李陆星送我出去。在路上李陆星说,你别太在意刘叔叔的话。1972年那场大火,我爸救了两个人。一个是你爸,另一个就是他。从那之后,刘叔就跟着我爸,他是我爸最好的兄弟。

我苦笑,说自己不会生气。刘大河说得有道理。在心里,我想想刘大河,再想想我自己干的那些操蛋事,恨不得地上长出条缝来让我钻进去。我本来想问问李陆星,被警察抓走后究竟遭遇了什么。但看着他脸上还没好利索的伤,我把话咽到了肚子里。我俩聊起了那次乒乓球赛,他说你为什么要弃权,太可惜了。我说,你不在,我觉得挺没意思。他笑,后悔吗?我点点头,说实话,后悔。

我和李陆星分手后,心情好了很多,吃饭都比以前香了。我想是因为我看到他抵御住了灾难,他的生活仍将继续,且充满希望。离高考不剩几天,我准备突击复习。临阵磨枪,不快也光。没想到有天晚上李陆星又给我打来电话,约我晚上去球馆。我本以为再见他得是高考后了。我问他,去干啥?他说,去了就知道了。

我到球馆的时候,李陆星已经到了,还有个小矮个和他聊天。我走近了才认出来,那是金市二中的乒乓球队主将杨小苗,我们那场球赛最后的总冠军。我说,你怎么来了?杨小苗苦笑,没办法,谁让陆星是我小学时候的同桌呢。原来,李陆星求杨小苗再和我俩比一场,就当参加那场我们抱憾缺席的比赛了。无论结果怎样,上高中时的这点念想可以就此结束。我说,胡闹。李陆星说,你就说你来不来吧。

我和杨小苗的比赛很快就结束了。也许是因为我内心的压抑终于释放了,我的攻势非常凶猛,打得杨小苗直叫唤:不是友谊赛吗？比赛是标准赛制，最终我4比0赢了杨小苗。杨小苗把拍子扔案子上，再怎么我也是冠军，不陪你们发疯了，告辞。

决赛在我和李陆星之间举行，比分咬得很紧，一直打到第七局，我手都哆嗦了。最终的赛点被李陆星拿下了，他哈哈大笑着扔下球拍，抱住了我。我也和他紧紧拥抱着。我说，恭喜你获得全国冠军！他说，开心了吗军哥，以后不要再为这事后悔了。我一时愕然，本来以为自己偷偷放水，是为了哄他高兴。可闹了半天，这场比赛还是为我准备的。我说真傻逼，这事有什么意义，咱们不在家好好复习。李陆星说，高考还能重来，这比赛错过了你一辈子都不踏实。我说，这和你又有什么关系？说不定高考完咱俩这辈子都不会再见面了。李陆星笑嘻嘻说不会的，你说过，我们是最好的朋友。所以我一定要为你这样拼一场。

李陆星从球台下抽出两块板砖，一块写着冠军一块写着亚军。他把亚军板砖塞给了我，我宣布，张军获得全国亚军。然后，他催促我，轮到你给我颁奖了。我说，咱俩真够傻逼的。李陆星说，别废话，赶快。我把冠军板砖塞到他怀里，正色道，恭喜李陆星先生获得全国冠军，制霸中国！

李陆星挥舞着他手中的板砖，笑容灿烂，似乎他的面前是千万观众和无数镜头。虽然他手里的奖杯是块砖头，但在我眼里，那是世界上最高贵的精神凝固成的宝石。

我送李陆星回家，一路有说有笑，我很久都没这么快乐了，脚下像是踩着云彩。快到他家的时候，李陆星却突然拉住了我，我刚想问他，他却示意我不要说话，把我推到了煤堆后面。顺着他的目光，我看到王强正和几个人把刘大河推到门外，刘大河双手颤抖着和他解释着什么。看着刘大河可怜的样子，我突然想起了李森海、林生虎和我的父亲。我们这一代的父辈，无论贫穷还是富有，都有着相同的苦闷表情，像是失散的难兄难弟。

王强突然一拳砸在刘大河的脸上，将他击倒在地上。几个人围上去对他拳打脚踢。我想让李陆星报警，却看到他脸色苍白，泪水在眼眶里打转。我把这话吞进了肚子里。我跟着李陆星，蹑手蹑脚地溜出了火葬场。

我们在街边找到了一个电话亭，李陆星说要赶紧和他爸联系。他不断地拨打电话，可李森海就是不接。他挂上了电话筒，脸上像挂了一层霜。李陆星说，你回家吧。我说，你呢？李陆星说，我得回去。我说，那不是扯淡吗？他们找的就是你。李陆星说，可是刘叔……我说，这事和他没关系，一会儿他们见没办法，就把刘叔放了。你回去，你俩都得遭大罪。李陆星想了想，说，那现在该去哪儿？我俩搜了搜自己的兜子，凑起来的钱都不够去旅店住一晚。我说，我们去沙漠吧。李陆星叹了口气，点头。

金市的西部是一望无际的大沙漠。这里的男孩女孩无处可去的时候，都会去沙漠。我们在那里打架，在那里恋爱。当中午太阳最烈的时候，沙漠会发出巨大的轰鸣，像是唱诗班在吟唱咏叹调。可我们去的时候是晚上，月光皎洁，天地间一片寂静。我们坐在沙丘下，在李陆星点燃的那堆篝火的映照下，我看到他面孔洁白，如同一只在这里已经活了亿万年的精灵。

一阵风吹过，我急忙用手捂住脸，以免沙子吹进嘴里。李陆星说，你知道吗？在古代，这里原本是世界上最大的喇嘛庙。每到中午，几万个喇嘛就会咏经诵佛。后来有一个小喇嘛和当地的女孩相爱了，天神非常愤怒，于是搬来了一座大沙漠，压在这喇嘛庙上，让喇嘛永世不见天日。每当中午时候，沙漠之所以会响，是喇嘛在做法事。我说，你这也太不科学了。沙子回响是因为沙砾运动，彼此摩擦发出了共鸣。这地理老师就讲过。李陆星笑，也许吧。你要想做个漫画家，还是得多听故事，不要太理科生思路了。

说到故事，我非常兴奋。我给李陆星讲了一个故事，名字叫《两颗雨滴》。我从它们如何孕育，如何面世讲起，一直讲到它们穿越了千百世，轮回了千百次，最后又变回雨云里的两颗雨滴结束。李陆星听得很入神，我讲完以后，他都抹了抹眼泪。我心中暗喜，知道这事成了。李陆星说，这个故事太美了。你一定要把它画出来。不！现在没人看书了。你该去拍电影，拍动画片，像《天空之城》，像宫崎骏一样。我笑道，别做梦了，我这样的人能拍电影？李陆星握着我的手说，我相信你。只要你努力，绝对能拍出最了不起的动画片。我说，如果这是真的，你会去看吗？李陆星说，不管在何时，在何地，不管我会变成什么样，我会请所有我认识的人进电影院，告诉他们，这是我好朋友拍的电影。我被他的严肃震住了，正色道，我发誓，就算天崩地裂，人类绝迹，我也要把这部动画片拍出来。

我们醒来的时候已经是上午，篝火熄灭了，阳光刺眼。回到刘大河家，李陆星推开门，我看到一个比我们大一点的女孩正站在屋子里抹眼泪，她个子很高，气质有些像电影里的女侠。她好奇地看着我。李陆星说，刘叔呢？女孩说，没事。你爸呢？李陆星摇头，还是联系不上。李陆星想说什么，女孩却似乎怕我听到他们的交谈，没说话，低头走出了小屋。李陆星看我一眼，走了出去，两人嘀咕一阵。那女孩冲我说，你先回去吧。我本来就有些生气，李陆星和这女孩似乎很亲密，现在又要赶我走，似乎我是一个多余的人。我看李陆星，李陆星说，军哥，回去吧。我觉得自己受到了羞辱，点点头，什么都不想再说，走出了小屋。

我走出去了很远，回头看，李陆星和那女孩还在交谈，他根本没在意我已经走远，更不在乎我生气了。我突然想到那小屋里有三张床，也许有张床属于这个女孩呢？刘大河和李森海是好朋友，那他俩就是青梅竹马。我终于明白李陆星为什么拒绝林倩倩了，还和我说了那么多大道理。我一直把李陆星当最好的朋友，可却从来不知道他的生活里还有这么重要的一个人。我突然感觉非常失落,以至于回家时在那原本很熟悉的街道上,竟然迷路了。

2008年6月7日,我在考场门口又遇到了李陆星。当时校门打开,考生们蜂拥而入,奔向各自的考场,各自的命运。我早就吓得小腿肚子转筋,被人群裹挟着,晕头涨脑地向前。一直说高考,等它终于在眼前了我才明白这事不是闹着玩的。我在考场坐定,这时有人从身后拍了下我肩膀,我回头,他在冲我笑。李陆星说,军哥,那天真不好意思。我赶紧摇手,别说话别说话,多说两句我刚背好的题就又忘了。李陆星哭笑不得。我说,星哥,咱们都好好考。等结束了,咱们就能换个活法了。李陆星点点头,一枚粉笔砸在了我脑门上,监考老师怒喝,那两名考生再说话就出去!

第一门考语文。也许是因为好朋友坐在我后面,我犹如神助,超水平发挥,还押对了最后的那道作文题。写完最后一个字,放下笔,我长出了一口气。如果这份运气能持续到高考结束,也许我也能上个二本啊。交卷的时候,我看李陆星的神色也很好,就知道他考得也不错。我俩交谈着,一起走出校门,我爸我妈在等我。李陆星说,军哥,下午咱们继续加油。我拥抱了他,万语千言,尽在不言中。

到了下午，我到的时候，李陆星的桌子上空空的。我本以为他一会儿就会来，没想到考试铃响起，李陆星竟然还是没有出现。我的心狂跳着，恨不得一脚把李陆星踢进考场。要知道，迟到一分钟，可能成绩就少三分。我顾不上看试卷了，只是在心中祈祷李陆星快赶到考场。十五分钟后，李陆星还是没有出现。我绝望了，他的高考毁了。我的眼泪扑簌簌掉在考卷上，上午明明他还和我约定，要好好考试。下午怎么就消失了？时间一到，我没有心情再答题，匆匆交了卷，离开了考场。

当我赶到刘大河家的时候，我惊呆了。那处小屋里已是空空如也。三张小床不见了，锅碗瓢盆不见了，窗户和大门敞开，没有一点人的味道。小屋里干净得像是从没有人在这里居住过，犄角旮旯没有一粒灰尘。我找不到任何人类存在过的痕迹。我想起王强凶残的样子，心里害怕极了，李陆星一定是被他们抓走了。

我找遍了火葬场的每个角落，大声呼喊着李陆星的名字，没有回应，只有回声。大烟囱里白烟袅袅，晴空万里，却有雨点飘落。淅淅沥沥，太阳雨中，此处的一切都很巨大，很神秘。我感到无比孤单。

李陆星不但毁掉了他的高考，也毁掉了我的。剩下的两门考试我都不知道自己是怎么熬过来的，都是半小时时间一到我就交了卷。我妈知道了我自毁前程，那些天一直哭哭啼啼。说实话我

第十章 189

很羡慕她，至少她有个发泄的途径。我想哭都哭不出来。那些天我走遍了金市的每条街道，去寻找我最后的朋友李陆星，却总是无功而返。李陆星失踪了，生死未卜，我总觉得这事和我有关系，可我无法和任何人倾诉。

那些日子，我耳机里不断放着麦当娜最爱听的那首歌。因为我发现我那么热爱李陆星却没有一张和他的合影。《天空之城》是他在我生活中唯一存在过的证据。后来我放弃了寻找李陆星，只是不想在家待着，成天在马路上闲逛。

2008年的夏天，还发生了另一件事：麦当娜的老公被释放了，经查明，他是无辜的。警察林野在继续调查麦当娜一案的过程中因为过度疲惫，心梗牺牲了。也有人说，他是把麦当娜老公屈打成招，后来这事败露，林野上吊死在了自己公安局的办公室里。这件事在金市着实热闹了两天，但很快就是奥运会开幕，谁都不关心这事了。

2008年8月8日，万人空巷，人们都去看奥运会了，全世界好像只有我在街上溜达。我脑海里都是李陆星和我在一起相处时的点点滴滴，此时此刻发生的事情，似乎和我再无半点关系。鬼使神差般，我走回了三中的校园。学校里已经空了，林荫道上寂静无声。在家属院的一号楼门口，我看到了陈诺。他和我一样蓬头垢面，嘴唇干裂，好像这个大家盼了十多年的大日子跟我们一点关系没有。他说，你没看开幕式？我说，你不也没看吗？你还在查？他点点头，老林死了。我说，我听说了，节哀啊。他说，老林是我师傅，他死在这案子上了，我必须抓住那个凶手。这关系，你懂吗？

陈诺说这话的时候，并不像是在和我说，而是像在和自己说，宽自己的心。我眼眶有些湿润地说，我懂。我说这话的时候，也不是在和他说，是在和自己说。

从学校出来，我感觉自己累了，走不动了。我钻进了学校对面的一个录像厅，找了个小包间。老板问我看什么，番号告诉他就行，片子全。我说，我想看宫崎骏的《天空之城》。老板点头，瞥了我一眼，眼神里写满奇怪，像是在看一个怪物。

看这部动画片的时候，我难以自控，抽泣了起来。我哭得越来越伤心，到最后泪流满面。动画片里那个少年，我觉得特别像李陆星。我想起我对李陆星发过的誓，心中突然清楚自己该去做什么了。二十年来，我从没有过一刻像那个瞬间般强烈地想去做一件事。

我决定去拍这部关于两颗雨滴的电影。无论天崩地裂，沧海桑田。未来，只要李陆星走进电影院，他就一定会去看。只要这部电影存在，我和他就共同处于一个世界里。就像奥运会的那句口号：同一个世界，同一个梦想。

第十一章

    2021年2月18日，我走在去往金市花维娜大酒店的路上。那天很热，我身上发了微微的汗，好像塑料袋凝固在空气中，让我呼吸有点困难，步伐也变得迟缓了。这是老毛病，九年前的那场车祸落下的病根，有时会突然这样全身发木，觉得四周是暗夜中的大海，自己是溺水之人，无依无靠，随时可能沉入意识深渊。但我还好，无论怎样，我内心都残存一丝念头，活下去就有希望。这念头虽然渺小，但像一缕阳光，每次都能照亮我的回魂路。我和没这种体验的人说这些，他们都觉得是车祸把我给吓的。照林总的话说，鬼门关里回来的人，思想闹点小躁郁是可以原谅的。但我觉得车祸只是一个开关，打开了我心里很多尘封已久的事物，它们在那一刻像华北平原上绵延千里的太行山般雄壮巍峨，让我心生恐惧，意识到似乎自己永远都无法战胜它们。

    我去花维娜酒店参加一场聚会，春节小长假结束了。据统计，中国电影市场的春节档票房再创新高，突破78亿。小琪姐的公司在其中两部反响不错的片子里有一点投资份额，应该是赚了不少。给我打电话的时候，她的声调显得兴高采烈。我对去参加电影圈的聚会本来还显得有些犹豫，我是一个上班的人。电影艺术也好，78亿票房也罢，我觉得离我太远了，完全两个世界。小琪姐说，张军你就过来吧，都是以前一起工作的老战友。我想想，现在的张军不是以前的张军了，以前那个张军的敌人，说不定还能成为现在的朋友。金市是个小地方，多个朋友多条路。想到这些，我的步履又轻快了起来。

我走过金南广场，喷泉正在随着德德玛版《美丽的草原我的家》往几百米高的上空喷射水柱，嬉戏的孩子们虽然被宽大的口罩遮住面目，但还是发出了一阵阵虫鸣般的欢叫。那尊巨大的佛像还矗立于此，慈悲地望着世人。那半边曾经残缺的身体如今已被修复完善，法相庄严。我脑海里突然飘过一个问题，它怎么不戴口罩呢？

过去的太阳城，过去的故事就像那些再也无法兑现的白条一样，人们如今都忘了。这里已变成金市最大的购物娱乐中心——金南广场。大佛脚下就是日用百货。林总真是一个了不起的人，谁能想到这片破地会重新振作起来，变成今天的繁华模样？2012年，所有人都以为太阳城完了，金市也完了。可如今的金南广场却变得比往日的太阳城还繁华。金市比任何时候都有活力。完蛋的只有种种不堪的回忆。

2014年的时候，我基本已经走投无路。车祸的后遗症让我完全无法像同龄人一样在社会上勇敢打拼，更别提拍电影了。每到命运的关键时刻，剧烈的头痛就会把我击倒在地。一个偶然的机会，我进入了林海集团。那时宣传部只有两个老笔杆子，是金市的闲散文人。林总把两人招进来，每周出一份集团内部的简报。那两位特别会混事，简报上看似琳琅满目，其实就是复制粘贴。每周的新闻就是林总在各下级单位视察讲话。我来了之后翻阅大量资料，发现林总真是很了不起，是金市的骄傲。尤其是2012年之后，民间借贷和房地产垮台，所有人都认为他完蛋了。他却独辟蹊径，发现在金市的沙漠里种树大有文章可做。于是他把自己仅有的一小部分钱全换成了树苗，带着家人一头扎进了金市的环保领域。这十年来金市的荒漠被他变成了森林，草原和湖泊。林海集团也因此从房地产和能源企业变成了高科技生态环保企业，林总的身价涨了几十倍。他在那片绿地中专门留了一片沙漠，每年都举行金市国际治沙环保论坛，邀请各国的世界级名人来金市做客。有时看着他和那些只有在电视上才能见到的外国人讨论环境对人类生存的影响，我心里也会恍惚，林总会怎么看当年要在商品房旁边立一座大金佛的自己呢？他会觉得自己荒唐吗？

我在集团，不敢说鞠躬尽瘁，也是兢兢业业。我架构了网站，为集团申请了微博和公众号，专门用来讲述林总在治沙过程中的传奇故事，并且每周拍一则关于集团内部趣事的小视频，主要关于企业精神和集团年轻人、老员工这两部分人群的风貌。这些内容无论是在社会上，还是在集团内部都获得了广泛的关注与好评。那段时间很辛苦，有次我正在拍摄公司领导班子种树的时候眼一黑，头朝下晕死过去，还摔断了两颗牙齿。后来林总专门见了我，当得知我妈就是刘向红的时候，他拍了拍我肩膀。他说，我和他们讲过，干事业还是得自己家孩子。从那天之后，我成了宣传部长。我干的第一件事就是把那两个只知道混事还给年轻人使绊子的老家伙开掉了，从他俩身上，我明白了什么叫为老不尊。

  林总从不让我们的宣传片出现5秒钟以上的长镜头。有次他问我，故事是什么？我说，用隐喻的方式记录人心。他说，扯淡。难怪你搞专业搞那么失败。人的记忆比鱼还短，只有5秒。新冠那时多可怕，现在大家不也该干吗干吗。你要用故事提醒别人记住什么，这违背人的天性，只会引起人的不快。我说，那故事是什么？林总说，是幻觉啊。给人提供快乐的幻觉。用一个个瞬间堆积起来的幻象，让人更快地忘记现实。人其实连五秒钟之内的事都只想逃避。

  故事是记忆，那都是以前的张军心里狗屁不通的理念。现在要让我说，我觉得林总说得很有道理，这些年，大家都变现实了，不再怀念那些百万豪车，但也不会为那些烂债耿耿于怀。尤其是疫情之后，活在当下重新再来才是人生真谛。否则电影票房又凭什么这么高呢？

小琪姐组织的聚会非常热闹,我遇到了两个目前很成功的导演,还有几位都是参与了大卖电影的主创,他们都是我当年的战友。酒喝得很尽兴,关于往日,说的都是动情的傻话。关于当下行业怎么发展,也共享了宝贵的信息。没人喝多,大家都是一副成功人士的嘴脸。快散的时候,一个哥们儿说,张军你就打算这么着一辈子了?我笑着,不知道该说什么。小琪姐说,人张军现在多好啊,林海集团的宣传部长,旱涝保收。现在一年得一百个吧?我说,这几年哪行都不好干。年薪也就五十,但好在还有提成。小琪姐说,那还要啥自行车啊。那哥们儿摇摇头说,没劲儿。我还记得你那个《两颗雨滴》,真不错。你还拍吗?不拍给我得了。我给你片头挂个原创故事。我笑着说,电影啊,两颗雨滴啊,我听着都是上辈子的事了,你想要就拿去。那哥们儿眯着眼说,真的?你以前是咱们这群人里拍电影的劲头最足的啊。我点头,真的,这些事早忘光了,和我没关系。

不知道为什么,我们的这番对话让场面冷了下来,没人说话,都看着我,我一时有点尴尬。小琪姐端起酒杯笑,你这病真好啊!我也想得!把不开心的事都忘了。众人起身,我也端起酒杯,把杯中酒一饮而尽。吃完饭,我们找了个夜总会续第二摊,小琪姐在包厢里喝多了,原形毕露,拎着个骨瘦如柴的兼职男学生一遍又一遍地唱《爱江山更爱美人》。这些年,小琪姐结了婚又离了婚,动不动就说自己看透了男人,都是王八蛋。最爱干的事情就是跑到有牛郎的歌厅夜总会逗那帮小白脸。我遥想当年，小琪姐一接到心动男生的电话就兴奋得像得了花痴病，真是已经换了新样貌。来呀来个酒啊不醉不罢休，东边我的美人西边黄河流。小琪姐歌声非常悲凉，颇有种在男女这方面高处不胜寒的质地了。

我骗了他们。那场车祸后，因为要吃药的关系，我的脑子是有点不对劲。好多本该隐瞒在记忆最深处的事偏偏像怒潮一样时时拍打心头，让我夜夜难眠。也有好多事我本应该记得，但我却真的忘了。或者说，真提不起兴趣再去弄明白了。明白了又能怎么样？人的记忆只有五秒。五秒之前的事情只会让人不快乐。

2012年的车祸以后，我在ICU昏迷了八天才醒过来。得知的第一件事特别滑稽：事故起因纯属意外，当时那个卡车司机为了赶时间，四天四夜没合眼，疲劳驾驶导致卡车翻车，压在了我的陆地巡洋舰上，造成一死一伤的严重后果。我得知的第二件事让我非常诧异：那个说自己知道是谁杀了麦当娜的人，也就是这起事故中被压成肉饼的人，竟然是三中的校长秘书，也是我的高中同学周旭。这事我想了三天，主要是我回忆他在与我重逢后的点点滴滴。我发现，他一个重点中学的校长秘书主动来和我一个不入流的野鸡导演借火，以及后来一次次组织同学聚会，是有意地在接近我，观察我。周旭的友善分明是在提醒我，他对我有话要说。我奇怪他为什么不把秘密告诉警察，为什么偏偏要告诉我？但说什么都为时已晚，这个秘密和周旭的心事都跟着他的生命灰飞烟灭了。有时我会想起这个老同学，他的黝黑面孔，他的五短身材，他那一直给林倩倩做小弟的高中生涯，他成为校长秘书后那个爱用公款去夜总会唱歌的爱好，无一不在解释这四个字：凡夫俗子。可就是这个凡夫俗子，给了我生命最神奇的一记重创，差点要了我的命。即使这样，我仍然看不清他的目的，那个目的才是他真正的面貌。事实上，我越来越觉得在这世上我能看清的东西已经非常少了，简直屈指可数。我离中年越来越近，现在好像明白了一件事，所谓"四十不惑"，不是没有困惑，而是不再自寻烦恼，见不到的人做不到的事再也不执着了。

再后来，我在医院里躺了半年，白巧天天守在病床前。以至于护士们都说，你要是对不起你女朋友，不会有好下场的。我问过白巧，你赖在我这儿算怎么回事。白巧可怜兮兮地说，我也没地方去。那个时刻，我发现白巧和我一样，看似满身利刺，其实只是和我一样看不清这世界，无法信任这看不清的世界。那一刻，我有种直觉，这辈子，只能是我俩相依为命。

白巧给我找来好多书解闷。其中有本书叫《万寿寺》，是本神神叨叨的小说，我只看了个开头：

莫迪阿诺在《暗店街》里写道："我的过去一片朦胧……"

这本书就放在窗台上,是本小册子,黑黄两色的封面,纸很糙,清晨微红色的阳光正照在它身上。病房里住了很多病人,不知它是谁的。我观察了很久,觉得它像是件无主之物,把它拿到手里来看;但心中惕惕,随时准备把它还回去。过了很久也没人来要,我就把它据为己有。过了一会儿,我才猛然领悟到:这本书原来是我的。这世界上原来还有属于我的东西——说起来平淡无奇,但我确实没想到。病房里弥漫着水果味、米饭味、汗臭味,还有煮熟的芹菜味。在这个拥挤、闭塞、气味很坏的地方,我迎来了黎明。我的过去一片朦胧……

就是这短短的一个开头,我读起来毛骨悚然,这就是在写我。我感觉好像有个人穿越了时间和空间,一边从我头顶的天空中看着我,一边把我的丑态与罪恶都记了下来,写成了小说。然后他摆弄种种机缘,让我看到了这本书。我的恍惚、健忘与突然的呼吸困难就是从那一刻开始的。我赶忙合上这本书,压到枕头下,再也没敢打开来。不看书的时候,我会翻出那张挂件的照片翻看,我想象它是这世上的任何事物,可我明白这些答案统统都是错误。直到现在,我仍然不明白那究竟是什么鬼玩意。

出院之后,我去的第一个地方就是李陆星暂居的马场,半年没有联系,我迫切地想知道他过得怎么样了。还有2008年他为什么没参加高考,为什么不告而别。他曾经对我说过,他会揭开这个谜底。可我没想到,李陆星已经离开了马场,他走的日子就是我出车祸那天。伴随李陆星消失的还有那个叫刘娟的女人,以及他驯服的野马亨特。我去找过马场的老板郑力,可他还没修够他那不许说话的苦禅,只是眨巴着他好看的双眼皮,眼神里都是讥讽的笑意。他身上的麝香味道比以前更浓了,站在他身边,我打了两个喷嚏。

2012年的时候,林生虎的资金链断了,我妈也随之破产。我家在北京和海南的十几套房子都被收走了。我记得我和我妈去办手续的时候,我妈站在空荡荡的客厅里对我说,以前那些豪情壮志,好像是一场梦。可现在明明已经醒了,妈妈还是摸不清头绪。我苦笑,只能紧紧搂着她。我没有钱,这是我唯一能作出的安慰。我妈藏在那套城郊的毛坯房里躲债,一藏就是三年。她也不敢出屋门,有段时间话都说不利索了。我和我爸轮流去给她送吃的。有次我给她带了两本金刚经,过了一阵,我妈眼里也有光了,语言表达也正常了,只不过变得经常把那些五迷三道的词汇挂在嘴边。后来债主逼得紧,我父母离了婚。我妈去了林海集团在沙漠里的一个生态养殖基地,像个农民一样苦守着沙漠养兔子,种沙柳。我想那些还在苦苦寻找我妈的债主肯定想不到,这个脸晒得黢黑,像块风干枯木的老农妇,就是当年那个开奥迪盖电厂的女人。人们说我妈经常十天半个月都不说一句话。我从她的眼神里能看出来，以前她是害怕人，如今则是对人之间的事彻底厌恶了。再想想2008年时那个高朋满座的女人，我就感到无比的心酸。以至于我爸妈离婚以后，我说不清他们是玩真的还是躲债。两人还经常见一面。我也参加过他们的聚会。为了躲避债主，碰面地点搞得非常有想象力，比如新楼盘的样板间，或者电影院的放映厅。可是这两人一见面就掐，每次没说几句就要拿刀杀了对方。

我问过我爸，见不了要不就别见了呗。我爸说，我只剩下你妈，你妈也只剩下我。我说，你们不是还有我吗？我爸说，你总会属于别人。我们聊这些的时候，我爸看着我，两眼无神，好像我已经披上了他实验成功的隐身衣，消失不见了。我爸和我妈离婚之后，有段时间无所事事，每天都计划着要组织以前的兵团战友聚会，去当年他们知青插队的山上忆苦思甜。每次他穿上那身绿军装照镜子时都会痛骂，当年不是人过的日子。我很不明白既然不舒服，为什么还要回忆。为什么不能像我一样，就活在此时此刻，努力工作，帮我妈还债。后来，我爸大概也觉得这样自虐挺无聊的，就不再参加这样的聚会。他找出了2008年时的那些图纸和材料，又继续研究他的隐身衣。这十多年的时间，在我爸的身上像个圆圈。只不过这圈落到他脚上的地面时，他的头发已经灰白了。

2017年，白巧和我结婚了。我惊讶地发现，几乎就是在一瞬间，白巧就忘记了之前那些斯基与琳娜，那些深刻拗口的诗句，还有目睹父亲暴死时的恐惧，以及失踪的李峰。她变得温柔和世俗，更在乎我有没有什么骚货网友，每周查两遍手机，以及哪个牌子的尿布不会红屁股。因为她怀孕了。我没有想到母性对一个女人的改造比地壳运动还剧烈。曾经那个极其没有安全感，总是跟在我屁股后面的少女不见了，取而代之的是一个为了宝宝不吸二手烟可以和满满一电梯金链汉子咆哮的母亲。

白巧偶尔看以前自己写的诗，会红着脸问我，我是不是挺傻逼的。但她更在乎人，不是太在乎钱的这个优点，我想还是和诗歌脱不开关系。2020年，我们的宝宝诞生了，是个男孩。我给他取名叫张不想，这是我对我儿子人生最好的祝福。

张不想的到来对我们改变很多，刚结婚的时候，我俩偶尔还会聊起2012年的那起连环杀人案，聊起李峰、张桥还有赵小平这三个死不见尸的男人。聊到睡不着觉的时候，我们还会找出那张挂件的照片，猜测它究竟是什么，戴着这个挂件的男人究竟是谁。为什么要杀这个人。后来，有了张不想，我们就想不起来这些事了。没有什么比生命的延续更重要。

今年过春节前，我给我妈还完了最后一笔债。我去沙漠里找她，告诉我妈，她自由了，再也不用躲在沙漠里了。我妈却摇头，不愿回家。她说人间是苦海，林木里藏着慈悲。

我意识到坏了，她佛经读过头了。但我顾不上管她。我安慰自己，人活一世，开心自由最重要。每天在林子里种种树，呼吸新鲜空气，是一件好事。我之所以管不了我妈，是因为白巧新年那两天去检查，她又怀了二胎，秋天的时候我就要有老二了。我给老二取名张不说。不想不说，像对亲人的名字。

我想到这两个名字，是因为去年老大张不想出生，我要把家里以前我的房间改造成婴儿房。正在折腾的时候，突然有个人来我家，是周旭的老婆。

她交给我一封信，说是封控在家期间，她实在闲得无聊，翻腾以前的东西，无意间在周旭的鞋盒里找到的。信封上指明让我亲启，所以她没拆，转交给我，也算是帮亡夫完成一件心愿。

我拆了这封幽灵来信，周旭在信里还是叫我亲爱的老同学，和他生前一样。他说，他这辈子完全没想到，会和我有联系，甚至还会给我写一封信。我心里暗想，我何尝不这么觉得呢。周旭说，关于这个秘密，他实在不知道该当面说，还是该写这封信。他不知道自己有没有面对我的勇气。我跳了几行，看了看落款日期，是在我们出事前一个礼拜。看来没过几天，他还是找到了勇气，决定与我见面。周旭胡闹一辈子，最后算是个爷们儿。

2007年6月13日上午十一点十七分，正好是我们上午最后一节课的时候，周旭向林倩倩第四次表白，被拒绝了。他十分伤心，于是逃了这节课。他的烟酒藏在这栋楼的楼梯间储藏室里。人们都上班去了，周旭在寂静的楼道里坐着，抽烟喝酒，用尼古丁与酒精抚慰被苦恋伤透的心。这时，他听到匆忙的脚步声，是男人的皮鞋鞋跟。周旭回头，看到一个男人正匆匆跑下楼，阳光打在周旭眼睛上，他看不清那男人的长相，只看到那人光着上身，腹部有一道伤疤，血已经止住，像干枯的眼睛。男人用手里的T恤捂住腹部。周旭吓傻了，男人撞倒他，跑出了这栋楼。

周旭在信里写道，我对林倩倩的苦恋，世人皆知。林倩倩这次拒绝我以后，我实在痛苦万分，恨不得从楼上跳下去。我实在无法想象没有林倩倩的生活，无法想象林倩倩在别人身下呻吟的模样。我那时只有一个念头，宁愿在林倩倩最完美的时候毁掉，也不愿她变成一个普通女人。怀揣这种念头，我浑浑噩噩回到学校。当我知道麦当娜死了以后，我向警察写匿名信举报了林倩倩，说自己见过林倩倩案发前去找过麦当娜。信寄出去以后，我才感到害怕。林倩倩被警察抓走后，我明白玩笑开大了，可也只能在夜里钻进被窝以泪洗面。

周旭还说，多亏你和李陆星，帮林倩倩洗清了冤屈。这件事，在我的心里埋了五六年。每次照镜子的时候，我都觉得自己差点意思，好像一点没成长，一直是高中时的那个傻逼。这件事把我困住了。我似乎听到镜子里的那个我对自己的嘲笑，你现在明白为什么林倩倩不选择你了吧？有几次，我想把这件事告诉警察。可我没看到那个男人的长相。不过一道伤口，除了证明我是个傻逼，让我在三中混不下去，没有任何用处。我以为我会把这个秘密藏到死，直到我碰上了你。不知道为什么，你在我的生命里出现的意义，好像就是为了这件事。我欠了别人一千多万，这辈子肯定完了。我已走到人生的尽头，心里觉得一定要告诉你……

我不看了，把信合好，放进信封。此时何时？此地何地？剧烈的头痛侵袭我，令我魂飞魄散意识模糊。以前的人以前的事情像鬼魂一样从地面升起，在我眼前变成一团荧光浓雾。周旭老婆问我，信上写了什么。这个问题将我拽回现实，视线中天地一点点清晰。我不说话，就是笑。我观察周旭老婆，她的鬓角有了几缕白发，衣服也是过时的款式。周旭死后，他老婆一定过得一般。我说，催债，以前我欠周旭三万块钱。周旭老婆的眼睛亮了，我俩下楼，我从银行取了五万，拿信封揣给她。我说，我和周旭两清了。

我回到家，独自一人把这封信又看了几遍，想起了好多事，头隐隐作痛，好像又被卡车撞了一遍。那晚我整宿没睡，听白巧存在台式机里的音乐。都没唱，纯是吉他演奏曲，听得我脑袋发懵。天亮的时候，白巧在抽屉里翻出一块板砖，上面写着"亚军张军"。白巧问我，这什么玩意，重要吗？我想了想，觉得这个房间已经很拥挤了，它要在，可能会砸着宝宝。我从白巧手里接

第十一章　　205

过这块板砖,扔出了门。

那一刻,我心想,"不想"和"不说"这两个名字太好了。我生命里的苦恼都是因为想得太多,说得太多。李陆星的事,麦当娜的事,我实在是不愿去想,不愿去说了。我想算了吧,这些事和我一个上班的人有什么关系呢?上班不是拍电影,拍电影需要探究人物动机和情节逻辑,把一切弄得特明白。生活可不是这样,"难得糊涂"是关键。人只要五秒钟的记忆就足够了。不要去想,不要去说。

和我过去的那些糟心事相比,林海集团的宣传部长工作倒是不忙,也不复杂。说句实话,对我这个搞专业出身的人来说,都清闲得有些蛋疼。我的任务就是一天到晚跟在林生虎屁股后面,在他和各级领导握手的时候摄像和拍照。这事的难点在于尺度的把握,在最终面世的照片和视频上,林生虎不能比领导更威风和神气,但也不能在画面上丢了老板的气质,要保证他和领导一样的威风、神气和稳重。林生虎很满意我的工作,他总说,自己人的孩子干事就是认真。我点点头,笑笑。我知道,待在这些人物身边说得越多,错得也就越多。林生虎也很喜欢我的沉默。无论他去哪里,见什么人,总是带着我。我也由此成了人们眼中艳羡的对象,大家都说我是老板身边的红人,单位里甚至还有打扮得很好看的姑娘向我暗示好意,但我哪里顾得上,我是两个孩子的父亲了。

　　林生虎有个秘密,只有集团极少数的高层管理者和我知道。当年他在沙漠里种树的时候,遇到过一场黑风暴。他被风暴卷到高空,又落了下来,全身的骨头都摔断了。没有医院敢收他,大家都说林生虎必死无疑。后来,有人在沙漠里找到了一个土医,是个女的,叫"虹"。人们说,她能把中医蒙医和萨满法术融会贯通为人治病,非常有一套。虹看了现场后,告诉林生虎的家人,他惹怒了沙妖,这是沙妖的惩罚。她有办法让沙妖宽恕林生虎。家人们见林生虎奄奄一息,只得死马当成活马医。虹让人从金市运到沙漠里99棵参天大树,为了种活它们,林海集团可谓不惜一切代价。树木成林后,虹从医院把林生虎接了出来,运送到这森林的绿荫之下。虹用特质的支架固定好林生虎的身体,每天在他的身上涂抹用最好最贵的药材熬好的药膏,然后用牛大骨熬成的清汤将各种固骨生血的药丸喂进林生虎的嘴巴。每当林生虎吃药的时候,虹都会唱起金市沙漠萨满独特的招魂歌:

　　胡伊日,胡伊日(萨满咒语:huyirihuyiri)。
　　林生虎,快回来吧!
　　回到大树的身旁。
　　林荫的声音,在千里之外的你
　　能听到吗?

第十一章

树叶的声音，在万里之外的你

能听到吗？

就这样，虹守着林荫下林生虎那具已处在生死边缘的身体，整整九十九天。第一百天早上，虹的嗓子也彻底哑了。林生虎却睁开眼睛，一天天好转，最终活过来，健步如飞。死里逃生的林生虎从此就将虹当成了救命恩人和精神领袖。无论林海集团发生了什么事，林生虎第一件事就是请虹来他的私人会所，请求这位神奇的法师，请她为自己预测未来，占卜凶吉。2008年的时候，林倩倩就带我来过这里，现在铁栅栏后面的猴山中猴子更多了。我看足有三四百只。后来，虹说自己能够请神，把阴间的幽灵招到自己的身上，和在世的亲人们交流。林生虎就更加痴迷了，每周二、四的晚上雷打不动，都要通过虹和林倩倩的魂灵说话，为此花了不少钱。说实话，我从不信这些神神鬼鬼的歪门邪道，但林生虎非常思念林倩倩。她失踪的时间也是2008年，和李陆星前后脚。十多年了。林生虎只要想起女儿就把自己灌得酩酊大醉。外人看到他那模样一定不敢相信，曾经英俊的"金市费翔"，曾经不可一世的枭雄如今变成了一个不能控制自己的醉鬼，一个浑身打满钢钉和铁条的伤者。所以没有人劝他别信虹，花点钱就花点钱吧，就当买个心理安慰，总比酗酒强，谁让他是有钱人呢？

虹很高大，大概有两米，非常魁梧，我觉得有二百斤。每次穿上她那身法师行头，敲着大鼓施法请神的时候，我就想笑，因为我总会想起一头母牛跳探戈的样子。而且虹的法术很拙劣。别的法师招魂，神态动作都跟那死者复生一般惟妙惟肖。虹却是无论招来多少次张倩倩的灵魂，始终一个语调，像母牛挤奶般"哞哞"叫。有时林生虎也蒙了，说这法师不会是骗我吧。没人说话，我也不说话。在我心里，林总说什么都是对的。有一次我偷笑的时候，被虹发现了，她指着我问，张军，你笑什么？那一刻，据虹说，林倩倩已经附到了她身上，可我却连一点林倩倩当年的少女神态都看不到。我开玩笑地说，林同学，好久不见。虹冷笑道，好啊，林同学也是你叫的，你忘了初吻给了谁吗？

我的脑子"轰"的一下被炸了，思维短路，意识模糊。会所里那巨大猴山中的金猴们发出尖锐的笑声，像是在嘲笑我的幼稚。人们诧异地看着我。我瞪着虹，真觉得眼前这高大的女巫师身上妖气四溢，眼中满是鬼魅。这是我和林倩倩之间的秘密，只有我们两个人知道。我说，你究竟是谁。虹说，我是你不相信存在的那个人。自从那天起，我再也不敢小觑虹，觉得她是骗子。每次见到她，我都点头哈腰，避之不及，生怕林倩倩的幽灵再通过她抛出什么原子弹来。也是自从那天起，林生虎对我更好了，给我又加了一级工资，和一个月一万的招待费报销额度。我明白他在想什么，这个可怜的老父亲，认为通过讨好我，可以离他女儿的亡魂更近一些。

我参加完小琪姐的聚会之后，春节长假过去了，集团也正式开工。上天好像是为了给它的子民们今年一个好彩头，扫扫疫情的晦气，天气直线升温。我脱了棉袄和毛裤，换上了春装。万物都在春天里焕发生机，我也一样，父亲等待新生儿降临的喜悦，就像鲸鱼跃出海面般总是涌上心头。

又到一个周二，晚上是林生虎和虹的聚会。我赶到会所的时候，听到猴群总在尖叫，通往猴山的走廊里酒气弥漫。我早对这一幕见怪不怪，林总热爱生吃猴脑，并且要吃最新鲜的。每次都是让人从猴山里现抓一只，当时就开脑壳，拿筷子蘸酱油吃。每当林总大快朵颐的时候，那些猴子都在旁边看着尖叫。我从来没拍过林总和他的客人们吃猴脑，因为这是秘密。说实话我也不愿拍，这一幕多少有点血腥，不美。我走进大堂的时候，林总已经吃完饭了。人们把成箱的新鲜水果和烈酒扔到猴山里，这怒吼瞬间就消失了。每次都是这样，比起悲愤，猴更在乎抢夺食物和快乐。林总说人的记忆有五秒，猴大概也就两秒钟吧。

林总已经喝醉了，伏在桌子上，眼神涣散。我走过去，有人示意我不要说话，服务员给我端了把椅子，我坐在了圆桌边。原来此时虹已经请了林倩倩到自己身上，正在谴责林总当年对自己的冷漠。

附身在虹身上的林倩倩说，你还记得吗？我高二那年，你的生意对手带人来找你麻烦。林生虎面色铁青地点点头。林倩倩说，那时他们把你，还有我和林小虎绑到了沙漠里。说今天非要把咱家活埋一个人，让你挑。你竟然挑了我。林生虎突然一拍桌子，碟碗齐鸣。林倩倩的泪水在虹皱纹密布的脸上流淌，附身在虹身上的林倩倩说，你一直嫌我不是个男孩，但我始终觉得，你心里是爱我的。直到那一刻我才明白，你是真的希望我从这世上消失啊……

林生虎跪倒在她的脚下，念念叨叨，爸爸想你，爸爸错了，不该把你当男孩，拼命逼你。部下们想把老板拉起来，林生虎使劲挣扎，衬衣被撕裂了，上半身露出来。他很瘦，真不知道那些猴脑和珍馐都吃到了哪里。这时我头痛欲裂，感觉有人在用尖锐的冰锥刺我，心跳得快从胸腔里跳出来。因为我看到林生虎的前胸纹着一座菩萨，虽然遮挡得很严实，但我仍能看到他腹部有一道深深的伤疤。林生虎酒醒了，一把夺过自己的上衣，遮住了上身。我张大嘴巴傻乎乎地看着眼前，好像无知无觉。他的眼神像浸透着高压电一样扫视了众人一圈，确认没有异样之后小声说今天就到这吧。虹点头。林生虎匆匆离开了大厅，没和任何人告别。猴群隐于山石中，隐隐呜咽，像是在为麦当娜哭泣，在为我和李陆星被毁掉的青春哭泣。

我回到家里，白巧正在看侦探小说。这些年每当把不想哄上床睡觉以后，她都会找些这种玩意来看。这成了白巧变成妈妈之后唯一的爱好。我明白是为什么，她还没忘记2012年那起神秘的连环杀人案，废墟组成的密室里，尸体不翼而飞。白巧痴迷于各种侦探小说、推理电影和悬案论坛，似乎里面藏着这件事的答案。太阳城失踪案虽然没有其他那几宗外地发生的悬案一样引起全国网民的广泛讨论，但也是我这一代金市人在社交网络上津津乐道的谈资。我和她说了几句话，就躺到了床上。张不想正在睡觉，看着他无邪的脸庞，我感觉内心好像有人伸进去一只胳膊在里面搅和。过了一会儿，白巧察觉出来我状态不对，问我是不是有事。我说，没事，晚上我要给公司剪片子。我躲进书房，翻出了周旭2012年写给我的信，整宿没睡。我抽了两包烟，一遍遍看那封死者从死去的时间寄给我的信。

为什么就非得是林生虎，腹部有疤痕的人就一定是凶手吗？有钱人就一定有罪吗？这些问题缠绕着我，我百思不解。天亮的时候，我才明白，其实我从心里并不希望给我发工资的人杀了我暗恋的老师。我对自己说，那你可以放弃，不要查了。可我眼中总会浮现出李陆星的形象，他或微笑或沉默，他在球案边战胜我时的欢呼雀跃，他被烈火烧成黑洞的双眼。这些形象无穷无尽，像一万匹野马在我的心里穿行。似乎在提醒我，从我诬陷他的那一刻起，我就欠他一个真相，也欠自己一个真相。我这才明白，人劝自己忘记一个人的时候，其实是要把这个人记得更清晰。

隔了一天，周四晚上，我借口生病，没去参加林生虎和虹的聚会，而是戴上口罩开着车，守在会所门口。大概是夜里一点多的时候，聚会散了。虹开着林生虎送她的卡宴驶出了会所，我打着火踩油门跟了上去。卡宴一路向北，横穿整个金市。深夜寂静，春风呢喃，像是虹招魂时的咒语，让我心里发慌。卡宴驶进了北郊的一片树林里，那是林海集团的实验林。我觉得，虹大半夜不回家，反而跑来这个地方，一定有蹊跷。我怕打草惊蛇，车停在树林边熄火。自己拿着手电钻进了这片林子。

树林里湿气大，有雾。我瞪大眼睛，还是看不透这片浓重的灰白。风声更大了，头上的树叶"哗啦哗啦"一直响，不知从什么地方凝结的水滴落到我的身上，我感觉似乎无数没有身体的小灵魂划过我的肌肤。在雾的尽头，我看到虹高大的身形隐藏其中，一动不动。我蹑手蹑脚，离她越来越近，虹毫无反应。我叫她的名字，虹不应答。我跑过雾，跑过一排排树木，跑到她的面前，看清了她后心中却大惊。那不是虹，是个稻草人。这时我感觉身后有人，赶忙回头，那人一脚踹在我头上，我头晕目眩。莫名其妙地，我感觉天地掉了个儿，然后我重重地摔在地上，昏死过去。

等我醒来，天已经大亮，雾散了。我脸上非常痒，摸了一把，心中大惊，用双掌在脸上狂扫。等我把脸上爬行的蚂蚁都扫干净之后，我一瘸一拐地走出树林，找到了自己的车爬进去。我闭着眼睛坐在驾驶座上，休息了足有半个小时，昨晚把我摔得半死的那人残留在我身上的味道还没有散尽。这半个小时里我想清了很多事情。最重要的有两件，第一件是这气味将会把我引向深渊，一旦我踏进去，会死得非常难看。第二件是其实我一直骗自己，认为自己还有选择的权利。其实早在2008年我对警察说谎，诬陷李陆星的时候，我已经跳下深渊，这十多年来我一直在半空中下坠，等待着自己碰触大地。

想通了这两件事，我不再犹豫。我没进市区，直接走金市环线，一路时速到了100公里，二十分钟就到了李陆星曾经栖居的马场。看门人已经和我熟识了，他说，你怎么又来了？这里没有李陆星，除非他变成了一匹马。说完，看门人"嘎嘎"地笑了起来。我说人总会变的。他说，什么意思。我说，我不找李陆星，我是来找郑力的。你告诉他，别躲着老朋友，我知道他是谁了。

我到郑力办公室的时候，他正坐在办公桌后面的老板椅上喝茶，杯中的热气遮住这个男人英俊的脸，我一想到他竟然骗了我这么多年，就觉得他既神秘又可恶。但当我想到他可能遭遇过的事情，心中又悲伤得无法恨他。他看着我，眼神明亮。他依然不说话，但是嘴唇微微动了动，似乎在问我，究竟要干什么。我说，昨晚你那一下真带劲儿，我早上才醒过来，我觉得你可能都把我打出脑震荡了。

郑力皱起眉，摇摇手，似乎不知道我在说什么。我说，别装了，我都明白了。他想打电话，我说，我现在身上还有麝香的味道，和你身上的香味一模一样。他伸向电话的手又缩了回去。郑力的眉毛吊了起来，似乎承认了我所言非虚，并且对我接下来要做什么很感兴趣。我说，我醒过来的时候，心里特别难过。我不想醒来，祈祷能够把你忘掉。可我必须得来找你，有些事情必须说清楚。郑力面无表情地看着我。我说，我知道你是谁了。我说完这话，虽然郑力在极力地掩饰，但我还是能看出来他的脸变白了。我说，林倩倩，好久不见。

郑力看着我，脸色灰白，像死了一样。他走到我面前，俯视着我，我看着他的眼睛，依稀还有当年那个女孩的轮廓。我感觉额头滚烫，喉咙里像灌满了铅，但我必须继续说下去，这是我自己选择的命。

我说，昨晚你摔倒我的那招，和2008年咱们打架时你用的招式一模一样。那种感觉我一直记得，并且将会记到死。今天早上醒来，我就在想这究竟怎么回事。闻到那股麝香味，我全明白了。你把自己变成了男人，变成郑力。你不说话，是因为你的声音还是林倩倩。这香味，其实是药味。你需要常年涂抹这药膏，疗愈这种大手术留下的伤口。

郑力看着我，听着我诉说，他眼神里的寒冰渐渐融化，有光在其中流动，那是来自我们十八岁时的光，它刺破黑铁般的生命旅程，刺破面目全非的身体，照射在我们身上。

郑力回到办公桌前，从烟盒里掏出两根烟，扔给了我一根。郑力深吸了一口燃烧的烟，他很用力，我甚至都能听到尼古丁被火焰萃取后融入他血液的"沙沙"声。郑力说，你现在还记得？到死也记得？为什么？他的声音既像男人，也像女人，但其实什么都不是，只是粗糙尖锐的音响，如同用硬塑料片划黑板。

我指指自己的嘴唇，别忘了，林倩倩，我的初吻可是给了你。郑力笑，很妩媚。我说，被自己喜欢的女孩打晕过去的感觉，对男孩是刻骨铭心的。郑力轻轻弹烟灰，说是吗？

虽然他在笑，可语调很苦涩。我这才发现自己失言，心中暗骂自己该死。我看着他，想想当年那个天天穿着黑T恤昂首挺胸地从少年们色眯眯的目光交织而成的网中穿行而过的林倩倩，心中不由地难过，却又不知道该说什么。郑力看出了我心中的彷徨，他说，做那种手术可真不是人该挨的罪啊。郑力说到此处的时候，我看着他平坦的胸膛，不由得打了个寒战。郑力看我一眼，笑了，笑容中充满不屑。我像看着一头怪兽般看着郑力，看着林倩倩。郑力说，我的手术大出血，差点死掉。后来幸亏手下人找到了虹，她给了我她特制的药膏，我才活了下来。麝香味就是那药膏发出来的。它就像是我的命，没办法摆脱。

我有千言万语，就是说不出来。郑力说，我知道，你不是为了搞明白我是谁而来的。我苦笑，你比以前聪明多了，再也不是那个动不动发脾气的姑娘了。郑力说，我不聪明，能赚这么多钱吗？我现在是金市最大的马贩子。全世界的汗金宝马都是从我手上卖出去的。我说，可是，你为什么要把自己变成男人？郑力摇摇头，狡猾地笑。他说，生意不是这么做的，要公平。我们互相回答对方三个问题，可以吗？我摇摇头，这不是做生意。郑力说，你还是和十八岁一样。还是要逃。我的脸红了，我逃什么？我为什么逃？郑力摇头，似乎懒得和我争辩。他说，这样吧，我回答你三个问题，以后我也许会让你去帮我做一件事，无论是什么，你不能拒绝。可以吗？

我想了想说，不是杀人吧？郑力笑。我点点头。郑力冲我挥挥手，示意我可以问了。

我说，李陆星在哪里？郑力摇头，2012年，和你重逢后不久，他不告而别，我不知道他去了哪里。你还能问两个问题。我说，这也能算答案？他说，我毕竟还有一半是女人，别和我讨价还价。我咬牙道，虹是怎么回事？郑力说，我想报复我爸。我爸一年给虹五十万咨询费，我出一百万，让虹把我想说的话告诉林生虎。他该受到惩罚。我说，为什么他该受惩罚？郑力说，这是你第三个问题吗？我想了想，这是他们父女之间的事。其实林倩倩不说，我也知道为什么。林生虎从心里不愿相信自己生的是个女儿。我说，我的第三个问题是，林生虎腹部有道疤痕，你知道从哪里来的？郑力眯起眼睛，认真思索。她说，2007年夏天，我爸去了广州，一直到秋天才回来，那时他的腹部多了疤痕，还有为了掩饰它纹的菩萨。我妈问过他是怎么弄的，我爸说是在那边和人打架弄伤的。

听到此处，我全明白了，林生虎就是杀死麦当娜的凶手。他杀人后跑路去广州，养伤加纹身，秋天时他见风头过了，跑回了金市。郑力说，你问这道疤干什么？我权衡再三，决定不告诉他实情。我说，我这些年跟着你爸，觉得他是个人物。我就很好奇，这么个大人物，怎么会有那么深一道疤。郑力说，咋的，你还想把他拍成电影啊？我笑着点点头。做电影就这点好处，无论你打听什么，或者做出什么荒唐事，都可以往"搞创作"这事上栽赃。郑力从牙齿里挤出了一声"操"。

临别时，郑力让我以后别来了，否则不会这么客气了。我只得点头。郑力却又说，还记不记得2007年圣诞节，我们三个最后一次相聚时，你喝醉了，非要给我唱歌。记得唱了什么歌？我说，都像上辈子的事了。你现在都成郑力了。郑力说，张镐哲的《不是我不小心》。我挠头傻笑，心里怎么都想不起来自己还会唱这歌，记忆里明明是李陆星唱的。车祸真是把我撞傻了。郑力说，那真是首好歌。他说这话的时候，碰了碰我的肩膀，我分不出来那是在拥抱，还是在送别。

回家的路上，我用汽车音响把这首歌循环播放，那男声很悲伤很深沉，让我不免诧异，原来2008年，我竟是怀着这样的心态活着。不是我不小心，只是真情难以抗拒。不是我存心故意，只因无法防备自己……

我尽量不去思考我做的事情是对是错，只是在心里一个劲儿地告诫自己，去做就行了。古人总说"忘我"，我想李陆星一定达到了这个境界。想要"忘我"，心里得全都装着别人。

我在一次会议结束之后趁人不备偷走了林生虎握过的杯子，然后去找了陈诺。上次见他还是2012年，因为太阳城失踪案。这又快十年过去了，他的鼻子比以前更大了，身躯黑得发亮，而头发却都白了。他很疲惫，我想我的模样也好不到哪儿去。时间像是硫酸，在我们的身体和灵魂上冲刷出细密交错的褶皱。陈诺是个好警察，这些年破了不少案子。我经常能在金市的各种公众号上看到他的事迹。按理说，他早就该升官发财了。但现在陈诺仍然是这个城市的刑警队队长，我听说，他之所以迟迟不升职，是因为升职要调离这座城市。

陈诺看到我，非常诧异。他说，咱们怎么总这么有缘呢？我可真不想遇到你。每次看见你，那案子就变成悬案了。我苦笑，是啊，2008年的那起入室杀人案，2012年的连环杀人案。陈诺说，早晚都会抓到人的。我笑了。我看着陈诺，觉得其实这么多年他一点都没变，还是那个执拗的警察。我尊敬这些不变的人，因为这些年，这个世界的变化太大了。陈诺也许误会了我的笑，他有些生气，说话声音有些粗，你不相信吗？2008年，老林是我的师傅，他全身心扑在那案子上，筋疲力尽，最后突发脑梗，猝死在了工作岗位上。我得给他个说法。

我犹豫了一下，说有种传闻不知道你听过没有？林野不是累死的。陈诺瞥了我一眼，没应声。我说，是上吊死的。那些年，不怎么讲究文明执法，这案子影响很坏，你们压力很大。林野着急了，会动手打嫌疑人。陈诺打断我，你这都听谁说的？我没说话，陈诺没反驳，证明传言非虚。陈诺说，你要没事，我就回去了。我说，麦当娜的丈夫，就是被林野屈打成招。是你翻了案。林野脸上过不去，上吊死在了办公室里。陈诺转身想走，我说，我把案子破了。陈诺愣住，就像我说的不是中国话一样。我从挎包里掏出包在卫生纸里的玻璃杯递给陈诺，然后把关于这件事我知道的所有信息都告诉了他。我说话的时候，陈诺没开过口，一个劲儿抽烟。说完，我看到陈诺脚上都是烟灰，地上有七八个瘪了的烟头。陈诺说，他不是你老板吗？我没说话。陈诺突然脸白了，他像是明白了什么事，也可能他真的全明白了。陈诺吃惊地望着我，他拍拍我的肩膀，说咱们就熬吧。

我给公司递交了辞职申请书，离职的时候，陈诺带着一群警察过来，从董事会上抓走了林生虎。经过办公区的时候，大家都不敢起身，坐在自己的工位上脖颈却不受控制，悲伤目送自己的老板被警察带走。那时我就在走廊上，和他们擦肩而过。林生虎没有看我,陈诺也没有看我。

白巧流产那天,我正在睡午觉,在梦里和李陆星打乒乓球。卫生间里的哭泣惊醒了我。我跑到卫生间,白巧倒在了我怀里,虚弱地说上厕所的时候,下面流血了。我把她送到医院的时候已经晚了,大夫说孩子已经掉了。可能是孕妇压力太大。我心里很愧疚,是啊,白巧没有工作,我都没和她商量,就辞职了,她心里的压力能不大吗?再想想还没来这世上的张不说,我心疼得就像心被人来回揪扯。回到家里,白巧就开始哭,时而号啕,时而抽泣。我从没想到女人的身体里藏着一口永不干涸的井,可以永不停歇地流淌泪水。白巧哭了几天几夜,张不想很担心她,天天抱着母亲一起睡觉。我也一样。我坚信只要抱着我的家人,温暖和爱就会在我们的心脏之间流动。过了一段时间,白巧的状态恢复了一些,我开始抽空在电脑上敲敲打打。她好奇地问我在写什么。我给她发过去一个链接,那是一个剧本比赛的比赛章程。一等奖有一百万奖金。白巧问我,这是干什么?我说,《两颗雨滴》,我还是想把它发展成长片。这些年来,白巧没事就会翻出来《两颗雨滴》看一遍,看完会扑在我的身上说,我老公真棒,真有才华。张不想渐渐长大了,他也很喜欢这部短片。当白巧告诉他,爸爸要写《两颗雨滴》,给你去赚一百万的时候,张不想连连拍手,咧着嘴傻笑。

在我写作的日子里,白巧尽量在掩藏她的悲伤,按照我的口味,为我料理一日三餐。张不想也不像以前那么爱吵闹,有时我写累了,站起来休息的时候,他还会抱着腿喊爸爸加油。他稚嫩的童声给了我很大支持。中途陈诺来家里找过我一趟,他告诉我,林生虎被提起公诉了。我之前的推断,暴怒的家长杀死女儿的老师都是扯淡,事情没我想的那么简单。麦当娜在2005年时做了林生虎的情妇,两人有了个私生子,在香港生的,所以两人亲友没人知道这件事。孩子一生下来,就被林生虎带走,就是他所谓的养子林小虎。2007年麦当娜想分手,带回自己的儿子,争执中林生虎被麦当娜刺伤,暴怒的林生虎夺下刀杀了她。作完案后,林生虎在作案现场又停留了将近三个小时,把自己遗留的指纹和血迹统统销毁,然后给伤口止血后,才离开了麦当娜家。说完这一切后,陈诺叹了口气,说林生虎杀死自己的情妇,还能这么冷静,这男人真他妈太狠了。

　　陈诺走后,我那晚抽了一盒烟。很多事情看似被陈诺讲清楚了,可其实我更糊涂了。麦当娜怎么会是林生虎的情妇呢?她的美让我疯狂,她的端庄让我敬畏。一想到她会和林生虎在床上翻滚,还生了个孩子,我就头疼欲裂,甚至大病了一场。高烧中,2008年的那些人那些事像蝙蝠一样扑到我的脑子里,让我寝食难安。我十分害怕,甚至怀疑自己被染上了新冠。直到有一天,我好像顿悟般安慰自己,这些往事统统都和我没有关系了,当务之急是写好我的剧本,多赚钱,养活老婆孩子。想到这些,我心里渐渐安宁，到了当天晚上，竟然退烧了。

重写《两颗雨滴》，我心里没有了那种一定要为李陆星做点什么的想法，单纯就是想把故事给卖了，贴补家用，反而轻松不少。很多以前想不到的妙点子纷纷迸出我的脑海，下笔有如神助。我花了不到一个月的时间，就写完了这部长片。我把剧本发给大赛组委会的时候，不由得自己给自己鼓掌。掌声使家里显得空空荡荡，白巧带张不想出去晒太阳了。我意识到我也几天没下楼了，我要去找他们，和他们一起分享这个好消息。

我刚下楼，就听到汽车喇叭的鸣叫。我回头，看到停在马路对面的那辆车窗户摇下，郑力从车窗探出头来，冲我挥了挥手。我心中一沉，林生虎毕竟是他父亲，如今他锒铛入狱，这事和我脱不开关系。怀揣着这样的愧疚，我钻进了郑力的轿车。他看着我，眼睛里都是血丝。郑力说，我终于知道那天你为什么问我林生虎那道疤是哪里来的了。我点点头。郑力说，为什么那时不告诉我。我说，因为他是你爸爸。你俩有再大的仇，你都会帮他的。郑力点燃一根烟。我说，可我不一样。我有必须了结这件事的理由。郑力说，为什么？我摇摇头，拒绝告诉他。他不屑地撇撇嘴。我说，如果我不报警，早晚都会死在他手上。郑力惊讶地看我。

我告诉郑力，林生虎出事之后，小琪姐曾经给我打过一个电话，问我还记不记得2012年，有一个千载难逢的导演机会落在我面前。我当然记得。第二天就是我和周旭见面的日子，所以我推掉了这份工作。现在我有时还会后悔，如果那时去了南方，也许我的人生会彻底不同。小琪姐说，这件事其实是林生虎安排的。他花大价钱把整个盘面包圆了。我说，你怎么不早告诉我。小琪姐说，我就是个生意人，赚点钱是正事，林生虎要不被抓，我也不能告诉你。

那件事看似是一个机会，其实是专门为我准备的。我震惊了，心里琢磨好几天，才把这些事整明白。也许2008年周旭没看清林生虎，可林生虎看清了周旭。他害怕周旭把这事说出去，这些年来一直在暗地里监视周旭。直到周旭给我发短信，要和我见面，他知道再不阻止就来不及了。于是想把我调去南方，但我拒绝了。周旭当时不敢在市区和我见面，而是把我约到郊外国道，可能是已经发现林生虎在监视自己。他本以为约到野外，就能躲开监视，可第二天我们还是出了车祸。现在看来，那并不是一场意外。我出院后非常顺利地去了他的集团，非常顺利地升职加薪。那是因为他不知道我的底牌，又不能再次设局杀我。一个人接二连三遭遇意外一定会让警察起疑心。他只好买下我整个人生，把它做成笼子。林生虎就像那些在沙漠生态林里养兔子的养殖户，我就是那只随时可能被做成肉酱的兔子。

我和郑力坐在车上，又抽了两根烟。郑力说自己要回去了。我下车的时候，郑力说，你刚才说我会帮林生虎，你说得对。可2008年我被当成嫌疑人，他什么都没做。我想不明白，他是因为害怕，还是希望我去顶罪。

我看着郑力，不知道该说什么。郑力看着我，眼睛里有一层泪水。我想起了林倩倩。从他的眼睛里，我看出了他想让我拥抱他的渴望。可我实在忌惮这具林倩倩栖息的身体，它过于复杂，像天上的星群般不是我这种凡人所能揣测的。郑力笑了，说我要走了。我心里松了口气，赶忙下车。我冲远去的汽车挥手，像是在表示我的愧疚，也不知郑力有没有从后视镜中看到。

那是我最后一次见郑力。几天后的一个夜晚，他的马场发生火灾，火势很大，人们站在市区楼房的高层就能瞭望到火光。马场里的人和马前一天都被郑力遣散了。大火之后，人们在马场没有找到郑力的尸体，他从这个世界上神秘地消失了，或者说，"郑力"从来就不曾存在过。我不知道林倩倩去了什么地方，也许她又换了身份与面孔，也许她又回归到了女人的身份。我只知道，如果一个人想用生命玩一场捉迷藏，没有人能找到他。

火灾发生的那天晚上，我站在家里阳台上看着马场方向，就知道郑力想要干什么了。我疯狂喝酒，只有酒精能够延缓悲伤对我的侵蚀。我总觉得，林倩倩也好，李陆星也好，所有在我生命中消失的人，他们之所以消失，总有一部分原因是来自我。

有一天，宿醉的我被敲门声惊醒，我呼唤白巧开门，但却没有人应声。我想起来，白巧带着张不想回娘家了，这是我的请求。我说我想一个人静一静。我自己去开门，是快递。寄件人竟然是郑力。我签了字，关上门，拆开快递，里面是封信。信上的第一段，是伤感的告别。第二段，我看了开头一句，心突然狂跳起来，像是被电击了一样。

张军，我想和你聊聊和李陆星的一次对话，它很重要。在马场时，当我告诉他我的真实身份时，他非常震惊。那晚基本上都是我在说，说我的绝望，说我的走投无路。我快撑不下去了。天快亮的时候，他为了安慰我，他告诉了我一个秘密。你看，他还是我们认识的那个李陆星。无论在什么情况下，都想帮助别人。甚至可以用自己的不幸去证明还有希望。他告诉我的秘密，是2008年高考那天究竟发生了什么。我至今还清晰记得他和我说的每一句话。我思前想后，觉得你应该知道这些。不说出来，我这一生都将不安。因为它也关系你和他的一生。

因为泪水，我眼前的字迹模糊，我急忙擦拭眼睛，细细地读了下去……

2008年6月7日中午，考完第一门语文之后，我走出了考场。我看到张军的背影，我想追上他，问问他考试情况，想为他鼓劲。可我们两人之间隔着人山人海。人群裏挟着两人来到校门口，四散而去。这时一辆面包车突然冲了过来，在我面前急刹车。那个叫王强的流氓下车，拦住了我。我的心狂跳，和老天爷祈祷，十几年就是为了今天啊，可千万不能出事。我是我爸的希望。王强对我说，和我走吧。我说求求你，有什么事，我们考完试再说。王强像是没听见一样，上来拽住我的手。我心里明白，绝对不能上他的车。我们两个推搡起来。我想，我要和他拼命了。这时王强在我耳边低语一句，我的心一下凉了，知道自己今天完了。因为王强对我说，你爸在我手上。我今天要剁掉他的手。

我坐上那辆车，和王强来到郊外的火葬场。正是中午，没人上班，静悄悄的，唯有我爸的哭声在飘荡。那时我爸感冒，戴着厚厚的棉口罩，哭泣的声音很闷，像是压抑的哀鸣。那个中午，王强把我爸打得满头是血，可我们不敢反抗。你不要埋怨我们胆怯，因为你不知道王强有多么可怕。他曾经说过，只有那些虚张声势的人才需要成群结队，真正敢下狠手的都是形单影只。我们了解他，见过他是怎么追债的。他说自己要杀人，他就真会去杀人。到了最后，我爸无奈地对抄着斧子的王强说，要不你就剁掉我的手吧。我真没有钱。王强咬着牙说，我不剁你的手。你儿子今天不是高考吗？我剁他的手。

王强拽着我的头发，把我拉到外面的火化间。我能听到焚尸炉中火焰熊熊燃烧时的"呼呼"声。我拼命挣扎，可王强的手像铁铸的一样。他把我的手摁在窗台上,举起了斧子。这时从里屋突然传来一声非人非兽般的嚎叫,我吓得一动不敢动。王强说,李森海,你疯了。我看到我爸冲了出来,眼睛血红。他戴着口罩,发出一连串剧烈的咳嗽,血从白口罩上洇了出来,形成了一个红点。

我看着我爸扑到王强身上,从身后把王强抱住。王强害怕了,使劲地挣,却无法挣脱我爸。还没等我反应过来,一瞬间,我爸抱着王强,猛扑进了烈火燃烧的焚尸炉。两人几乎同时发出一声闷闷的惨叫,火海瞬间把他们吞噬,分不出来谁是父亲,谁是恶人。我扑向焚尸炉,一簇巨大的火焰突然从炉中窜出来,砸在我的脸上。我双眼一片黑暗,剧痛扎心,我晕死了过去。

我不知道我是什么时候醒来的。我只知道当我醒来时眼前的黑暗并没有消散。我听到有人在哭泣,那声音很熟悉,是刘娟。那一刻我感到恐慌,我心里清楚,我失明了,再也看不到这个世界。我问刘娟,我爸在哪里。刘娟拿毛巾为我擦脸,小声对我说,以后我和你相依为命……

人在绝望的时候,总会想起一些奇怪的事。就像溺水时觉得稻草都能救命。不知道为什么,我突然想到了张军,还有他画的那些漫画。你看过他的画吗?他特别会画马,栩栩如生。我特别难过,我曾经鼓励他去拍动画片,可我再也没有机会看了。

泪水模糊了我的双眼,以至于接下来林倩倩描述自己经历的内容,我看得断断续续。林倩倩说,高考过后,她和父亲的矛盾达到顶点。自己有段时间不能听到林生虎的声音,甚至都不能在脑海里出现这个人,要不就会呼吸困难,觉得自己濒临死亡。后来,林倩倩甚至觉得街道上都有一股骨灰的味道,让她无法呼吸。她必须离开金市,才能活下去。终于有一天,林倩倩离家出走,再也没有回去。她变成了郑力,吃尽人间的苦头,终于发了财。2010年,林倩倩回到了金市。她认为对林生虎最好的复仇方式就是变成像林生虎几十年来都在梦想的儿子——一个事业有成的男人,然后折磨他。可她没有想到,有天自己遇到了李陆星,他已经换了身份重新生活。李陆星告诉了她发生的一切,包括我和他之间的故事以及2008年的惨案。那一刻林倩倩放下了所有的仇恨,她只想用尽全力帮助这个朋友。在信里,林倩倩说每个人都被时间这个装满福尔马林的容器泡变形了。只有李陆星,好像还活在2008年,无比新鲜,无比善良,还是那个自己喜欢的男孩。那座马场原本不是林倩倩的,她发现李陆星靠自己的天赋以替别人驯马为生,于是用自己所有钱买下了马场。林倩倩本以为一生就这样过去了,她可以用剩下的时间,陪伴着李陆星。她没想到,我出现在了马场,搅乱了这一切,李陆星最终不告而别。

林倩倩在信的末尾嘱咐我,不要忘记,我还答应为她去做一件事。而在放火之前她想出了让我去做什么事。她要我去找李陆星，去向他解释，自己为什么没有拍出那部电影。

信里夹着一张纸条，是李陆星现在的地址。林倩倩说，那天她说不知道他在哪里，是骗了我。永远不要相信女人说的话。我笑了，心中却无比苦涩。

人死债烂。2012年，李陆星必须以假身份活着，不能报警，不能向任何人说出父亲死亡的真相，否则他也会暴露，继续去还巨大的债务，李森海的牺牲将毫无意义。我想到那时李陆星面对我时的样子，想起他还在尽力安慰我，就觉得为什么在这个社会上，越是善良的人，命就越苦？

究竟去不去找李陆星，这事我琢磨了一个月。后来促使我下决定的，是那个剧本比赛的结果出来了。《两颗雨滴》拿了三等奖。虽然没有一百万，但好歹有十万。评委的意见是结尾不清晰，没有力量。我把十万块交给了白巧，白巧很高兴。她说虽然你赚钱没以前多了，但这事挺有价值。我说，我也这么觉得，所以我要出趟远门。白巧说，去干吗？我说，去寻找一个清晰有力的结尾。

我按照林倩倩留给我的地址一路向西。出了金市，穿过沙漠，抵达了金山。金山是我们这里最高最大的一座山，绵延数百里，植被丰富。它的山势陡峭险峻，据说直到六十年代，里面还藏着解放前的土匪和国民党残部，以及他们带走的几十吨黄金。我妈以前总说她小的时候听到过这山里有枪声，这让我小时候每次路过金山，抬头看那高高的山脊就想尿尿。

我把车停在山脚，走路上山。在林木茂密的山腰间我找到了李陆星住的地方，那竟是一处石窟，旁边还有几个窑洞。一个粗壮的中年妇人正站在一口窑洞的门口洗衣服。我问她，李陆星是不是住在这里？她好奇地看我，点点头。中年妇人指指对面的一眼窑洞，他住在那里。

李陆星上山了，等他的时候，我在这里闲逛。石窟壁上凿满岩画，无论人兽，表情木讷。分不清朝代，身上的色彩十分艳俗。香案上供着烛火和供品，一只硕大的老鼠钻上香案，啃噬水果。我惊叫，有老鼠。一个红彤彤的人影从佛像背后走出来，用半生不熟的汉语说，不碍事，不碍事。我惊诧地看着这个男人，他身材壮硕，如一头黑猩猩。男人说，这个石窟里所有东西都是附近农民假造的，骗游客香火钱，只有老鼠是真的。老鼠吃苹果，一定是上天的意思。能遵从他的旨意，是我们的福分。我笑笑，不知道该和他说什么。男人说，你是张军吧？我愕然地看着他。男人说，我叫道尔吉，这里的养路工，扎嘎德现在住在我这里。总听他说起你。我说，李陆星？道尔吉点点头，以前叫李陆星。来到山上以后，和我学蒙语。我给他取了扎嘎德这个名字，好听吗？我点点头，问他，扎嘎德是什么意思。道尔吉说，扎嘎德就是扎嘎德，就像天上的星星就是星星。

李陆星怎么会来到这座石窟，又变成了扎嘎德？我怀揣着这些问题，只能坐在石窟前的石阶上，惴惴不安地等着他。太阳快要落山的时候，李陆星出现了。他戴着那副十年前的墨镜，剃了个光头。他左手牵着黑马亨特，这马在为他引路。他身后跟着刘娟，她就像他的影子。道尔吉笑着大喊，扎嘎德，你那个朋友张军来找你了。李陆星只是平静地冲我站立的地方点头，微笑，像是看到了我。此时此刻，晚霞洒在他的身上，也洒在这里的野草上，树丛上。我感觉他已和这野草、树丛、晚霞融为一体。我相信李陆星真的成了天上的星星，成了扎嘎德。他的肉身变老了，两鬓斑白，背也驼了。但我知道，林倩倩说得没错，他一点都没变，也永远不会变。他的笑容温暖而亲切，令人踏实。2008年的一切生机，希望与想象，好像就在昨天。

我走上前去，和他拥抱。我说，扎嘎德，你好啊！真没想到。李陆星说，我一直在等你。他嘴唇很干，起皮了，有几道口子。我有种感觉，李陆星明明眼盲了，可是却好像能看透我的内心，他忧心忡忡。是啊，通过他的墨镜我看到了自己的镜像。这是一个面目苍白的人，我才像一个藏匿于人间的鬼。我问李陆星，要是我不来，怎么办？李陆星笑了，说我知道你会来。黑马亨特在我们身边突然咳嗽了两声，一口鲜血吐在了地上。李陆星悲伤地说，亨特病了很久，怕是活不长了。我看亨特，那马也看着我,它曾经炯炯有神的双眼中现在满是眼屎,眼皮低垂,肌肉都消失不见了,瘦骨嶙峋。刘娟牵走亨特时冲我微笑了一下,像是十多年前的恩怨都不存在一样。我注意到了她的两鬓也有了白发,和李陆星一样。我悲伤地说,我们都老了。李陆星握住我的手。我说,我有很多事情要告诉你。李陆星说,先吃饭。这是人最重要的事。

那顿饭有菜有肉,道尔吉还给自己整了杯闷倒驴。他问我喝不喝酒。我摇头。道尔吉非常热情,他告诉我,作为一个养路工,其实他的工作很轻松。这些年他最大的成就,是在这座山上种满了树木。我愕然道,都是你种的?道尔吉摇摇他那像刚从母鸡屁股下掏出来的鸡蛋般通红的脑袋,这儿就是座荒山,后来那个大商人林生虎包下了这座山,十年,我们都在这里种树。不光我一个,还有我老婆。现在又加上了他们两个。道尔吉指指穿着一身运动装的李陆星和刘娟。李陆星不说话,只是笑。我看着醉醺醺的道尔吉,感到哭笑不得。十年前,我妈拼命赚钱,李陆星执意寻找生命的真谛。而如今,人们活着似乎都只是为了种树,而那个号召别人种树的人却变成了囚徒。我对道尔吉说,那个林生虎进去了,你不知道?道尔吉说,这不重要,把山水变好了是真的。现在一天不种树,我浑身就发痒。我肃然起敬,说真没想到,你还是个环保英雄。道尔吉说,这也不重要。那中年妇女和刘娟忙活完,也坐到桌边和我们一起吃。道尔吉对中年妇女说,还是我老婆做的羊肉香。

道尔吉老婆告诉我,她的原配不是道尔吉,是我们金市地税局的一个副局长。我更惊讶了,觉得眼前这个女人疯了。放着好好的局长夫人不当,竟然改嫁道尔吉。当她跟我讲完自己的故事,我才恍然大悟,更加觉得眼前的道尔吉神秘了。原来,在这女人四十五岁那年,突然开始整夜整夜做噩梦,血海恶鬼,无奇不有。女人去金市人民医院检查,生理心理都没问题,找不到病根。副局长带着她去了全国很多非常有名的医院,结论都一样。女人天天被噩梦折磨,苦不堪言。直到有次女人散心,无意来到这座山,无意遇到正在种树的道尔吉。道尔吉带着她种了一天树,女人累得胳膊都抬不起来。可能是把精力都耗费完了,当天晚上,女人沾床就睡,什么梦都没做,第二天醒来已是早上七点。胃口也变得很好。女人走出石窟,听到满山遍野的树在风中似乎低声呼喊,留下来。留下来,女人一下明白了,这是天意。局长和女人回到家后,女人痛哭,下不了决断。最终是局长咬牙,把女人送上山。在山上,女人再也没做过噩梦。

说完这个故事,中年女人摸摸道尔吉的光头,笑着说,后来我就改嫁给了他。我明白这是命运。我前夫也明白,他有时也会来找道尔吉喝顿酒,看看我。我盯着喝到半醉的道尔吉,心中充满敬畏。我问道尔吉,你怎么这么爱种树?道尔吉拍拍自己的胸口,那是心脏的位置。道尔吉说,我想护住这里的东西。我说,护什么？道尔吉说，你为什么来，就护住什么。

吃完饭，李陆星把我带到了石窟。里面静悄悄的，只有风划过树丛时的一阵阵"沙沙"声。我问他，你怎么就想到来这里呢？李陆星说，还记得我的愿望吗？我说，寻找生命奥秘呗，我以为你长大要当科学家呢。李陆星苦笑，其实2012年你遇到我的时候，我就已经和刘娟商量着，来这里跟道尔吉种树了。因为植物的生命是最旺盛最强烈的。后来约你见面的时候，我就已经打定主意。那天你没来，我很失望。可又觉得你现在很好，就可以了。所以我们就走了。李陆星说，你还想知道2012年我为什么改名吗？

我点点头，我已经知道了。李陆星愕然道，你知道？不可能。我说，告诉你我是怎么知道这件事的，就是我找你的原因。我还想说，无论你叫李陆星，还是叫扎嘎德，都是我朋友。就像你说的，两个老朋友又见了，就很好。故事未必要把所有东西都写出台词，这方面京剧是好例子。有时不说，就等于什么都说了。

说这些的时候，已经是夜里了，月光照在石像的脸上，它还在微笑，似乎早就在这里等着我们来。蝉鸣阵阵，那时已是夏天，我只穿了件T恤，风有些冷。李陆星觉察到了，脱下他的上衣递给我。我心中突然很难过，李陆星什么都没有了，还想着把自己身上的热量传递给朋友。我说，你别怪我多话啊，我总觉得你能看到我。李陆星说，我能感觉到你。我说，有点玄乎了。李陆星说，我也说不明白。我和树木学了很多，像树木一样感受风、时间和温度，还有声音。有时感觉比眼睛看到的更清晰。比如从你一看见我，你的心脏就在剧烈地跳动，你的体温都有了变化。我说，这意味着什么？扎嘎德。李陆星说，你很害怕。我摇摇头，你猜错了。我是很紧张，但我并不害怕。李陆星点点头，只是安安静静地看着我。

我觉得自己的灵魂都快要吐出来了。我深深吸了一口气，稳住心神，开始讲述我是怎么去的林生虎公司，又是怎么发现了林生虎才是杀死麦当娜的凶手。随着我的叙述，我终于讲到了最后，林倩倩把2008年的事都告诉了我。我说，我一直想不明白，2012年，你说你不告诉我为什么你没去参加高考，是为了保护我，现在我全明白了。我知道，不报警，就犯了包庇罪。李陆星背对着我，面朝窗外的莽莽群山，双肩在颤抖，胸腔微微起伏。李陆星说，我们是朋友，我不能害你。

李陆星刚才说，有时感觉比视觉更清晰，我现在明白是什么意思了。等待的时候，好像很长，又好像很短，李陆星终于回头了。李陆星说，你有没有觉得，林倩倩太傻了。我摇摇头，说你以前说过，其实每个人都不容易。他说，你为什么会哆嗦。我说，我很冷。他又说，你流泪了。我说，我为你找到杀死麦当娜的凶手了，就是他把你害了，你现在可以释然了。李陆星点点头，嘱咐我今晚睡在他住的窑洞。这时我才明白，原来他和刘娟不住在一起。我说，你要干什么。李陆星说，我们去为你和林倩倩种几棵树，树长大了，就有灵性，会保佑你们平安。一直到走出石窟，我也没告诉李陆星，我觉得不是我在哭他们，是他们在哭我。好像泪水在涌向我，温暖我，融化我。李陆星说得对，我的确很害怕见到他。

我站在窑洞里，隐隐约约看着窗外劳作的李陆星和刘娟。每次都是李陆星在刘娟的引导下挖好树坑，再栽下树苗。刘娟再接过铁铲，把树坑填好。星空下，两人配合默契，像一对老夫妻。我困了，躺在床上，他们的谈话声和劳作声时不时钻进我的耳朵，拍打我的身体，让我时梦时醒。醒时是在这窑洞里，陈设简陋，只有一床一桌一椅，没有丝毫鲜艳色彩。梦中是十八岁时候的我们，手拉手合唱《不是我不小心》。明明灭灭中身影变得越来越远，越来越淡。我不想再睡，干脆坐了起来。我翻了眼手机，那时是凌晨四点多。我站起来在窑洞里四处走动，最终被那张桌子上的抽屉吸引。这抽屉有锁，李陆星早已经变成扎嘎德，他能有什么秘密需要上锁呢？一定是他心中很珍贵的东西吧。我这么想着，视线久久无法从那抽屉上移开。李陆星为了让我开窑洞的门，把一整串钥匙交给了我。我咬牙，站起身来，拿着钥匙走到桌前，打开了那把锁。抽屉里有一堆零钱，几本影集，还有

第十一章 237

一个纸盒。我翻了翻影集，都是李陆星小时候的照片。这是我第一次看到李陆星妈妈的模样，和李森海比起来，我觉得李陆星长相更随他妈。我把那个纸盒小心翼翼地端起来，以免里面的东西发出声音。盒子很沉，像装着石头。我打开盒子，看清里面藏着何物的那个瞬间，我的心沉了下去，鼻尖发酸，想打喷嚏，却有两行热泪滑落脸颊。有几滴落到嘴唇上，非常咸。

我端着那个纸盒，来到了李陆星的窑洞。李陆星刚休息下来，额头上有层虚汗，我说，我把你抽屉打开了。他一脸错愕。我说，别怪我，你应该明白我想知道你脑子里究竟在想什么。李陆星没说话。我坐在他对面，把纸盒推给他。他探出手来，轻轻摸了摸盒子里的东西，笑了。盒子里面装着一块颜色发暗的红砖，上面写着：冠军李陆星。我说，你留块砖头干吗。他说，留个纪念吧。我说，傻逼，总共两个人打有什么可纪念的。李陆星笑了，其实和你练乒乓球的那段日子是我活到现在最快乐的一段时间。这句话让我的身体发热，发烫。我说，你千万别这么说。话刚出口，我再也控制不住自己，捂住自己的脸，痛哭起来。我哭得很大声，头发都湿漉漉的。这时我才知道，泪水有时是会往天上飘的。

那一刻，我突然明白了一件事：为什么我苦苦执着追查杀了麦当娜的凶手，是因为我想把这个答案告诉李陆星。我认为这是个补偿，可以逃避我真正欠他的债——当年我们友谊分崩离析的真相。

窗外繁星点点,像是证人的眼睛。我说,你说得对,我很害怕。李陆星说,你害怕什么?我说,我必须告诉你一些事,可我真的很害怕。李陆星站起来,蹲在我旁边,像是能看到我一样,伸出手来轻轻拍着我的后背。他说,军哥,你不用怕。听到他叫我军哥,我感到心中一阵温暖。我看着窗外摇曳的树枝,把2008年我在警察面前本应该站出来自首,却卑鄙地保持了沉默这件事讲给李陆星听。

李陆星没说话,只是轻轻拍着我的后背。我说,你不要拍了。这太搞笑,好像我才是需要安慰的人。李陆星不说话。我突然觉得身上轻快了,每一口空气都很新鲜,我像一个刚刚降临世间的婴儿,或者是个濒死者,即使下一秒死去,也无怨无悔。我说,你现在拿刀捅我,我也不会躲的。李陆星摇摇头,轻声说,2007年,我们从温泉训练回来后不久,麦当娜有天对我说,让我多多关心你。她说你是个孤独的人。她平常不这么说话。我感觉到你们之间一定出了什么事,所以那张照片一出现,我就知道照片是你拍的了。

我看着李陆星,大脑似乎停止供血,不明白他说的是什么意思。李陆星说,其实当警察把我带走的时候,我就明白,一定是你没敢告诉他们,是你喜欢麦当娜,拍了那些照片。我没有否认,没把你供出来,就是想为你顶罪。我惊呆了,感觉全身的血都结成了冰，眼前的光也都结了冰，世间万物，只有李陆星在微微运动，在呼吸。我说，为啥啊？李陆星说，你还记得我说过，我早晚会像我爸一样消失。我希望我生命中的每一次离别都不要有遗憾。我的命运就是这样了，如果那时不救你，你就完了。

我看着我这一直抱着"必死"般决心生活的朋友，我这用无辜与善良去为愚昧卑鄙的我承担罪与债的兄弟，我为自己感到痛苦和羞愧，更为李陆星感到愤怒与悲伤。他明明没有一点罪，生活却把他变成罪人。他明明不欠任何人，却献祭自己的命运为别人偿还恶和毒。这世上真有神吗？他为何如此残酷。我该怎么告诉我的孩子们如何去看待它。我内心百感交集，却只能沉默。我站起来，看着李陆星，不知自己该怎么办。我想走动，只有行动能让我停止思考这件事情。可泪水止不住地涌出我的眼眶，打湿了我的前路。李陆星说，我相信你一定没有杀人，你只是太害怕了。后来的事，我能猜到是你。其实你不这么做，我大概也会转学的。替一个人保守秘密最好的方法，就是从那人的世界里消失。我说，如果换成是为了你，我不会这么做的。

李陆星摇摇头，我们都是普通人。你从2008年走到现在，走了这么长的时间，走了这么远的路，来跟我说清楚这些事，足够了。我们是最好的朋友。

天亮了，阳光洒进石窟，我内心感到巨大的温暖。一想到李陆星其实一直在等待这一刻，我让他等了十多年，又觉得说不出地难过。天地还是不声不响，无论忏悔的人还是宽恕的人，一律平等地活在世上。李陆星指着门外，每到太阳升起的时候，你来的那条路都特别美。我顺着他指示看过去，那路两旁的大树野草郁郁葱葱，狂野天然，在阳光下明亮得像十八岁的我们。但李陆星说错了一点，或者说我刚刚领悟了这条路在我生命里的意义。这不是我寻找答案的来路，而是我回到朋友身旁的归途。

那晚之后，我在山上住了下来，就住在李陆星的窑洞。有时我会陪李陆星一起去放马，或是种树。李陆星和我说，我们现在做种种事情，都是关于慈悲与解脱。我觉得，那些东西离我都太远，可只要和李陆星在一起，我就高兴。他就是慈悲，就是天堂。

道尔吉的老婆做饭都是大鱼大肉，我像是被吹起来一样迅速胖了一圈。每天陪道尔吉喝酒，我的酒量也见长，快变成八两的量了。道尔吉很高兴有我这样一个酒友，总对我抱怨其他人，李陆星像个闷葫芦，自己老婆虽然是个好女人，但做手术割掉了左乳。我说，刘娟呢？醉醺醺的道尔吉摇摇头，没回答。反而非常认真地问我，你愿不愿意当养路工，在这里陪着我？我看你种树十分有天赋，将来能管这个地方。

有时，我和李陆星一整天也说不了三句话。这种情况基本都出现在关于此时此刻，我们找不到共同感兴趣的新话题的时候。我和李陆星没商量过，但自从那夜之后，我们就再也不问对方向题，再也不回忆以前的事。我渐渐意识到，其实我们的心都还留在2008年，我们最好的时候。后来的无数日子，不过是白日幽灵。

无话可说时，我们就去遛马。亨特很喜欢大山。这匹即将咽气的马眼神涣散，走路歪歪扭扭，连粪都夹不住了，可每次我们要带它回石窟，回到人世间的时候它都会跪下，流泪与哀鸣。我想起第一次见它时它身上那股桀骜不驯的劲头，觉得亨特真是一匹野马。为了自由地死在荒野中，下跪并不可耻。

有次他问我，有孩子是什么感觉？我说，心里甜甜的，像是穿了铠甲，也像是有了软肋。李陆星笑。我突然想起夭折的张不说，心里说不出的难过。我把这件事告诉了李陆星。他面色铁青，紧紧握住我的手。那天晚上，我和李陆星一起种树，整整一夜。我明白，李陆星是为了张不说。第二天早上，我和李陆星瞪着布满血丝的双眼回到了窑洞，李陆星看着头顶的烈日说，军哥，你还会有第二个孩子的，很快。

我也问过他，刘娟为什么一直陪着你，她会不会成为扎嘎德夫人。李陆星笑着摇摇头，刘娟是我的亲人。我说，亲人？李陆星说，姐姐一样的亲人。她父亲和我父亲是好朋友，还认识你爸呢，他们是战友。我和刘娟从小就认识。我听李陆星这么说，突然恍然大悟，为什么在2012年，我初次见刘娟的时候她反应那么奇怪。因为她早就在2008年的时候就认识了我，她就是刘大河的女儿。我说，刘娟自己的亲人呢？李陆星说，2008年，刘娟高考完,他爸找了一个南方女人,搬到那女人的故乡了。我说,再没见过面?李陆星摇头,说,不但没回来过,也不许刘娟去南方找他。可能是怕女儿拖累自己吧。这么多年,我俩相依为命。我不知道该说什么,心里却莫名想起2012年的时候,刘娟面对失踪者张桥的孩子时表现出的恐惧。这太奇怪了。但再转念一想,我找到了我最好的朋友,就像是找到了我的灵魂。这已足够。2012年,我不过就是个幽灵。死在那一刻的人,又关我什么事呢?

有天清晨,天还没亮透,我睡得迷迷糊糊,被李陆星吵醒。我看到他手里拿着打满水的桶,还有刷子与颜料。他刚要出门,我问他,去哪里啊。李陆星说,我做了个梦,我要把它画下来,你别管了。

我心想,一个盲人画什么画啊?但前一晚我陪道尔吉喝光了那个税务局长送来的两瓶茅台,酒劲还没过,懒得理会他。我倒下继续大睡。一直到下午,我才醒过来。走出窑洞,我看到一望无际的草原呈现在石窟前的石壁上,金光闪闪。我认识这片草原,就在金市的北边。李陆星的这幅画令我惊骇,因为每一株野草都像活的一样,随风摇曳。我甚至都能闻到新鲜的草腥味从石壁上飘过来。在画作的中央,野马亨特正值青春,神采奕奕,魁梧雄壮。它撒开四蹄向这画外人间的我狂奔而来。李陆星站在我旁边,说,昨晚,我梦到了亨特,它不断地提示我去看这个画面。亨特是在对我说，等它死后，一定要把它带到这座草原安葬，这是它的家乡。我想，我和它的灵魂是相同的。

我看着壁画，心中感到安宁和温暖。道尔吉总对我和李陆星说，不要用眼睛下定义，要用心看。我以前觉得这话悬，现在终于明白是什么意思了。李陆星的眼盲了，但他的心能看到众生。无论卑微与污秽，无论渺小与孱弱，即使奄奄一息，对李陆星的心而言，皆是平等众生的一部分。我也从此刻意识到，我能获取李陆星的原谅，并不是我们做了什么值得被原谅的事，只不过在李陆星眼里，我们也都是这草原中的一株野草吧。

李陆星问我，你相信世界上有神灵吗？我愣了，答案在喉咙里哽塞了半天，我才吐口，不相信。

李陆星笑了，说，在我的身上发生过一件事。我相信有神灵。它一直陪伴着我，护佑着我。我笑着说，那你说说，让我也感受一下神迹。李陆星说，刚来这座山的时候，有年夏天下暴雨，我和刘娟走散了。我摔倒在一片乱石中，昏死过去。失去意识之前，树在风中沙沙作响，像是在对我说，醒来，不要睡着。我最后一个念头是，这次死定了。可没想到，我竟然醒了过来。那时雨已经停了，阳光很温暖。我在一个山洞里，躺在一堆松软的落叶中，身边燃着一堆篝火。我头上的伤口已经包好了。

我看着李陆星，说不出来话。李陆星又说，其实从我看不到这世界的那天起，就总觉得似乎这世界上反而有双眼睛注视着我。我的一举一动,我的喜怒哀愁,都在他的眼中,在他的心里。那天我没死,我想是神救了我。他能听到我的祈祷,知道我是怎么想的,渡我过一切劫难。"

李陆星说这些的时候,脸上洋溢着幸福且虔诚的微笑。我想说,也许只是一个做好事不留名的路人呢?可最终我还是没说出来。当我回答李陆星自己不信世上有神的时候,还有后半句话,我把它生生咽回了心中。我不认可有神,否则那么多人干了坏事,它为什么无动于衷?它为什么不惩罚2008年的我?反而百般折磨善良无辜的你?

但无论李陆星信什么神,我都愿意相信它真的存在。因为这个世界把我的灵魂揉成了粉末,是李陆星把它一片片重新贴好。神就是李陆星,就是世间那些和李陆星一样活的人。

到了盛夏时节,山上的雨水特别多。有时一场雨就是三五天。有次下雨,我忘了关窗户,李陆星得了重感冒,下不来床。第二天雨停了,刘娟给他测体温,高烧,只好急匆匆下山买药去。到了中午,李陆星在熟睡,道尔吉早就已经把自己灌醉。我一个人吃完饭,十分无聊,就牵着亨特在山间溜达。到了下午四点多,我看到一个人影正在穿过树林,是刘娟,她的手中还提着一个白色塑料袋,里面都是药品。我刚想叫她的名字,却看到道尔吉的老婆在她身后跟着。道尔吉老婆脚尖高高踮起,每一步都

第十一章

走得寂静无声。我急忙牵着马在一棵大树后面躲了起来。当刘娟经过我之后,我蹿到了道尔吉老婆的面前,她看到我突然出现,一脸惊愕。我捂住她的嘴,等刘娟上山之后,我放下了手。道尔吉老婆喘着粗气,红着脸瞪我。她说,你干吗?我说,大姐,这应该我问你啊。你为啥盯着刘娟?道尔吉老婆说,不关你的事,这是人家小两口的事。你说出去,他们就没法做人了。

我的太阳穴一鼓一鼓,血都向头顶涌去。我说,李陆星让你跟刘娟?道尔吉老婆点头,他就是求我,刘娟出去的时候跟两次。看看刘娟和什么人说过话。我说,这你也答应?道尔吉老婆说,他一个瞎子,那么可怜。我想,一定是他想和刘娟结婚,但担心刘娟心不在他这儿,所以让我探探底。我们信佛的,应该帮他。道尔吉老婆说这些的时候,声音很小,像个真正的女特务。我说,千万别让李陆星知道我发现了这事,要不他面子薄,朋友不好做。道尔吉老婆认真点头,小李是个好人,你放心。

道尔吉老婆走后,我靠在了树上。烈日通过头顶枝叶间的缝隙落在脸上,我头昏脑涨。李陆星为什么会派人跟踪刘娟?难道他也对刘娟有怀疑,他在怀疑什么?

我回到佛窟时,刘娟正提着桶水给亨特洗澡。不知是她穿着灰色系衣服的缘故,还是因为她很少和我说话,在那一刻她如同一粒在群山中飞舞的灰尘般不起眼。我细细地观察她,觉得她比起2012年时,好像落在地上的树枝,因为失去水分瘦小了一圈。

刘娟发现我在看她，冲我笑了一笑。笑容很友好，可眼神是闪烁的。我突然在想，没有人能无声无息地活着，除非他并不想让人发现。沙漠里的变色龙会在遇敌时把自己的身躯变成沙地一般的土黄色。刘娟是不是也在躲避危险？她的危险就是我吧。

我连着几天想和刘娟独处，说说话，可她似乎察觉到了什么，并不给我这个机会。她不和李陆星在一起的时候，谁都找不到她在哪里。就在我对刘娟的兴趣越来越浓时，有一天我接到了我爸的电话。他刚一开口，问我在哪里的时候，我的心就往下沉，因为他的声音前所未有的沙哑和疲惫。我说，在一个朋友家。他说，能尽快回来吗？我说，怎么了？我爸那边停了一下，像是在思考该怎么说，又像是让我提前有个准备。我爸说，我得病了，肝上的问题。我说，严重吗？我爸没说话。我心里暗骂自己愚笨，如果不严重，我爸怎么会让我回去。

挂掉电话，我去和李陆星告别。李陆星得知这个情况后，叹息道，回去吧，自己要有个心理准备。人这辈子就是个迎来送往。我说，下次回来不知是什么时候了。李陆星说，我们是朋友，总会再见。我会在这里为叔叔祈福的。我紧紧拥抱了他，他的身体温暖而柔软，令人有安全感。那是我们第一次拥抱。那一夜，我辗转反侧，脑子里浮现各种幻象，每个碎片中都有我爸。他是个与世无争的好人，平日里连蚂蚁都不伤害。我睁开眼，李陆星不在旁边床上。我起床，离开窑洞，站在望不到头的森林边。参天的大树轻轻摇晃，似乎在对我说，你这浪荡子，最终还是要跪在我的面前。

我跪在了森林面前，平生第一次祈祷，平生第一次希望世间真的有神能听到这祈祷。它要是能将我的寿命挪一部分给我爸，让我做任何事我都愿意。此时门响了，我回头，是李陆星。我说，你去哪儿了。他说，下山找人给你做了个护身符。他把一样物品塞到了我的手里，他说，我十四岁的时候，有次在庙里睡，梦到了一匹马，长得和亨特一模一样。它说人话，嘴里叼着这个，说让我做出来戴上，能逢凶化吉，逃离一切苦难。我说，原来是马头啊。李陆星皱眉，似乎感觉到了我在极力掩饰着自己身体的颤抖。他说，你说啥。我说，没事，你接着说。他说，2007年的时候，你还记得我让你帮我画一张马头吗？当时就是想把马头做成挂件，那年我犯太岁。你画得真好。我给我爸做了一个。可惜2007年我就一点零花钱，只能做了个半成品。可他很喜欢，戴在脖子上不肯摘下来。你这是第二个，把它带给你爸。他一定会好的。

李陆星塞到我手里的，正是一个穿着牛皮绳的铁铸挂件，和2012年我在赵小平车上发现的那枚挂件一模一样，只不过要比那个做得更细致。马的双眼炯炯有神，鬃毛飞舞，似乎它在狂风中疾驰。

我终于明白，为什么我看到那个挂件时就会惴惴不安，就会觉得它与我有密不可分的关系。2007年,出自我手独一无二的挂件是李陆星送给李森海的礼物,可李森海在2008年就死了,这死者的遗物怎么会出现在2012年的凶案现场?我看着李陆星的双眼,我头疼欲裂。

第十二章

　　我爸对我说，病来得很突然。那天早晨起来，他隐隐约约觉得小腹有些胀痛，以为是前晚上着了凉。洗脸的时候，肚子越来越痛，让他分了心。毛巾掉到地上，我爸弯腰去捡毛巾，身体一折叠，剧痛来袭。用我爸的话说，就像是从肝里面伸出来把铁锹，把肝划成了两半。这种疼痛感并没有折磨我爸多久，因为他瞬间就疼晕了，摔倒在地。再醒来的时候，虽然他身上不再疼了，心里却比身下浴室的地板还要冰凉。那时正是黄昏，天还没黑透，有几只小鸟在窗外的树梢上蹦跳嬉戏，"叽叽喳喳"叫着。我爸意识到，这就好像他一生最后时刻的写照，鸟鸣就是死神在他身后吹起了口哨。我爸挣扎着站起来，打了120。医院诊断是癌，已经向全身扩散了。

　　我爸和我说这些的时候，我妈和我就坐在他的病床边，我妈用小勺舀鸡汤，先放在嘴边吹凉了，再喂到他嘴里。我爸讲一句，我妈喂一勺，两个人配合无间，像一对同心共脑的兄妹，像这么多年的恩怨都不曾存在过。上次见我爸的时候，他走起路来比我还快，手舞足蹈，向我讲述他的隐身衣就要研制成功了。可此时此刻，他躺在病床上，腿比我的胳膊都细，像两根枯树枝。

我爸脸色蜡黄，双眼无神，一个劲儿地向我说对不起，除了眼下住的地方，再没有什么值得一说的财产留给我。我想说，不要为我担心。我的剧本获奖了，也许我还真的能搞电影，能养活自己。但我妈用一个严厉的眼神制止了我说任何话。她说，老张，你不要瞎想。大夫今天跟我说，你好好配合治疗，怎么着还有十年活头。

我爸又像是听明白了她的话，又像是什么都没听进去，嘴里念念叨叨。有时他说的话很现实，关于未来这十年他要做什么，再也不能浪费人生。有时纯粹是幻觉和呓语，他认为自己还是二十岁，营房外起山火了，他要和战友们去救火。第二天，我爸清醒的时候，又说起1972年的那场火。他说在梦里，这些战友又来找他了，像没事人似的，还是那样年轻的少男少女。他们说，老张，快走啊，别磨叽。"红军不怕远征难，万水千山只等闲。"我爸念叨着这些革命诗句，我想起李森海脸上的烧伤，心里像是黄连一样苦涩。

我爸睡着以后，我和我妈蹑手蹑脚出了病房，我妈一屁股坐在地上，"呼哧呼哧"直喘气。我从没见她这么狼狈过，即使在被人团团围住要债的时候，她的腰板都挺得笔直。我悲伤地想，看来，这次是真躲不过去了。我妈说，我已经70多个小时没睡觉了，一直在照顾你爸。我说，我接你的班。我妈摇摇头，冲我竖起三根手指，大夫说，这是最后的时间了，他最多再撑三个月。咱们都陪陪你爸吧。我点点头,一时无语。我想起了刚才我爸发癔症时的样子,满头大汗,挥舞着胳膊,像是在呼应某种召唤。黄昏又一次来临,晚霞涌进这条漫长的、弥漫着消毒水味的医院走廊,每块瓷砖都笼罩着一层淡淡的红光。这个我们活着的空间就像被人抹了核桃油。

在医院陪床的日子里,有时我会想起李陆星,想起刘娟。有那么两次,我偷偷想,也许这是上天在给我提醒,不要再去想2012年那件事了。铁铸马头也好,失踪的尸体也好,都和我再没有关系了。我向李陆星做了忏悔,李陆星宽恕了我,这就足够了。我们都长大了,从今往后,他有他的烦恼,我也有我的烦恼。在佛窟里的那一夜,是这个故事最好的结束。

我爸躺在病床上,剧痛一阵阵地侵袭他,像海潮一样,让他彻夜难眠。我爸一个月瘦了二十斤,像是一根躺在烈日下的香蕉,肉眼可见地腐坏着。以前温文尔雅的一个人,现在大喊大叫,把尿布从身下扯出来,甩得到处都是,这让我心里很难受。到后来,他甚至绝食了。有两天两夜,我爸滴水未进。我们本想给他输营养液,可他连护士都打,没人敢靠近他。医生劝我们,尽快料理后事。我和我妈都快急疯了。

有天白巧来医院找我,脸上洋溢着遮掩不住的喜气。白巧说,我告诉你一个好消息。我瞥她一眼,没有说话。我没给她好脸,家里都这样了,有什么值得高兴的?白巧和我妈脾气特别不对付，暗地里总在较劲。可是她明目张胆地看我们家笑话，让我非常愤怒。白巧说，我又怀孕了。我愣愣地看着白巧，努力在分析她这句话的意思。白巧语气有些不满，你怎么傻了啊？不想要张不说了？我摇摇头，说事情太突然，我缓缓。白巧骄傲地笑，刚去照了B超，胎儿发育得很好。三个多月，已经过了危险期，能听到胎心了。我想起李陆星对我说过的话，人这辈子，就是迎来送往。我看着窗外草丛里的野花，它们在随风飘摇。我突然觉得它们的生命和我们的生命是一样的，生机勃勃却又无处可去。再想想即将来到这人间的张不说，我的喉咙突然感到干渴。我紧紧地抱住了白巧，感受着她的呼吸，只有这样，我才能平静。

我爸知道白巧怀了二胎，倒是十分开心。他看了张不说的B超片子以后，嘴角露出笑意，又开始进食了。神志清醒的时候，他偷偷对我说，他要努力，坚持到二孙子出生。我逗他，说那还可能是个女孩呢。我爸倒吸口凉气，那你就得多多费心了。如今这世道，女孩不好养。我爸本来就不喜欢我给老大起的"张不想"这个名字，觉得太个性，长大了去上学，老师同学会笑话他。现在知道我又要叫老二"张不说"，我爸坚决不允许。他让我妈带来本字典，意识清醒的时候，他就从上面找喜欢的字组合人名。那些人名语调拗口，意义宏大，尽显一个老人内心对后代的温暖与希望。

本来我以为，人有个好心情，日子会慢慢好起来。可有一天晚上，我爸开始控制不住地战栗，便血，情况急剧地恶化。医生偷偷告诉我们，可能就是这两天的事了。白巧和我妈抱头大哭一场，我妈去联系后事，白巧回家安胎。病房外只留下了我，听着那屋内传来我爸一阵阵的呻吟。医生走出来说，病人要见你。

我爸躺在病床上，呼吸微弱，但眼睛很明亮，像是一截烧焦木头上的两滴火星。看到我进来，他小声说着什么。可我离得太远，听不清楚。我走到病床前，握住他的手，手很冰凉，像石头一样。我脑子已经组织不出连贯的话语，只能一个劲儿地说，都会好的，都会好的。我爸说，儿子，我们走吧。我愣了，去哪儿？我爸说，去金山，我的隐身衣已经研制完成了。我说，现在不是说这个的时候。我爸说，现在不说，就再没机会说了。不要再浪费时间。我看着我爸，他在流泪，也许是因为激动，他的手热了起来。虽然我爸说得不多，但我能听懂他话里的意思，去金山，这是他的遗愿。如果不去，他会死不瞑目。我们是父子，我是他的一部分，他也是我的一部分。血脉像跷跷板，将我们紧紧连在一起。我必须听他的，这是我的责任。

我找了台轮椅，给我爸戴上墨镜口罩，把他偷偷推出了医院。在车上，我爸只说了一句，放些音乐，然后就闭上了嘴巴，皱着眉。像是在忍受，我知道，他不仅是在忍受病痛，也是在忍受这一辈子的委屈与不甘。那天有雾，路上有些堵。我们到我爸家比平日多花了些时间，幸亏我妈不在。我找到个大编织袋，把我爸的隐身衣和桌上那一堆电线零件统统扫了进去。赶往金山的时候，我爸看到隐身衣，眉头舒展了。我的手机开始疯狂振动，都是我妈和白巧打来的电话。我不知道该怎么解释，干脆关机。

我把车径直开到了金山的顶上，正是下午四点来钟，雾像汽化的牛奶一样稠密，除了我们自己，什么都看不到。往日里不是这样，金山的山顶能俯瞰金市的全貌。摄影家们最爱来这里拍风景，他们说怎么拍怎么有。我爸指挥着我，把隐身衣从编织袋里倒了出来，然后他把这件如同铠甲般的隐身衣披挂在了自己身上。那玩意很沉，因为后背上安了电动车的电池，再加上铁丝钢钉什么的，我拎起来时觉得足有十多斤沉。现在它已经完全压垮了我爸，他缩在隐身衣里，像一只蜷曲在窝里的狗崽。他的嘴唇哆嗦着，眼珠已经变成了一层淡黄色的薄膜。我扶着他的手，将其引到开关处，我爸咬牙，用尽全身气力摁下开关。过了大概两三秒钟，我听到电池嗡嗡作响，马达发动，隐身衣颤抖。我爸问我，我隐形了吗？我看着他，没有说话。我爸叹了口气，无尽疲惫，我的心隐隐作痛。他在隐身衣中如同筛糠一般地颤抖，我说，我们回医院吧。我想过去搀扶我爸，他却拦住了我的手。

我爸说，有些事，我必须告诉你。他的语气很郑重，我只得说，我听着。我爸说，我这一生，最后悔三件事。第一件事，是想发明隐身衣，浪费了好多年。现在一看，才发现自己特别傻。哪怕人人都看不见我，可死能看见每个人。我哽咽道，你别这么

第十二章

说,你在我心里很了不起,人都该有理想。我爸点点头,实在不行,你把房子卖了,做点小生意,怎么着,都是过一辈子。但不要学我,我不值得。

我不说话,我爸的眼球变得越来越淡。他看着我,却像是看着一片虚无。他说,2007年的夏天,你们那个体育老师,麦老师突然给我打电话,说想和我见一面。

我的心狂跳。我爸感觉到了我的紧张,轻轻拍拍我的肩膀。我爸说,这是他后悔的第二件事。那天他赶去学校的时候,我们已经放学了。办公室里就麦老师一个人。看到他来,她对我爸说,张军家长,我们要正确认识青春期少年的心理。麦老师这话把我爸给聊蒙了,他不知道她是什么意思。麦老师问了一堆问题,平日里张军在家什么表现啊,有没有跟家里提过学校中的异性啊,把我爸给问烦了。我爸心想,一个体育老师,又不是班主任,哪儿来这么多问题。麦老师看出了我爸的心思,打开桌上的笔记本,里面有张照片。照片她遮住了,可我爸还是能看出来,上面的字迹是我的。

我爸说这些的时候,天上开始飘雨点,我的脸滚烫。我说,爸,我们回去吧,现在不是说这些的时候。我爸摆摆手,拒绝了。他说,我看到这张照片的时候,心里面又好气又好笑,恨不得赶紧回去,把你小子痛打一顿。多大啊,就知道偷窥女人洗澡了,长大还不得成土匪头子。我向麦老师道歉,麦老师说,张军家长,你知道这件事就可以了,千万不要和张军说。明年那场比赛,对他考大学十分重要。我担心他心里有负担,影响发挥。我会妥善处理这件事的。麦老师自己都这么说,我自然更不好再说什么。对咱们家来说,你考大学是最重要的事情。我和你妈死打活打,折腾一辈子,就是为了那一天啊!我只能对麦老师千恩万谢,离开了那间办公室。后来,我得知了麦老师的死讯,觉得不可思议,和他妈做梦一样。我一个人折腾隐身衣的时候,经常会想起和麦老师的那场谈话。那么健壮和善良的一个女人,怎么会被人杀死呢?我内心有个念头,我和这个女人曾经拥有同一个秘密,如今她死了,也就是说,她把我生命的一部分也带到了那个世界……

雨停了,我爸的意识却又混乱了,说话东拉西扯,词不达意。花了好长时间,才把回忆引回到了正题,声音也随之变得低沉起来,听得出来,他内心很痛苦。我爸说,麦老师的家人发现那张照片,来学校闹事的时候,我正好在学校附近买烧麦,德生源的烧麦,你最爱吃了。我听到同学们对那张照片议论纷纷,心里慌了。我心想警察早晚会查到是我儿子拍了那张照片,那样的话,你高考肯定会因为这事砸了,一生都会被影响。回家的路上,我拼命想招,终于想到了你那个朋友,老李的儿子李陆星。他是唯一能帮你这个傻小子顶下这罪的人。

那天你回到家,虽然在极力掩饰慌张,但脸色太苍白。我的儿子我明白，心里一有事就藏不住。我知道，你在担心警察查到你的头上。于是我做了那顿饭，吃饭的时候，我给你仔细分析了球队每个人的背景和实力，其实我就想让你明白，你手上能甩出去的牌，只有李陆星啊。后来，你什么事都没发生，特别平静。我却局促到每天睡不着觉，天天在学校附近溜达，打听情况。我听说李陆星被带走了，心里石头才落地。我明白，那顿饭没白做。但我没想到，李陆星在你的心里会那么重。这么多年，你小子就像是丢了魂一样，非要拍什么狗屁电影，把日子过得越来越糟。我知道是为了什么。我想劝你算了吧，咱家祖宗八辈没有一个文艺工作者。可每次话到嘴边，我又咽回肚了。我实在不知道该怎么和你说。我这段日子觉得，真相是早应该告诉你的。也许你现在会好过得多……

我一秒钟都听不下去了，挥手打断我爸的话，咬着牙说，现在说这些，都来不及了。我爸低下头，长长地叹了口气，像是吐出了自己的灵魂。我说，我撒个尿，马上回来。我爸点头，我对不起你和李陆星，也对不起老李。得这个病，我认命。也许这就是我背叛救命恩人的报应。咱金市人，信万物有灵啊。可我没办法，我就你这么一个儿子。这就是灵，这就是生命，没有什么比它的延续更重要。等张不想张不说长大，你就明白了。儿子，我就在这儿等你。

我走进森林的深处，点了一根烟。我捂着脸，无声哭泣，泪水滚烫。从少年时到现在,我一直以为,大多数人是这个世界的同谋者,自私又冷酷。比如我妈,所以她可以毫不犹豫地对李森海撒谎,赖掉李家的钱,毁掉李陆星的根基。在我眼里,他们和怪物一样。我爸则是这个世界的反面,是我的铠甲和榜样。只要他在,我就能相信理想和善良这些美好的东西真实存在,而不仅仅是虚妄。我没有想到,他才是生活中最难面对的一道关卡,最狰狞的那个怪物,因为他不仅偷窃人的人生,还会利用别人的胆怯,盗取灵魂与良心。他摧毁了李陆星,也摧毁了我。

我又抽了根烟,心情恢复平静。我走出了林子,回到山顶,我爸不见了。我大声呼喊着他,却没有回音。这时天快黑了,我内心慌张,到处寻找他,却不见踪迹。我甚至产生错觉:也许他的隐身衣真的成功了,此刻他其实就在我身边,一脸坏笑。当他脱下隐身衣,我就能看到他。最后,我在自己的车里找到了他,我爸没有车钥匙,也不知道他是怎么进去的。他已经坐在副驾驶座上去世了。我爸遗容安详,嘴角似乎还挂着笑。直到他死,我都不知道他最后悔的第三件事是什么。帮我照看我爸的护林人问我,老爷子是什么病走的。我说,肝癌。护林人说,你家老爷子硬气。我说,为什么?他说,一般得这种病走,临死前都会喷口黑血。我爷爷就是,喷得天花板上都是。你家老爷子是怕给你添麻烦,生生把这口血咽进肚子里了。我想哭,但那时已是深夜,金山中野风呼啸,我的脸被冻僵了。我跪到了地上,陪我爸最后一程。

第十三章

等待医院来车的时候，雾越来越大。雾涌进车厢，把我爸淹没。我渴望他此时消失，隐身不见。我伸手去摸，奇迹没有出现，他的脸冰凉，像一块冰。

接下来的日子，我过得晕头涨脑。

料理后事的时候，我爸那边的亲戚对我妈甩脸色，说话也是夹枪带棒。他们偷偷告诉我，我爸以前身体很好，还拿过金市马拉松的业余组冠军。要不是我妈欠下那么多的债，他怎么会得肝癌。我爸是被我妈气死的。追悼会上，我妈害怕遇到债主，没敢出现。我回到家，我妈已经哭得瘫倒在了地上。我扶起我妈，把她搀扶到沙发上的时候，我发现我的脸已被泪水打湿。我分不清楚，这是我的泪还是我妈的泪？

也有可能，是我爸从天上落下的泪。

我一直在想，我爸为什么要去金山，为什么要把2007年的事情告诉我。想来想去，我只能得出一个结论，他不想欠李森海，更不想让我欠李陆星。他是要我去还债，无论付出什么。

这似乎才是真正的天启，人活一世，仅仅是忏悔，远远不够。我们从李陆星身上偷走的，我必须用尽全力去偿还。我爸说万物有灵,这是我的灵我的命。找出那铁铸马头之谜的真相,给李陆星一个关于他父亲下落的交代,我才能死时获得平静。

我妈回沙漠之后,我对白巧说,我得出门一趟。白巧问我多久回来。我说,也许几天,也许几个月。白巧诧异地望着我,那时她的肚子已经显形了。白巧说,我实在想不出有什么大事,能让你说出这么操蛋的话。我苦笑,说不出来话。白巧说,你走吧!你要是不操蛋,也就不是你了。

白巧是个好女人,尽管怨气很大,我走那天她还是带着张不想下楼送我。我亲了亲张不想,不知不觉,他已经快三岁了,还是不会说话,只能"哇哇"乱叫着表示他的不舍与难过。我又亲了亲白巧的脸,她说,快滚吧。我最后亲了亲白巧的肚子。那时我的心里涌起一股恍惚,我觉得还没诞生的张不说就是李陆星,我就是死去的李森海。我是在去阻止一出循环的悲剧。可我的冒险究竟是为了给李陆星一个交代,还是为了替我们的孩子向我们的父辈要一个答案,我自己也说不清楚。

我回到石窟时是上午,天气晴朗,李陆星正跟着道尔吉种树。他冲我站立的方向,含笑点头。我挥手示意,这才想起来他看不到我。李陆星径直走到我面前,没想到这么快又见面了。我说,那边的事都完了。李陆星点头,生老病死,人之常情。你节哀顺变。这时我听到了马的嘶鸣,是刘娟遛马回来了。亨特比前些日子更枯瘦了,我想起我爸。感到一阵悲伤漫过我的心,我做了这段日子一直想做的事，紧紧抱住李陆星。我对他说，兄弟，我们都要好好地活。李陆星也抱住了我，他不知道该说些什么，只是轻轻拍打我的后背。我们拥抱的时候，我注意到刘娟站在那匹马的身后，我总觉得，她是在有意躲避我。

吃午饭的时候，道尔吉嚼着鸡腿，问我进城一趟，带没带啥礼物回来。道尔吉老婆没好气地瞪他一眼。说实话，我很欣赏道尔吉这种自来熟人来疯的性格，他让在我看来不存在的东西显得至少不玄妙。我说，我还真带礼物了。道尔吉吃惊地看着我，我和你逗着玩呢，怎么能真要你的礼物呢？我说，离开这么久，心中很想念大家。道尔吉哈哈大笑，满意地点头。他学李陆星，管我叫做"军哥"，尽管他的年龄比我大出十岁不止。他拎着那根鸡腿，指着他老婆，又指了指我说，军哥和这座山有缘，我说得没错吧。我回到窑洞，从包里取出一个小木盒，回到餐桌边，我把木盒的盖子打开了。刘娟扫了一眼盒子里的东西，脸色变得有些白，举起的筷子停在半空，不知道该落在哪盘子菜里。

盒子里有几个铁铸的马头挂件。我取出其中一件，让李陆星摸了一摸。李陆星说，你真是太有心了。他的语气里充满惊喜。我说，我找了个3D打印店打印的。材质、细节应该和你送给我的那个一模一样。李陆星把那马头挂在了自己脖子上，怜惜地摸着。我把盒子中的其他几件马头分发给众人，到刘娟的时候，她轻轻说了声谢谢，然后将那马头揣进了兜里，闷头吃饭。从那天起,刘娟除去遛马,整天只待在自己的窑洞里。我猜想,她是在避免和我接触。

在佛窟的日子,每天我除去发呆和听李陆星念经,就是在改《两颗雨滴》的结尾。那时在我爸的追悼会上我遇到了小琪姐,她说,我很喜欢你现在的《两颗雨滴》。我说,你是从哪里看到的剧本。小琪姐说,我是那个剧本比赛的评委之一,否则你凭什么获奖。她鼓励我再改改剧本,结尾不要太飞,要正面进攻,给这个故事明确的意义。如果可以,她想投资这个项目,争取冬天的时候能招一批制作人,正式投产。日子又恢复了往昔的平静,我偶尔也会想,电影也好,人生也好,有时显得非常贱。你需要它给你些信心的时候,它恨不得用尽所有招数折磨你。你不再需要它,不再相信它能产生小琪姐所说的那种意义的时候,它反而像一条赖皮狗般贴到了你脚下。有时我也会想到放弃,我和李陆星交流过。我说当年疯了一样地想拍《两颗雨滴》,其实是为了你。如今你就在我面前,我还要这狗屁电影做什么。李陆星笑,劝我多想想张不想和张不说,我觉得也没错,只好又开了电脑。

有一天晚上,我拎着水壶去厨房打水,正好遇到了洗碗的刘娟。当时厨房里只有我们两个人,她有些慌张。我笑着说,这些天很少看见你。刘娟看着我,不说话,眼里像是含着一层快结成冰的水。我这才发现,其实在我观察她的时候,她也在窥视我。刘娟的沉默不是因为性格内向。她眼中的这层冰从2012年一直冻到今天，从没有融化过。无论我和李陆星关系有多融洽，刘娟其实一直都防备着我。我又想起了2012年她倒在我怀中时身体那剧烈的战栗。

那次之后没多久，我们正在吃午饭，刘娟说，山上的米和油都快用完了，我下午要进城一趟。道尔吉夫妻没说什么，闷头吃饭。李陆星愣了一下，点点头。盛夏午后的蝉鸣震耳欲聋，我吃面条吃得满头大汗，可因为内心紧张，身上一阵阵发冷。

吃完饭，我和李陆星聊了一会儿，隔壁道尔吉的窑洞里传来他们夫妻俩的鼾声。我不再说话，闭目养神。过了一阵，李陆星也睡着了。我下了床，蹑手蹑脚走出窑洞，藏在了草丛中。大概十分钟之后，我听到"嘎吱"一声门响，抬头望去，正是刘娟。她穿着一身深蓝色的连衣裙，上面缀满了白色的碎花。刘娟没有化妆，脸色苍白，接近于透明。远远望去，刘娟就像一簇飘摇的蓝色火苗。

刘娟上了大巴，我开着车跟在她后面。大巴到金市长途客运站门口后，刘娟下车，换乘一辆出租车。我尾随她穿过一条又一条的街道。太阳很大，冷气打足了还是热。这时我听到淅淅沥沥的声音，竟然有一阵雨点飘落到车窗上摔碎，被雨刷器抹去，像是幽灵遁形于日光里面，我不由得打了个冷战。

我们经过了婚庆公园和青铜器广场，经过了丰收街和市中心医院，路上的行人戴着口罩，步履匆匆，我在想，再过一百年，口罩会不会变成人的新生器官呢？刘娟乘坐的出租车到了曾经的太阳城，也就是如今的金南广场，她钻出了车厢。她的目的地竟然是这个地方，我万万没有想到。我把车停在路边，跟在她身后。远处那座大佛锈迹斑斑，还变成了残疾。在春天的一场沙尘暴里，它的左手掉了下来，摔成一片瓦砾。我听说，为了消除林生虎的恶劣影响，市里已经决定在秋天的时候把这座大佛给拆除了。尽管这样，佛还是慈悲地望着我们，嘴角含笑。

疫情时期，金南广场的生意受到了影响，林生虎为此还着了几天急，嘴角都烂了。现在一切恢复常态，2020年的冬春像是个梦。这倒是符合金市人的秉性，再大的灾难，我们都能当成噩梦般挺过去。然后忘掉伤痛，拥抱生活。此时此刻，商场里人流依然如织，只不过都戴着口罩。刘娟走过了金南广场，从后门钻了出去。那是一片废墟，十八年前太阳城的残存遗迹。林生虎本想把这里建成金南广场二期，没想到自己会遭遇意外。我看到她钻进一座烂尾楼，我也跟着走了进去。烂尾楼中光线昏暗，积灰与腐败事物交织在一起的臭味扑面而来，刘娟却失去了踪影。

我听到地下室传来脚步声，急忙冲下了楼。黑暗一片，我向前摸索，突然听到身旁有石子滚动的声音，我急忙闪躲，铁棍砸在了我刚刚站立的地方，溅起一串火星。我惊出一身冷汗，暗骂自己愚蠢。这不是我在跟踪刘娟，而是她设下陷阱，我自己钻了进来。

我站在原地，大喊，来啊！黑暗中没有回应。我从裤兜中掏出了折叠刀和打火机，打着火，一个戴着口罩的男人正站在我面前举着铁棍向我砸来，我听到刘娟的惊叫。她说，爸！小心！我往旁边一让，铁棍带着一阵风砸到了墙上，溅起一阵火星。微光中，我看到一个戴口罩的男人怒瞪着我，眼睛血红。我意识到，这是刘大河。我把匕首刺向刘大河，他闪到一边，用铁棍砸在我胳膊上，打火机和匕首应声落地。

在晦暗中，我心中惊骇不止。这时我又听到了铁棍向我头顶砸来的呼啸声，我什么都看不到，都不知道自己该往哪里躲，心想这次死定了。一个人突然抱住了我，把我扑倒，铁棍砸在了地上。扑倒我的人身上有一股我很熟悉的味道，我说，李陆星，是你吗？李陆星没有理我，冲着黑暗哀求道，你们停手吧！张军是无辜的。我听到一个男声和一个女声嘀嘀咕咕，李陆星轻轻拍拍我的肩，小声说，想活命，就不要再追了。脚步声响起，先是男人沉重的步子，紧接着是女人轻快的步子。李陆星从我身上爬起来，向脚步声远去的前方走去。我说，李陆星，你要去哪里？他没有回答我。他的脚步声和刘娟刘大河的脚步声汇合，在我的战栗之中越来越远。

我站了起来，向他们消失的地方追去。摸着墙大概走了有二百米，我看到有光漏进来，眼前是一扇门。踹开门，阳光像刀子般向我的眼中坠来，我急忙用手遮了下眼睛。视力恢复后，眼前的事物让我的心狂跳起来，竟然是那座大佛。李陆星站在大佛的脚下看着我，孤零零的，看上去很悲伤。他身旁的刘娟拽了他一把，两人突然消失了，像是幽灵一样。我感到不可思议，急忙追了过去。在大佛的左脚趾上，我发现了端倪，原来这里有一道暗门。我推开门，一条蜿蜒漫长的密道向地底伸去。我想思考些什么，可脑子里只有李陆星，我走进了暗门。

密道里有风，吹得我骨头发冷。我眼前的人间比夜还漆黑，只能凭借感觉去找寻脚下的台阶。数不清的台阶先是向下，然后再是向上。这里密不透风，氧气稀少，我身上一层又一层地出汗，衣服完全被汗水浸湿了。走了大概有半个小时，密道里的氧气都快被我吸干。在昏迷之前，我的额头撞在了一处坚硬物上。我使劲敲了两下，有回响，对面是空的，这是扇门。我用力撞开那扇门，扑了出去。我顾不得去看眼前的世界，只是跪在地上，大口呼吸着新鲜氧气。这时我发现，脚下的地板特别眼熟。就在我心中诧异的时候，我听到"叽叽喳喳"的声音。我的脑壳像是被锤子砸裂一样剧痛，脑浆在沸腾。因为我知道这里是什么地方了，我也知道2012年那三具尸体不翼而飞之谜的真相了。"叽叽喳喳"的声音响成一片，像海浪一样涌过我。

我很熟悉这个地方，只不过以前我是站在铁栅栏外向这里面看，此刻我却成了笼中囚徒。我抬头望去，我在人造的假山环绕之中。在我的头顶，无数金眸野猴冲我凶狠地龇牙，它们在笑，而我却在流泪。

这里是林生虎的会所。我第一次来，是2008年，林倩倩带我和李陆星到这里逗猴子。后来我成了林海集团的宣传部长，无数次来这个地方，林生虎会在这里请他的贵客们品尝他最喜欢吃的那道菜：生吃鲜猴脑。

猴子们尖叫着，像是一颗颗炮弹般向我扑来。我捡起一根粗壮的树枝当武器防身，它们停下攻击，嬉笑着，捡起石头扔我。我用尽全身力气大喊，救命啊！救命啊……

五分钟后，这里的两个饲养员拎着消防斧冲进猴山，把浑身是血的我拖到了外面，锁住了栅栏的门。二十分钟后，警察来了，头头竟然是陈诺。我冲他招手，苦笑道，咱俩真是有缘。陈诺铁青着脸，给我点了根烟，说怎么回事。我指指猴山，里面应该有你们一直在找的东西。

在警察冲进猴山抓猴子的时候，陈诺告诉我，这条密道本是几十年前金市人防工程的防空密道，是用来防老毛子的。改革开放以后，人们把这条密道都忘了。谁也没有想到，林生虎会把它藏在一座大佛里，和自己的私人会所连在一起。

那起连环杀人案中的三具尸体如何不翼而飞，如今终于真相大白：2012年，刘大河在太阳城的废墟里陆续杀死了李峰、张桥和赵小平，然后把他们的尸体拖进了大佛中的密道，分尸后，通过密道运到了猴山之中，让这群野猴吃掉尸块。陈诺听完我的分析，脸色发白，有些吓人。丁烈回来说，查清楚了，刘大河在2009年到2014年之间，在这个地方做饲养员。陈诺说，不可思议。我说，没什么不可思议的，林生虎一直给这些猴子喂肉吃。陈诺看我一眼，让手下人把我带出去。

就在这个时候，我听到有人大喊，找到了！我回头看，猴山之中，一个年轻警察举着一块碎裂的人类头盖骨在冲人们挥舞。我不知道这是三个死者之中哪一个人的，但一想到猴子们吃了他，我又吃了猴子的脑子，一阵恶心涌上了我的喉咙。我抬起头，发现那佛在透明厚玻璃做成的屋顶上似乎俯身下来，脸凑在我边上笑着。我头晕目眩，弯下腰，拼命地呕吐。

第十四章

我在家里静养了半个月,白巧和张不想一直陪着我。白巧天天给我熬燕窝吃。那燕窝本是她为了胎儿发育,花两万块钱买来的,没想到最后落到了我的肚子里。我过意不去,对白巧说,本来应该我照顾你。白巧不理我,削好一个苹果,切一块塞到我嘴里,又切一块塞到自己和自己玩的张不想嘴里。她对张不想说,张不想,你长大以后可千万别学你爸你妈,变成傻逼文艺青年。啥本事没有,还天天把自己当成救世主。给自己孩子取名叫"不想",其实想的比谁都多,可多愁善感了。

听完妈妈的话,张不想咧嘴笑了。他一挥手,喊道,妈妈,粥!张不想正在学说话,"粥",就是"走"的意思。最近他很迷恋外面的那个小花坛,因为那里总聚集着一群小朋友。每次他想出去玩的时候,就说,妈妈,粥!

陈诺来看过我两次,我想,他其实也是打探消息。他告诉我,李陆星、刘娟和刘大河都失踪了。陈诺动用了全部力量在整个金市搜捕他们,可连根毛都没找到。说实话,这在我的意料之内。从2008年高考那天开始,他们可能就一直在为事情败露的这一瞬间做准备。如何逃,逃到哪儿,他们可能已经准备了一万遍。我觉得我可能这辈子再也见不到我的朋友李陆星了，再想想他一个盲人，要隐姓埋名活完这一生，其中会遭遇多少难过，多少痛苦，我的心里就很难过。

在家的日子里，白巧很开心，她的脸都吃圆了。有爸爸陪伴，张不想也十分高兴。揍他的时候，哭声也比平常响亮了不少。第七天的晚上，我躺在床上，心事压得我喘不过气来，可我动都不敢动一下，生怕吵醒白巧。月光洒在我的胸前，竟然越来越烫。白巧突然翻身，抱住了我。她说，老公。我说，嗯？她说，究竟是怎么回事，你像是丢了魂。我心中不知道哪里来的勇气，似乎意识到，此刻再不说，就再也没机会了。我将会一生像幽灵般飘在世间，没有本我。我从2008年麦当娜被杀开始讲起，把这些年我和李陆星的恩怨一五一十都讲给了白巧，就像是在做忏悔。一直到我讲完，白巧没说过一句话，只是中途在我流泪时握住我的手。她手心的温热让我感到人生依然温暖。白巧在黎明到来时终于开口，你想走就走吧。我说，去哪儿？我就想在家待着，陪张不说出生。她说，你骗我。你想去找李陆星。过了一会儿，我说，我不知道去哪里找他。她说，那你也要试一试，我不想让你后悔一辈子。她拉住我的手说，去吧。现在也许你还能找到他，要是晚了，可能就真的再不会见面了。

第二天早上，我去了石窟。那里的变化让我大吃一惊。门框和香台积着厚厚的灰土，十分黯淡。李陆星和刘娟住过的那两间窑洞贴着封条。我凑到窗前看，里面空空如也，墙角都结了蛛网。道尔吉瘦了，身形比以前小一圈，腰有些佝偻。他告诉我，自从警察来此地搜查过之后，这里容留杀人犯的消息就传了出去，越传越凶，道尔吉被公路段解雇了。我向道尔吉道歉，我觉得是我害了他。道尔吉拍拍我肩膀说，老弟，没事。这里有这么多树，我饿不死。

虽然没了工作，但吃饭的时候，道尔吉老婆还是做了满桌大鱼大肉。一闻那肉腥的味道，我差点吐出来。我说，我改吃素了。道尔吉愕然道，为啥。我苦笑，却不能说理由。道尔吉老婆又给我加了个醋溜白菜。

道尔吉喝多了，一个劲儿地对我念叨，刘娟本本分分一个女人，怎么会是杀人犯。李陆星一个瞎子，怎么会是杀人犯。我问他，心里有没有李陆星可能会去的地方。道尔吉摇摇头，不说话。

我更吃不下去饭了，放下碗筷，我站了起来。环顾四周，李陆星的存在痕迹只剩下了佛窟外的土墙上那面涂鸦，黄金草原栩栩如生。我问，亨特呢？道尔吉说，前不久的一个夜里，自己跑了。那之前它已经病得都不进食不喝水了。真没想到它还会有那么大力气。但我不奇怪，它是野马，绝不会死在人眼前……

我的心狂跳着，喉咙发干。因为我想起那时李陆星对我说，他和亨特灵魂相连。如今亨特病危，黄金草原是人世间他们的灵魂唯一能去的地方了。哪怕李陆星没在那里陪着亨特，至少，站在草原上，我也能感受到他。

进入金市，已是黄昏。我加了一箱油，在加油站的超市里随便买了点面包和牛奶，当做晚餐塞进了肚子。然后我踩动油门，横跨整座城市，从另一头出城，再向南六十多公里，到了黄金草原。夜幕下，天尽头，无边无际的野草发着淡淡的金光。据说，这片草原的土壤有药效，野草的根茎正是吸收了药物成分，才会发出金光。金市的羊肉之所以鲜嫩美味，就是因为将这野草当做饲料。车行驶在厚厚的草甸上，就像一艘在海面上漂游的小船般晃晃荡荡。青草的香味顺着打开的窗户飘进车厢，闻起来令人迷醉。

我的车驶过一片又一片牧场，每遇到一户牧民，男主人都会热情地用蒙语呼唤我进蒙古包里坐，女主人都会给我倒上热气腾腾的奶茶和手扒肉。我却没有心思与人们寒暄或是享用美食。我把李陆星的照片给每个人看，人们都是憨厚而遗憾地笑，摆摆手，表明自己没见过这个人。在草原上，我就这样来来回回折腾了一夜。到夜里四点多的时候，野草都垂下了草尖，不再发光。万籁寂静中，我的车在草原深处熄火，再也挪不动半米。我心里暗骂了一声"操"，看眼仪表盘，油箱竟然空了。我掏出手机，想打救援电话，可手机竟然没有信号。看着黑漆漆的草原，我心里有些发慌，但一时也没有办法。我只能从后备箱里取出一件军大衣，把座椅放平当床，躺在上面，裹紧军大衣，等待黎明到来再作打算。也许是我太过疲惫的缘故，躺下没多久，我就睡着了。

不知过了多久，我被一阵声音吵醒，迷迷糊糊睁开眼睛，天已经亮了。草原油亮亮的，像俄罗斯画家画的油画。那阵声音在我身后又响了起来，我回头看，是一个牧民在敲我的车窗。我打开车门，下车。清晨的草原非常冷，我冻得直哆嗦，心中非常羡慕那牧民的打扮。他穿着蒙古族长袍，戴着一顶棒球帽。草原上风太大，他用围巾蒙着脸，只露出一双明亮的眼睛。陪伴他的是一匹白马，白马瞪着眼睛，好奇地打量我。我冲他们笑笑，白马打了个喷嚏，像是非常不屑。他用半生不熟的汉话问我，为什么孤身一人睡在车里。我给他看李陆星的照片，他摇摇头，说没见过。他的声音有些发闷。我说，我在找我的朋友，可是车没油了。牧民点点头，告诉我他叫宝音。宝音说，离这里最近的村子，有三十多公里。只有到了那儿，我租辆牧民的皮卡车回到这里，才能脱困。我和宝音连说话带双手比画，交流了半天，我还是不知道怎么去那个村子。后来宝音绝望了，冲我竖起两根手指，二百块钱，我带你去。我说，我没有现金。宝音说，村子里有信号，你给我支付宝。

去村子的路上，我和宝音同乘那匹白马。宝音的骑术很好，我坐在他身后，抱着他的腰，马背宽阔稳当，野风中都是花草的清香，我的焦躁渐渐平息。宝音说，你是干啥的。我说，导演。

他说，难怪。我说，难怪啥。他说，你这个人挺有意思的。我说，我怎么没发现我有意思？宝音说，我遇到过很多来草原上找人的。可要么是找女人，要么是找自己。我说，他们的故事肯定比我的有意思。

我说这话的时候，语气里带了一丝不耐烦。宝音的袍子上有股浓厚的羊膻味，我也实在没什么欲望去和人聊天。我想打断他的话头。宝音似乎也察觉到了我的想法，他轻轻踹了一下马镫子，白马一溜小跑了起来。

宝音回头看我一眼说，那个朋友一定和你关系很好吧？否则你不能费这么大劲儿找他。我想了想说，他是我的兄弟。宝音摇摇头，你要是他的兄弟，他应该在你的身边。我说，我想睡一会儿，你让马跑得慢一些。有点颠。

宝音没有勒缰绳减速，马反而跑得更快了。很多牧民待在草原上，天天喝酒打架，脾气怪异。我倒也是见怪不怪，心中更像是赌气一样，不愿暴露自己的胆怯，只是把他的衣服拽得更紧了。白马钻入一座森林，速度越来越快，像箭一样冲刺。我眼前的树木像是被河水冲走一般转瞬即逝，心都快从嗓子里蹦出来。我说，还有多久到那个村子。风有些大，宝音问，你说啥。我又提高音量说了一遍，宝音喊道，快了！快了！我的面颊有些湿，这让我感到奇怪。抬头望去，明明太阳高悬，却有无数雨滴穿过茂密的树荫落下。宝音见下起了太阳雨，又踹了一脚马镫，白马

第十四章　　275

像道闪电。我喊道，慢一点。宝音喊，下雨了！我说，太快了，我怕出事。宝音像是没有听到，他摇摇头，说了一句话。"人啊，就是个迎来送往。"

我心中骇然，李陆星曾经对我说过一模一样的话。宝音的语气就像当年的李陆星。这个时候，我发现了他面颊左侧露出一块斑驳的烧伤。我的头像是要裂开一样疼痛。我似乎看到1972年的火灾，身穿军服的少年们被烈火烧成一具具焦尸。一个小个子男孩正在从火海里拖着他的战友们苦行。我想起我爸对我说的，"好人应该有好报"。

我说，你究竟是谁？他没有回头，只是呼哧呼哧地喘气。我说，你是刘大河？他不应声，回头看我。我一把扯掉他蒙面的围巾，不是刘大河，竟是李森海。他还像曾经那样的憔悴，枯瘦的脸上都是汗珠，像刚从一场雨中走进这场小雨。隔了这么多年，他只是鬓角白了。李森海一勒缰绳，白马嘶鸣着站立起来，我被摔到了马下。脑袋碰在一块石头上，我眼前天旋地转，晕了过去。

再醒来时，我发现自己躺在一座山岗的顶端，眼前不远处就是无边的草原。蓝天白云，几座蒙古包点缀在天边。世界像是一个古老的梦境。正是傍晚，彩霞像热血一般壮烈地洒在芸芸众生之上。我的额头剧烈地疼痛，想坐起来，才发现自己的手脚都被捆着。一双手扶着我后背，让我半坐。李森海绕到我的前面，蹲下来和我对视，眼神复杂，被烧伤的面目十分狰狞。明明还有太阳,我却被他阴森森的眼眸盯得脊背发凉。我说,李陆星呢?

李森海说,他和刘娟连夜走了。我说,他们去哪儿了?李森海笑,现在说这些还有意义吗?我说,你怎么还在?李森海说,你追到这儿的时候,我就知道你会一直追下去,这辈子不会消停。所以我把他们支走了,自己留在这儿等你,我想试试。我说,试什么?李森海说,试试能不能把你留下。我没说话,心中突然难过起来。此时此刻,他把我杀掉埋了,再也不会有人知道我在哪里。我就和李峰张桥一样,永远失踪。我想起白巧肚子里的张不说,一面都没见过,心中不由得后悔。李森海说,你爸还好吗?我说,他去世了。李森海摇摇头,痛苦道,你爸是个好人。我说,他走前特意嘱咐我,遇到你要告诉你,这么多年对不住你,他心里有愧。李森海说,我们所有人都会过那边去。等我也过去的时候,我们俩聊我们俩的。咱现在聊眼前的事吧。

李森海给我点了一根烟,烟雾把我的眼睛熏出了眼泪。我说,我妈把你和李陆星害那么惨,你为什么不找她、找我们?李森海没回答这个问题,反而问我,还有什么话要说。我说,你想听我说话?李森海说,你找了这么久,总要把事情搞清楚,把话说明白。我觉得也应该说明白,毕竟你是我儿子的朋友。我点点头,李陆星亲眼看到你死了。这时我的烟燃尽了,烟屁滚烫。我吐出了烟头,李森海捡起来摁灭,又给我点了一根。他说,我儿子是怎么和你说那天的事的?我心狂跳了两下,感觉有什么地方

第十四章

好像出了问题。我开口，从李陆星被劫走说起，过程中李森海没有打断我，直到我说完。他点点头，说差不多是这样。但关键部分，王强为什么该死，李陆星骗了你。我们还有一点时间，我该把真相告诉你。我看着李森海的金色眼眸，点头。李森海一边抽着烟，一边在缓缓落下的燃烧星球下讲出了那天的真相。

2008年6月7日，李森海也在考场外。他怕遇到债主，戴着口罩，躲在考场门前聚集的人群外面，等着李陆星。他相信李陆星一定明白他的苦心，知道父亲在看着自己。他俩熬了这么多年，此刻要并肩作战。

李陆星考完语文以后，走出考场。李森海看他一脸轻松，估计考得不错。李森海松了口气。他最担心的就是儿子的语文，李陆星作文不行，总是不好意思写空话。这个时候，王强走到了他面前，像是从沙地里钻出来的蛇。王强说，好好好，父子情深，我估计今天就能找到你。李森海说，我在筹钱，你让我儿子好好考试。王强说，没不让你儿子考试。既然你来了，咱们就聊聊，一会儿就完事。李森海说，你先让他走。王强脸黑了，他说，你信不过我？我说一会儿就是一会儿。李森海没办法，跟着他上了路边的面包车。没想到自己一进去，王强就像疯了一样地揍他，把他打晕了。然后王强用绳子捆住了他，用块破布堵住了他的嘴。

后来，被捆住的李森海看到王强走到儿子身边，和他嘀咕了两句，估计是说自己在车上。王强拽着李陆星的手，把他也拽进了面包车。李陆星看到父亲被捆着，瞪大了眼睛。王强从他身后拿砖头砸他的脑袋，一下子就把他打晕了。李森海急了，想坐起来。可他手脚被捆着，什么都做不了。

　　王强开着小面包车，把他们带到了火葬场。李陆星醒了，他的眼睛血红，攥住拳头，身体不停地抖着。他用眼神哀求王强。王强看李森海一眼，就是嘿嘿地笑。李森海不知道他要干什么，心里害怕极了。他把父子俩拽进了火化间里面的小屋，拽开了李森海口中塞的布。李森海说，求求你，我当牛做马，给你还钱。王强说，那就是没钱了？李森海不敢说话。王强又把那块布塞进了他嘴里。王强走到李陆星的面前，先脱了自己的裤子，然后又去脱李陆星的裤子。李陆星拽着他的手，说你干什么？王强笑道，你这次陪我，我多给你们二十天时间。李森海听到这话，眼前一黑，明明是在夏日，明明不远处就是烈火燃烧的焚尸炉，他却觉得像是自己被冰棺冰封。李森海拼命想站起来和王强拼命。可绳子紧紧勒着他，快把他勒爆炸了。李陆星想推开王强，王强一下子暴怒了，给了李陆星两耳光。王强说，你他妈的和我装？李森海去咬王强的脚踝，王强踹了李森海脑袋一脚，李森海的眼前一片血色。王强不再理李森海，把李陆星拽出了屋。李森海躺在石头地上，呼吸困难，以为自己马上要死了。没想到，神志却渐渐清醒。但李森海此时此刻生不如死，觉得自己好像被王强扔

第十四章　　279

进了烧开的油锅。他使劲挣扎，但连坐都坐不起来，就是在地上打滚。

这个时候，李森海听到窗户在响动，抬起头，是刘大河翻窗进来了。他给李森海解开绳子。李森海想冲出去救儿子，刘大河抱住了他。刘大河说，他敢杀人，你敢吗？李森海瞪着眼睛说，我敢！我现在把他们全杀光。刘大河说，你杀了人，陆星怎么办？他的话像针一样，一下把李森海扎漏气了。李森海流泪，但说不出话。刘大河说，你把外衣裤子脱了，咱俩换下衣服。李森海说，为啥？刘大河从兜里掏出一个口罩，给自己戴上。他说，咱俩体型差不多，一会儿我假扮你冲出去，把陆星救下来。你换上我的衣服，赶快跑。李森海摇头说，不行，王强要是发现了呢？刘大河说，我又没欠他们钱，他顶多打我一顿，拿我没办法，他也就消停了。李森海说，这很危险。刘大河说，不说这个，我本来就欠你家一条命。陆星还年轻。李森海还想说什么，刘大河摁着李森海的手说，别磨蹭了，一会儿你使劲儿跑，无论出什么事都不要停下，一直跑到你跑不动了再说，明白了吗？

刘大河很用力，李森海的手腕被他按得生疼。李森海的脑子全乱了，觉得眼前世界一片迷雾。只有刘大河的双眼明亮，像灯火，给人生命光明。刘大河点点头。他俩换好衣服，刘大河冲了出去。李森海翻窗户逃到了火化间外面。他本想听刘大河的，跑到没有了力气再停下。可没跑几步，他就听到了火化间里传来一连串刘大河的喊叫,撕心裂肺,似乎在搏命。李森海知道出大事了,于是又折返了回去。在门口,李森海看到里面景象,立刻猜到了八九分。

此时此刻李陆星躺在地上,王强拿着斧子已经把刘大河逼到了焚尸炉的炉口。他们之前低估了王强的变态与疯狂。李陆星落在他手里,本来是羊入虎口。王强没想到一直唯唯诺诺的"李森海"阻止了他。事情的突然变化,让原本就亢奋的王强发狂。他抄起斧子,一下又一下地劈"李森海"。戴着口罩的刘大河浑身是血,走投无路,明白再不反抗,自己和陆星都是死路一条。他突然用力,扑到王强身上。王强用斧子疯狂地劈在他身上,鲜血四溅。他似乎没有知觉,只是抱着王强,怀着必死的决心,一头扑到了焚尸炉里。李陆星一声惨叫,想去救"李森海",却被烈火烧瞎双眼,晕倒在了地上。这一连串的变化就在弹指一挥间,李森海来不及反应,一切都结束了。

这个时候,李森海万箭穿心。地面抖动,李森海回头看,他头顶的大烟囱冒起了黑烟。火化间里静悄悄的,弥漫着一股肉的焦臭味。他只能强忍惊恐,背起李陆星,逃出了火葬场。

太阳落山,夜幕升起。李森海说,后来我脑子里想象过无数次,如果当时大河不顶替我,会是什么样。想来想去,都是死局。现在你明白了吧?

星群下,我泪流满面。我说,刘大河死了,你用他的身份继续活？李森海点头，刘娟随她爸，看着柔弱，但心里特别刚强。她出的主意，说她在卫校学的护士，可以照顾陆星一辈子。我反对过，可她坚持这样做。她说如果李森海还活着，还会被继续追债。王强死了，还有赵强刘强。李陆星这辈子还得继续被他们折磨，他爸爸的死就没有意义。从那天起，我变成了刘大河，一个人活着。陆星和刘娟相依为命。有时我会和刘娟见面，打些黑工，隔段日子，给她些钱。

我问李森海，李陆星知道这件事吗？李森海摇头，有时刘娟会带陆星去散散心，到公园广场这些地方。我只敢戴着口罩隔着人群远远看他一下。我和刘娟绝不能让他知道我还活着。所以，他一直以为把王强扑进焚尸炉的人是我。从2008年到我在那条密道里截你，那是我和陆星第一次见面。可他心里应该是早就对刘娟起疑心了。毕竟父子连着心啊！所以他才会去拦我。直到现在，他也不知道我究竟是生是死。我说，李陆星有次遇险，是你救的？李森海点头，只有那次，我实在是没办法了。我说，他以为是神，我也差点以为是。李森海苦笑，这孩子从小就信这些，心太善。我那时说过他几次，这些年我才明白，他是对的。人活着太苦了，心里面信些什么，人才能熬得过去。我问他，你信什么么？李森海想了想，语气有些肃穆，我信即使我永远消失，我也能永远陪着我儿子。现在你明白了吗？我找你妈，找你家又能怎么样呢？讨债？有些债，人能还上。有些债，还不上。复仇吗？

把你妈杀了？把你们一家都杀了？我已经害了陆星、大河还有娟子，我已经够对不起他们了，再为自己的仇恨，让他们白白牺牲，我做不出来。我只想保护着我儿子，一直到我死。

晚霞让整个草原像是染过血一样红。李森海说，时间不多了。此时我看到山岗下的草原上有一土坑，远远地看，如同个黑点。他杀死我之后，就会把我埋葬在那里。我说，2012年，你为什么要杀他们。李森海说，我欠了他们钱，实在没办法了。李森海说这话的时候，声音飘渺，不像个凶手，倒像个幽灵。我说，李陆星现在在哪儿？李森海说，刘娟把他骗走了，一个很远的地方。他以为我在那里，去找我了。好了，时间差不多了。

我想站起来，但绳子捆得很紧。李森海说，别费劲了，我打的是死扣。我折腾了一阵，最后放弃了，喘着粗气看李森海。李森海说，如果我不杀你，你能不能放了我，不告诉他真相。我摇摇头。李森海皱着眉，脸沉了下来。他问我，为什么？我说，李陆星是我的朋友，还有那些被害者的家属，他们应该知道真相。李森海苦笑，因为脸上的灼烧，倒像是哭一样。他说，真相就是2008年死的就应该是我。我说，你就不想见你儿子一面？你欠他的，我们都欠他的。此时，太阳落山了。月光笼罩草原，草地幽蓝。李森海向我走来，他说，那现在就是还债的时候了。

李森海从兜里掏出一把折叠刀，走到了我面前。我闭上眼睛，等待着他动手那一刻。此时大地尽头突然传来隐隐约约的声响,像是滚滚雷声。我睁开双眼,看到天边的地面上无边的乌云涌来。李森海竟然割断了绑我的绳子。我跳起来,看着眼前的李森海和四面八方涌来的乌云,觉得世界像梦一样不真实。我问他,为什么?李森海苦笑,你是我儿子的朋友,不是坏人,我不能杀你。可如果你把我的事捅出去,我会被抓,他一定会回来找我。他的身份会暴露,债主们能把他撕碎,我们做的一切就白费了。所以,我只能消失在2008年。我说,没有人能彻底消失。

李森海不屑笑笑,那片乌云伴随着滚滚雷声向我们身处的山岗涌来,我终于看清了它的真面目,那是万马奔腾。李森海说,我欠的,我还了。你欠的,要怎么还,你自己想。没等我反应,李森海转身跑下了山岗。他迎向马群,跳入土坑。瞬间,成千上万匹野马涌了过来,山峦阻隔了它们的前路,马群形成漩涡,如同造物主给我展示的这个谜一样,旋转,不断地旋转。天和地都被这股巨大的扭力带动着旋转。我独自一人站在山岗上,面对这旷野中李森海为自己举行的奇异葬礼。十几分钟后,马群退去,草原上一片平整。人也好,坟墓也好,就像从没存在过一样。死而复生的李森海真如他所言,又消失在了2008年。

半个小时后,几个来拍摄野马群迁徙的当地记者在山上找到了我。他们是通过无人机发现我的。他们不明白,为什么我会独身一人来到这草原的深处,为什么越野车里把暖风打到最热,我还是止不住战栗。

第十五章

回到金市,白巧说我脸色白得吓人,和鬼一样。她没问过我,究竟去了哪里,究竟做了什么。可我总觉得,她其实已经感知到我找到了杀死她养父的真凶,知道了事情的真相。至于我为什么会这么觉得,我也说不明白,可能是夫妻间的心灵感应吧。

白巧的肚子越来越大,我实在没脸看一个孕妇天天家里家外地忙活,想为她做些什么,可她需要我做的,我又什么都不会做。我修改了《两颗雨滴》的结尾,以野马群穿过一场太阳雨结束。小琪姐看完新剧本后,深夜给我打来电话,来回说牛逼,这事咱们不能不干了。第二天,她组织公司股东和各部门长开绿灯会。我在会议室里把整个剧本演了一遍,每个人都哭了。他们说,导演,你有一颗纯洁的心灵。

小琪姐和我谈话,问我接下来准备怎么弄。我说,我先听听你的想法。她说,光咱们一家做,盘子做不大。我打算再拉两家公司,一起整。我问她有目标了吗?小琪姐告诉我,一家是动画制作公司,做了几部爆款电影的外包工作,胃口大了,想做原创。一家是有国企背景的基金公司,背靠大树好乘凉。我点点头。小琪姐说,这是你的作品,别光点头,说话。我说,你能先给我打二十万吗，这事忙活开来没三年干不完，我最近缺钱。小琪姐看着我，半天才说话，张军，你知道我这是在和你聊多重要的事吗？我心中苦笑，生死我都见过了，再没什么重要的事。但我不能这么说，毕竟我需要钱。我说，真顾不上想这么多，我老婆怀老二了。咱要是光打雷不下雨，那我就得上班去了。小琪姐咬着牙看我，我知道她是在观察我，想知道我是不是说真的。我没反应，眼神就是直勾勾地盯着地面，小琪姐叹口气，打钱行，咱是不是得先有个合同。把事谈清楚了。我说，不用谈，你出合同吧。只要我能先拿到这二十万，你咋写我咋签。小琪姐点头，我下午安排财务给你打钱。

我把自己的全部精力都投入到了这部动画片的创作中，人也变得有精神有活力了，人们都说，没见过像我这么拼命的导演。有一天我回到家，张不想小脸红扑扑地告诉我，爸爸，我有妹妹了。我看着张不想，脑子停止了转动，不知道他这话什么意思。白巧微笑着告诉我，她找了医院里的熟人，塞了个红包，人家给她拍了片子，告诉她，张不说是个女孩。这个消息令我十分振奋，我一直都想要个女孩。我觉得，女儿会让我看待世界的角度多一层。晚上睡觉的时候，我搂着白巧，把我的想法告诉她。白巧笑着说，人都太自私了。我说，你怎么这么说？白巧说，到最后，你的高兴也不是为了女儿，还是为了你自己。

我想反驳白巧，告诉她，我就见过不自私的人。李陆星，李森海，刘娟，还有刘大河，他们都是为了别人牺牲自己的人。可我必须闭上嘴，什么都不能说。半年后，张不说降生了。肉嘟嘟的，眼睛很大。我看她长得更像白巧一些，等她成人了，一定是个大美人。我背着所有人，在医院的天台上哭了一场。看着天上的繁星，我觉得以前的日子和我再无关系了。不仅仅是我有了女儿，女儿也让我好像有了新的生命。

　　日子不咸不淡地过着，但我自己知道，生命正发生着翻天覆地的转变。我和以前唯一的联系，更像是某种精神创伤。我和谁都没说过，每当我听到卡车碾过路面，感到地面在震颤，都会想起被马群湮没的李森海，我的身体会止不住地发抖。后来白巧发现了我这个毛病，问过我怎么回事，我没告诉她实情。李森海说得没错，他欠的债，在他消失的那一刻已经还完了。我还要在我的人生里承受这恐慌，这是我该还的债。

　　怀揣着这样的心思，有时，我看着眼前的楼宇和车海，总觉得自己还是孤身一人在黑暗的草原上，周边的世界越来越冰凉。幸亏有白巧和两个孩子陪着我，有时我失眠，坐在客厅沙发上出神的时候，白巧会坐到我身边抱紧我，温暖我。有时走在大街上，我因为受惊而颤抖的时候，张不想和张不说会站在我的两边，一人牵起我的一只手。他们的小手温暖，像小火把一样，照亮我走出幻觉中的黑暗草原。

　　经过两年的艰苦奋战，2023年，《两颗雨滴》上映了。可票房非常惨淡，连成本都没收回来。那两家公司诓了小琪姐。他们通过各自的渠道，获取了国家对动画片制作单位的高额补贴，等于片子还没上映，他们就已经收回成本，还小赚了一笔。然后，他们就不再理睬这个项目。这两家公司把消息瞒得死死的，只有小琪姐是把真金白银砸到了影片的制作上，到最后骑虎难下，只能硬着头皮坚持。影片杀青后，小琪姐的公司已经是强弩之末，再没有资金去做宣发了。《两颗雨滴》在全国院线只上映了一天，就匆匆下了线。

小琪姐没料到坚持了这么久，竟是如此惨淡收场。她天天在公司喝到站不起来。如果我在的话，她就会扑到我的身上，哭着说不后悔做这件事，一起完成了梦想什么的。我知道，小琪姐这是在安慰自己，她心里也是恨得要死。这部电影的社会反响也不好，影评人说它"陈腐，老旧，像上个世纪的故事翻新"。我觉得，这世上有些人竟然会把人类分新旧，这事不能细想，一想还挺可怕。几个月后，小琪姐关了公司，她要回北京上班去了。一家互联网平台公司请她去做宣传总监。临别时，我俩吃了顿饭。我说，塞翁失马，焉知非福。电影已经是夕阳产业了，互联网才是未来，钱都在这些平台。小琪姐又掉了眼泪，她说，咱们这么聪明，这么努力，为什么就没赚到钱？我拍了拍小琪姐的肩膀，觉得如果人生是一个故事，那么我的故事现在已经讲完了。从此之后的日日夜夜，不过都是最后的省略号。

把小琪姐送上飞机之后，我回家打开了电脑，发现有人用陌生邮箱给我发了封邮件，说我去电影院了，刘娟把《两颗雨滴》讲给我听，虽然我看不到，但我明白你要说什么，这是部好电影。所以让刘娟帮我打字，给你写封信。

我想了半天，给对方回信，你在哪里？我们见面。等待的时候，我下楼买了盒烟。本来在张不说出生前，我就把烟戒掉了。抽了半盒烟，我回到家。白巧闻到我身上一股烟味，脸沉了下去，甩了我一个白眼，去张不想房间和孩子们玩了。我坐在电脑边，发现那人给我回了邮件，你还好吗？我写邮件，一切都好，我很想你。发过去之后，我站了起来，在书房里走动，眼前竟然产生恍惚，好像身处海底，一切都在飘忽，我不知道自己在什么地方。三分钟之后，他回，好久不见。我问他，你在哪里？他回，南方，很远。

我们用邮件聊了很久，我发现他很了解我现在的生活，甚至还知道张不说是个女孩。我说，我怀疑你们就在我对面的楼住。李陆星说，给你发邮件前，我们观察了你很久。我说，为什么？隔了一阵，李陆星才回话，怕警察在监视你。我心里"咯噔"一声，知道他终于聊到正题了。我说，那个刑警陈诺担心过刘大河找我寻仇，派人跟了我一段时间，后来见没什么动静，也就撤了。把这封邮件发过去以后，我心里七上八下，不知道他会不会相信我的话。过了一阵，他回我，关于刘大河，有什么线索吗？

我明白了李陆星的心思，这么多年他没有放弃，还相信李森海活着，还在寻找父亲。我想起李森海对我说的话，你的债，你要自己还。这大概就是我还债的时刻了吧，替我的朋友承受真相，替他咽下苦果，让他放弃幻想，不再忍受煎熬。我说，你们走之后，我就放弃管这些事了。我现在多焦头烂额，你也知道。陆星，过去的事，咱们就全当过去了吧。

当晚，李陆星再没给我回信。我躺在床上，翻来覆去睡不着觉。第二天中午，李陆星的邮件又来了。他说，我们见一面吧，然后这些事你就当彻底过去了。我说，好。李陆星立刻给我发来了一处地址，果然是在南方。

我对白巧说，我要去外地采风，筹备我的新片大纲。白巧没说什么，只是开始为我准备衣物。正好是夏天，南方炎热多雨，她怕我穿得不合适。到了拂晓的时候，我突然觉得身上一沉，睁眼，是白巧骑在了我的身上。微亮的天光中，我们两个沉默着做爱，但却恨不得用最大的力量，好把对方嵌进自己的耻骨，自己的头脑，自己的血里。事毕，白巧贴在我耳边，小声地说，老公，早去早回，我们都等着你。那个时刻，风轻轻吹过我的身体，像是藏着泪，贴在我嘴唇上，微微咸涩。

我飞到了南方，李陆星所在的城市以夏季的酷热闻名。刚出机场，热浪涌来，我就觉得自己马上要被阳光暴晒炸得粉身碎骨。按照李陆星给我的地址，我来到了他的家。那是城郊山上的一处农院，开门的是他。又是两年不见，他竟然留起了长发。比起在佛窟时，李陆星的面色红润了不少，也胖了，甚至都有了小肚腩。他笑着说，张导，好久不见。我说，别笑话我了，星哥，你气色好好啊。李陆星笑容明亮。这个时候，我才发现李陆星的变化不仅仅是脸色和体形，他的气质和以前完全不一样了。以前我觉得他神秘莫测，像一团烟雾，或者一匹野马。此时的他胖了不下二十斤，要是在马路上遇到他，我都有可能认不出来了。我会把他当成一个和我一样不起眼的中年胖子，他和其他中年胖子唯一不同的地方，是他戴着墨镜。老天真是残酷，正是为了李陆星，我才费尽辛苦拍了那部《两颗雨滴》，可他再也看不到了。想到这里，我心里就十分难过。李陆星问我，你怎么不说话了。我从嗓子里挤出一声干笑，拍拍他的肩膀，走进了小院的门。

我一进正屋，就看到刘娟挺着大肚子，正在屋里摆着的电火锅里下火锅底料，锅里的水已经开了，"咕嘟咕嘟"地翻水花。我再看墙上，挂满了李陆星和刘娟的结婚照。李陆星穿着西服，刘娟穿着婚纱，两人或牵手，或拥抱，笑得十分甜蜜。结婚照上的刘娟不再躲藏，头发也扎了起来。五官鲜明，唇红齿白，正灿烂地微笑着，非常骄傲。我这才发现，其实她很漂亮。我说，真没想到，你俩还挺有夫妻相。李陆星和刘娟听了我的话，笑得更开心了。我说，孩子几个月了？刘娟说，预产期是下月初。我点点头，拍了一下李陆星胸脯。我喊道，可以啊星哥！人到中年，终于不是处男了。李陆星夫妻俩的脸红了,因为他们红润的脸色,这破旧的小屋都显得明亮了许多。

那一夜,我们喝了很多刘娟自己酿造的果酒,我喝多了,讲了不少以前上学时候的事情。麦当娜和乒乓球,漫画书和模拟试卷,往昔的种种像一朵朵云般浮现在我的眼前,和他们的脸重叠。我伸手想抓住这些幽灵,它们却在我伸手的刹那烟消云散,湮灭为粉尘,只留下不停傻笑的我们自己。所有的怀旧话题都说完了。我们陷入了尴尬的沉默。我说,跟踪了我多久?刘娟说,说实话,我特别喜欢你那部电影。给我讲讲你小时候画的漫画故事吧。我随口胡编了两个,刘娟鼓掌,陆星说你小时候就是故事大王,果然,真好。我看了眼李陆星,你们会聊起我吗?都聊了什么?李陆星只是笑,不说话。刘娟说,他说你是他这辈子遇到的最会讲故事的人,他为你感到骄傲。

吃完了晚饭,我想帮刘娟洗碗,刘娟却把我和李陆星推出了屋外。她说,你俩好久没见了,陆星很想你,你们好好聊聊天。这时我看到刘娟的手上有两个针眼,我的后脑勺突然有些疼,总觉得自己在哪里见过类似的针眼,可就是想不起来了。刘娟红着脸挽下了袖子,李陆星似乎察觉到了什么,有些不安地摇晃着脑袋。我说,世上的事真是说不准,那时你最怕我和李陆星独处。刘娟笑道,过去的事都过去了,人得往前看。

终于轮到我和李陆星独处了,李陆星却不说话了,他显得很忧伤。这忧伤似乎被压抑已久，因此特别迅速地在院子里弥漫开来。我看着李陆星站在浓雾笼罩的夜色下，像一头受伤的鹿。我心里一惊，觉得自己看走眼了。李陆星其实从没有变过，骨子里，他还是2008年的那个像幽灵一样的少年。屋子里，刘娟洗碗的声音传到院子中，"哗啦哗啦"，令我心烦意乱。李陆星说，军哥，那天我们在大佛密道里遇到的人究竟是谁。我不敢犹豫，怕被他察觉到慌张，急忙说，刘大河。他点点头，你看清楚了，真的是刘大河？我说，你要相信一个导演的视力，真是他。不然你以为是谁？

李陆星叹口气，其实，我一直想不透，那次我在山谷中遇险，怎么会有人莫名其妙救了我，然后又莫名其妙默默走了。我一直觉得那会不会是我爸。我说，你是个好人，你要相信这世上还是像你一样的好人多。李陆星皱眉道，我爸会不会还活着？我说，这不奇怪。我亲眼看见我爸去世的，可我也觉得他就是还活着，只是我看不到他了。李陆星苦笑道，我们说的不是一回事。后来我发现刘娟总是会和人偷偷约着见面，心里就想，那会不会是我爸。我说，我看你就是一直暗恋刘娟，担心她和别人跑了。李陆星说，你不要胡说。那天我终于听到她和人打电话，约好在那密道见面。我想，这回会遇到我爸。没想到，你也去了。我更没想到，他们是要杀你。我点头，要是你不在，也许我现在已经被刘大河杀了。李陆星说，他真是刘大河？如果他是刘大河，为什么我叫他爸,他就会住手,为什么他会跑?无论我怎么喊他,他就是不停下。我说,你说的这些,我不知道怎么回答。但真的是刘大河,我亲眼看到的,你要相信我。李陆星说,真的?

李陆星问完这句话,几滴泪水从他的脸上滑落。我说,真的。李陆星说不出话,只是紧握着拳头,身体簌簌发抖。李陆星说,自从我失明以后,刘娟一直照顾我,尽心尽力。这些年我活着好像每天都在溺水而行,她是我唯一的救命稻草。军哥,她给了我第二条命。我的命和她的命融到了一起,你能明白我说的吗?我点头"嗯"了一声。李陆星说,她的眼睛就是我的眼睛。她说那是刘大河,我只能信是刘大河。我说,刘娟是个好女人,你信她就对了。李陆星说,尽管有时我甚至都能在黑暗里听到另一个男人的呼吸声,就是我父亲的呼吸声,我也只能信这都是我的幻觉。现在你出现了,你是我最好的朋友,是我的兄弟。你真的要说,那都是我的幻觉,我爸死了,当日在密道里遇到的,是刘大河吗?我说,我爸最后住院的时候,我相信世上有神,有灵,有另一个世界了。我爸有次昏迷了三天,我们都认为这次肯定挺不过去了,都开始准备老衣,没想到他再次醒来。他对我说,他好像能清楚地看见自己走出了病房,走出了医院,走到金市的街上。他不知道自己该去哪里,顺着微风走,来到一条小街上。他在金市几十年,从没见过这样一条街,都是小门面。门口的招牌也不是现代的,像是已经挂了几百年。他坐在一家店门口喝茶,在等待,却不知道自己在等待什么。这时,他看到了1972年那场火灾里死去的战友们完好无损地站在他面前,穿着鲜艳的军服,唱着老歌,冲他爽朗地笑。这时他才意识到,自己来到了这个世界和那个世界交界的地方。我爸冲他们挥手,他们说,老张,走吧!我们来接你了。我爸想和他们走,可是又在犹豫,自己究竟该不该走。他们来拉我爸,我爸站起身来正要走,一个光球突然从天花板砸了下来,疯了一样拦在我爸和他们中间。光球使劲蹦跳,把战友们赶出了房子。战友们站在街上,无奈地看着光球,冲我爸挥挥手,一言不发走了。那光球停下,我爸这才看清,光球里的人是我。他才猛然意识到,自己舍不得儿子,于是他醒了过来……

李陆星难过地拍拍我肩膀。我说,你看我爸想象力丰富吧?要不他儿子会去拍动画片呢。星哥,说这件事的意思是,每个人都舍不得告别。那些舍不得,就会变成无限接近真实的幻象。但过去的事情都过去了。你快做父亲了。李陆星说,我觉得,人怎么就都像雨点一样,世道就是大太阳,太阳出来,雨点一会儿就没了。抓不住。没意思。李陆星说这话的时候,脸上在笑,可声音却很苦涩。我还想说什么,李陆星摇摇头,说,不早了,你忙了一天,早点休息吧。李陆星转身,独自走进了屋子,走进了卧室。卧室的灯熄灭了。我长出一口气,这两年最害怕的一道关卡,刚才我终于通过了。可我并没有觉得释然,心里反而更加沉重。我意识到,原来李森海所谓的还债,竟是如此令人喘不过气来。

李陆星是个盲人,刘娟生产在即,生活上有很多不便。我在这座南方城市留了下来,我想帮李陆星照顾着刘娟出了月子再回去,他俩同意了我的想法,我为即将出生的宝宝买了很多奶粉、尿不湿、小衣服,还有像吸奶器、恒温热水壶这样鸡零狗碎的小玩意,并且定时带着刘娟去做产检和孕妇瑜伽。很多时候,我会被误以为是孩子的父亲。有次去做彩超,李陆星在家休息,我在医院里忙前忙后,跑上跑下。有个年轻的护士对我和刘娟说,这个爸爸真细心,孩子一定会很幸福。我突然愣住了,生怕刘娟告诉她,我并不是孩子的父亲。刘娟只是傻笑,没有解释。我松了口气,因为我不知道如何向世人们解释我做这一切的动机。是为了偿还?还是为了友情?还是尽量让自己的生命有一些温度,不要变成一块冰冷的木头?好像都有,又好像都不是。也就是那次,在回去的路上,刘娟突然对我说,谢谢你。我说,谢什么?我都有两个娃了,干这些事比你们顺溜。刘娟说,不是为了这件事。谢谢你没有把李叔的事说出来。李叔一直不愿陆星知道他还活着这件事,他说自己在陆星的世界里死去,能为陆星做更多的事情……

我一边开车,一边看了眼刘娟。她目视前方,正襟危坐,像一个心情淡然信仰坚定的女革命党人。我没有说话。刘娟说,那次在太阳城，李叔差点要了你的命，真是抱歉。我说，都是过去的事了。刘娟说，谢谢你没把这些过去的事告诉陆星，谢谢你。我说，他心里太苦了，接下来的日子，你们应该好好活。为了孩子。刘娟点头。我俩沉默着，她又开口，像是试探。李叔，是不是不在了？我不知道该怎么回答，只得点点头。刘娟叹口气，眼神瞟向窗外，眼角湿润了，像是真有个故人正坐在太阳上看着我们微笑。

我觉得车厢里有些闷，把车窗开了条小缝，没说话。刘娟说，虽然这两年他没有联系我，虽然又见到了你，可我心里一直期盼着他还在世上。我说，不聊这些了，你好好休息。刘娟说，军哥，我替陆星谢谢你。刘娟说完这句话，冲我笑了。这时我发现，即将做母亲的刘娟眼睛里没有了那层冰一般的敌意，她的灵魂是安详、甜蜜与坚定的。我想是肚子里的宝宝让她有了转变。我说，暖阳。刘娟看着我，不明白是什么意思。我说，我觉得，暖阳，李暖阳这个名字，特别适合你们的孩子。刘娟笑了，她摸摸肚子，说他动了两下，好像说张叔这个名字不错。车厢里静悄悄的，外面的世界正在下小雨。南方的雨，更像是一层水雾。雨刷器摩擦玻璃，发出"嘎吱嘎吱"声，单调如同钟摆。刚才发生的一切像是场梦。

刘娟生下李暖阳的那一天，早上四点多，我正睡得迷迷糊糊,被一阵急促的敲门声惊醒。我听到李陆星在门外焦急地喊,军哥,刘娟的羊水破了。这话让我瞬间就醒了过来。我说,马上。我从床上跳下来,穿好衣服,顾不上刷牙洗脸,冲出了卧室。李陆星搀扶着刘娟站在屋子中央。刘娟扶着自己的肚子,宫缩的阵痛让她眉头紧皱。窗外天色微亮,树梢间有依稀的鸟鸣,像是小鸟也在为这户即将迎来新生命的人家庆祝。

到医院的时候,不过早上七点钟。长长的走廊空空荡荡,李陆星一直和躺在病床上的刘娟紧握着手,直到刘娟被护士推进产房的前一刻。在那一刻,我听到李陆星对刘娟说,老婆,老婆。他明明是想安慰刘娟,可因为看不到刘娟,急得满头大汗。刘娟轻轻抚摸他的脸,说,我昨晚梦到宝宝了,他很好看。

大概过了半个小时,一直坐在长椅上沉默不语的李陆星突然站了起来,说生了生了。他话音刚落,我就听到产房里传出一阵响亮的婴儿啼哭。我们迎到了产房门口,一个护士抱着襁褓跑了出来,脸色惊慌。我的心一下子沉了底,李陆星问我怎么了,我没说话。我看到李暖阳躺在襁褓里,探出胖胖的圆脑袋,瞪着大眼睛好奇地打量我们。护士说,妈妈产后突然大出血!她抱着孩子要向走廊那头跑,我们惊得喘不过气。我问这是去哪里。护士头也不回地说,怕孩子也感染了,得送到保温箱观察。李陆星使劲拍手术室的铁门,被出来的两个护士呵斥。又过了一会儿,医生走了出来,摘下口罩,用一种很奇怪的眼神望着我们。他说,我们尽了全力，但孕妇失血太多，救不回来了。家属亲友和她好好说说话吧。

刘娟被护士推出了产房，盖着被单，气息微弱，脸白得像一张薄纸。我搀扶着哭泣的李陆星，那两个护士用和那医生一样奇怪的眼神不时瞥我们一眼，他们对我俩充满憎恶，似乎我们是两个魔鬼一样。路过一扇窗户时，大风吹过，毯子掉落一边。路人惊叫，我瞥了眼刘娟，突然觉得全身的血液都凝结成了冰。我又看到了那似曾相识的针孔，不止刘娟手上那两个，她的四肢和躯干上是密密麻麻的针孔，像一层黑点爬在这女人苍白的身体上。

我终于明白这些医生护士为什么会用那样的眼神看我们了。他们对我们感到憎恶与好奇，究竟是什么样的男人会这样残害女人？我突然想起了一个人，那个2012年连环杀人案中的受害者，赵小平。我想起了那夜我潜入赵小平家后看到的照片。那些长长的钢针，那些被剥了一半皮的动物尸体，被赵小平连着皮张开四肢，用钢针固定，如同一朵朵盛开的毛绒鲜花。刘娟说不出话，看着我，漆黑的眼眸中泪光流动。她一定猜透了我的想法吧？我微笑，心却在流血。十五年的种种谜团，我小半辈子活在其中，现在终于连成了真相，却比我想象中的要残酷无数倍。李陆星看不到眼前人世，对一切无知无觉，只是在流泪，他小声说着什么，我仔细分辨，他是在念诵经文。

刘娟被护士推进了我之前就在医院为她预订好的单人房，上好一切仪器后，李陆星走了进去。隔着窗户，我看到他跪在病床边，紧紧攥着刘娟的手。刘娟的脸越来越白，白得近乎透明，可依然用尽力气去凝视眼前男人，眼神里全是眷恋与不舍。两人说着什么，我听不到。大概是最后的告别吧，李陆星一边抹眼泪，一边微笑。

过了一阵，李陆星站起来，走出病房。他对我说，军哥，去见见刘娟吧，她说有些话只能对你说。我想说话，可不知道该说什么。我拥抱了一下李陆星，走进了病房。

刘娟看着我，嘴角挂着洞察世事后的微笑。那笑容带着厌倦，却又有些许不舍。我不知道该说什么，只是看着她。刘娟说，你都猜出来了？我点头，我没想到，李森海最后用死骗我。我太傻了，他是个幽灵，那三个人凭什么给他借钱呢？只能是为了你。刘娟苦笑，要不是会有今天，你永远都不会明白。我说，2012年，第一个被害者赵小平，是你杀的。刘娟说，我杀了他。今天我也要死了。你说，这是不是报应？

我难过得说不出话。刘娟像是在攒力气，也不说话，我们陷入了沉默。过了好一阵，刘娟开口，2012年，张桥的孩子来我的幼教中心上课。有次李陆星来找我，恰巧赵小平来找张桥。我当时就觉得这个陌生男人总是盯着李陆星，好像认识他。这让我心中十分地忐忑。果然，过了几天，赵小平偷偷找到我。告诉我，他认识李陆星，如果我不满足他，他就会把李陆星还在金市的消息散布给那些债主。为了陆星,为了李叔,我只能答应他……

我说,你为什么不寻求帮助?林倩倩会帮李陆星还债的。刘娟摇摇头,说这只能是我的秘密,你明白吗张军?债务可以想办法,可李叔身上还背着人命。陆星如果出现在那些债主面前,王强的亲友一定不会善罢甘休。所有的努力,所有的牺牲都白费了。还会害了林倩倩。我只能选择自己吞下这个苦果。

我摸了摸自己的眼眶,它湿湿的。我说,为什么不逃。刘娟苦笑,一个瞎子,一个本已死去的幽灵,还有我这样一个苦命的女人,哪儿容得下我们。我们只想在金市,安安静静地活着。

刘娟的脸色突然变得十分狰狞,拼命地晃头。我说,我们不说这些了。刘娟像是没听到,只是自顾自地说,有时是一个人,有时是三个人。每次都是在太阳城那片废墟里。他们逼我看他们用钢针虐待那些动物。然后他们会用钢针刺我,轮奸我。那一次,李峰又要用针钉我,他很残暴,我觉得我要死了,从身边摸到一根钢管,砸在了他的脑袋上。我也没想到,一下就把他砸死了。看到他咽气,我心里害怕极了。我想起李叔工作的会所就在太阳城附近,就给他打了电话。李叔来之后,我把一切都讲了出来。李叔恶狠狠地看着那具尸体,半天才说出话。他问我,为什么不早告诉我?我说,我想保护你们。李叔流泪了,那是我第一次看他流眼泪。他说,我们父子欠你太多了。他让我先回去,什么都不要和李陆星说。我回到了家,一直没有人来找我。我想是他解决了这一切。

我说,赵小平为什么会认识李陆星?刘娟望了我一眼,他说他是你们的高中同学,你们还给他起了个外号,叫"玻璃茶杯"。刘娟的话让我惊得发抖。2008年,那个被麦当娜的死吓疯了的"玻璃茶杯",那个跳楼未遂的"玻璃茶杯",直到现在我还是想不起他的长相,直到现在我才知道他的真名叫赵小平。我在脑海里搜索着我生命中和这个不起眼的高中同学所有交集的点滴。这时,我想起了那天我在他课桌里发现的蝴蝶标本,它们栩栩如生,无比美丽。

我睁开眼,泪水涌出眼眶。我对刘娟说对不起,对不起……我不断地说。刘娟看着我,摇摇头。她不明白我是什么意思。刘娟说,我好舍不得我老公和我儿子。说着说着,她的泪水如同生命,那一刻,我像是才真正认识了刘娟。这个一直沉默的女人,曾经惧怕我憎恶我,甚至想杀了我,如今信任我,将生命中最隐秘的罪孽告诉我,似乎在通过我对上帝忏悔。这女人千变万化,不过是在慌张徒劳地隐藏本我:她只是一座苦苦支撑了二十年的堤坝啊。如今这坝终于崩溃了。悲伤从她形如枯槁般的身体中倾泻而出,空气中飘浮着泪水的咸涩,像是人生苦海。可我什么都不能说。我不能告诉她,那一刻我知道了赵小平会有多么暴力多么可怕。我似乎能够看到他和他的同伴们摁住刘娟,像对待一个木偶,将一枚枚钢针刺入她流泪与惊叫着的身体,将她固定成各种奇怪的姿势,钉在地板上,钉在墙上。因为赵小平已分不清真实的人生和往昔的幻觉,他把人,把天地间的生灵都当成了可以用手去撕扯的蝴蝶,用钢针制造的标本。

　　李陆星似乎感应到了我们的哀伤,他推门进来,一脸惊恐。刘娟虽然面貌已经比纸还白,近乎透明,话语中却带着无边温柔和笑意,我再和军哥单独说几句话。李陆星无奈,走出了病房。刘娟说,这些事,你要发誓,决不能告诉他。我点头,说我发誓。刘娟嘴角露出一丝欣慰的笑,陆星有时会想念李叔。他总说,人就和雨滴一样,抓不住。我说,他也跟我说过这话。刘娟轻轻摇摇头,我不这么想,李叔以前和我说过,我们活在世上,是为了保护身边的人。只要这些人活着,我们即使不在了,也会永远停留在他们的呼吸中。

　　晚上十一点三十八分,刘娟去世了。她临走时很平静,对李陆星说,咱们的孩子叫李暖阳吧。等儿子长大后,告诉儿子,妈妈很爱他。每次下雨的时候,就仰头去看看天,那是妈妈想他了。每一颗雨滴,都是妈妈给他的吻。李陆星泪流满面,只是念经,他的声音越来越轻,越来越轻,接近寂静之时,我们听到刘娟长叹一口气,天地之间安安静静。刘娟解脱了无尽苦海,灵魂已飞去天国。

　　李陆星愣愣地坐在走廊的长椅上,整整一夜。我不敢面对他

第十五章

血红的双眼，我在产房和停尸房之间来来回回，一会儿为李暖阳办出生的手续，一会儿为刘娟办死亡的手续。我不能让我的腿停下，因为腿停下之后脑子会转动，心会碎。

第二天上午，太阳格外地大，像是在补偿我们什么。护士把李暖阳从保温箱里抱出来，交给了我。她说，你们抱着孩子去门口晒晒太阳吧，去去黄疸。我抱着孩子，搀着李陆星，走出了医院。烈日灼人，热浪滚滚。人世间不在乎谁人还在，谁人已逝，只是庸常转动着生活，如同昨日时时刻刻，如同往昔千年万年。

我俩坐在花坛前，额头都是一层汗水。李暖阳打了个哈欠，看了一阵子蜜蜂采蜜，睡着了。李陆星这时说出了刘娟死后的第一句话。他小声问我，刘娟和你说了什么。我说，她让我好好照顾你。李陆星点点头，我想明白了。为了暖阳，我也要好好过，不让刘娟为我们担心。那时已接近中午，阳光晒着李陆星，他的面颊通红，有了生气。他的勇敢也感染了我，给了我力量。我们继续散步，走到医院附近一家路边的面摊坐下。我把李暖阳放在腿上，要了两碗面。平时特别寡淡的南方面条此刻吃在嘴里竟然格外香甜，吃完一碗后，我又要了一碗。正在我狼吞虎咽吃面条的时候，我看到一个男人从对面小卖部走了出来。他长得有几分像陈诺。我观察四周，发现其实各条出路都被目光警觉的男人占住了。他们有意无意地向我们坐着的小桌靠拢，我放下了筷子。李陆星皱眉，说，怎么了。我说，没事。陆星，从今天起，有任何难关咱俩一起闯，我们是最好的朋友。那个像陈诺的男人向我们走来，似乎在冲我招手。我皱起眉，分不清眼前的人真是警察，还是我的幻想。

这个时候，我鼻尖一凉，抬起头来，竟然是一阵雨点从太阳中心落下。其中一颗雨滴掉在了李暖阳红扑扑的脸蛋上，这个在香甜梦乡中的婴孩露出了他诞生后的第一次笑容。

我站起来，把李暖阳放在他爸爸怀中，然后向那群男人走去。我的大脑飞速旋转着。在这么短的时间里，我要编出自己人生中最完美的故事，用一个谎言，抹平这里发生过的一切真相。这是我能为李陆星讲的最好的故事。